AGITARE PER BENE

I MISTERI DELLA LIBRERIA NEVERMORE, BOOK 9

STEFFANIE HOLMES

ISCRIVITI ALLA NEWSLETTER PER RICEVERE AGGIORNAMENTI

Vuoi una scena bonus gratuita dal punto di vista di Quoth e le regole del negozio di Heathcliff? Se ti iscrivi alla newsletter di Steffanie Holmes riceverai una copia gratuita di *Cabinet of Curiosities:* un compendio di racconti e scene bonus di Steffanie Holmes.

http://www.steffanieholmes.com/newsletteritalian

Ogni settimana, nella mia newsletter, parlo di vere e proprie infestazioni, strani avvenimenti, rovine fatiscenti e fatti inquietanti che ispirano le mie storie. Con la newsletter riceverai anche scene bonus e aggiornamenti esclusivi. Adoro parlare con i miei lettori, quindi unisciti a noi per un po' di spettrale divertimento:)

AGITARE PER BENE

Campane a festa, alla Libreria Nevermore!

Mina, Heathcliff, Morrie e Quoth sono pronti per le loro nozze, in una cerimonia a dir poco stravagante. Ma quando qualcuno manomette le decorazioni e Heathcliff riceve un biglietto minatorio, si rendono conto che nel villaggio c'è un sabotatore che vuole impedire a tutti i costi il loro lieto fine.

Le disavventure, tuttavia, prendono una piega decisamente funesta quando il celebrante viene trovato morto.

Se a tutto ciò si aggiungono un'anatra rapita, delle lezioni di ballo disastrose, dei recensori di libri latitanti, una nuova impresa commerciale della madre di Mina e l'arrivo di vecchi amici... e nemici, Mina si trova a dover gestire una vera e propria catastrofe matrimoniale.

Riuscirà ad arrivare all'altare per sposare i suoi uomini

letterari, oppure c'è qualcuno che vuole brindare
all'insegna del *Mangia, Bevi e Muori*?

Riuscirà il nostro quartetto a pronunciare il fatidico sì, in
mezzo a tutto questo caos? Scopritelo nell'ultimo libro della
serie I Misteri della Libreria Nevermore – *Agitare per bene*.

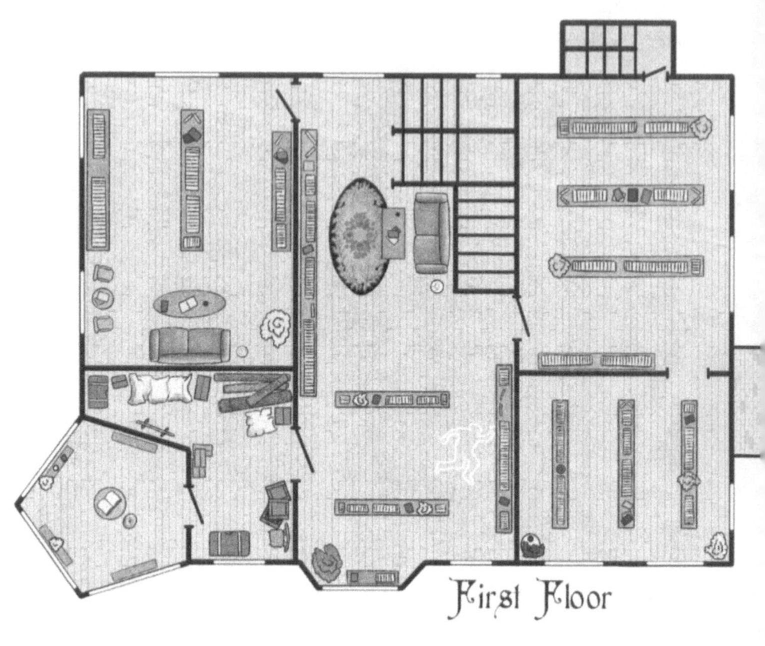

First Floor

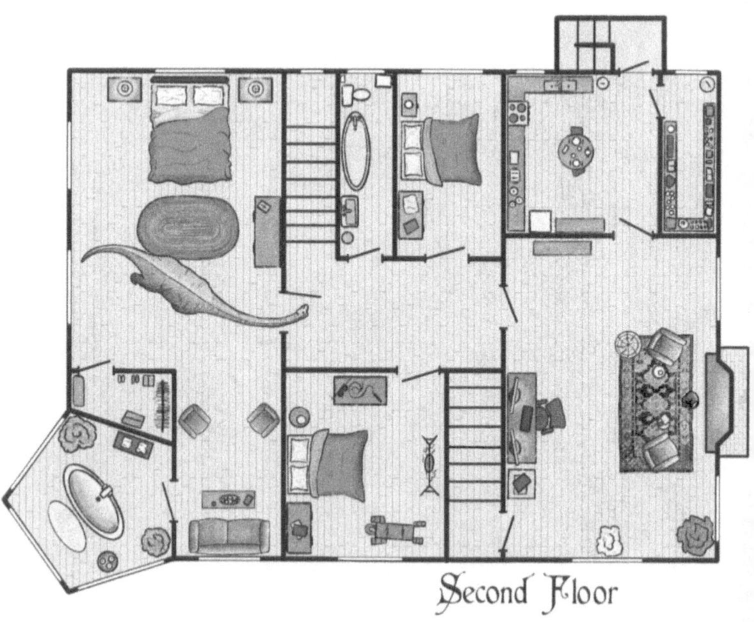

Second Floor

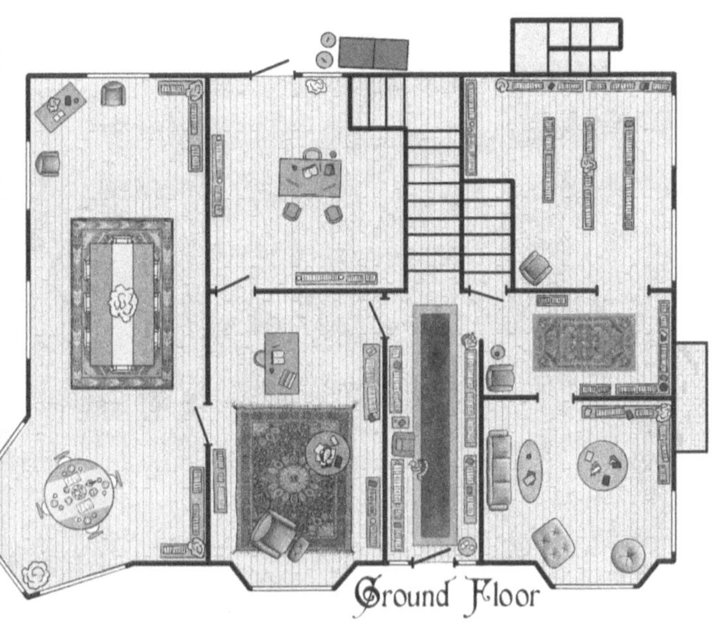

Ground Floor

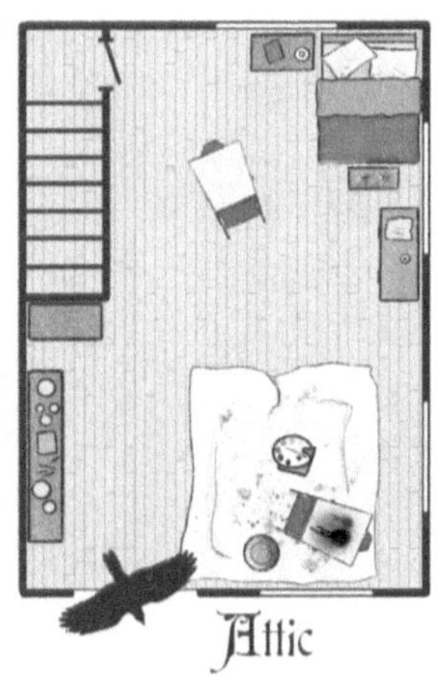

Attic

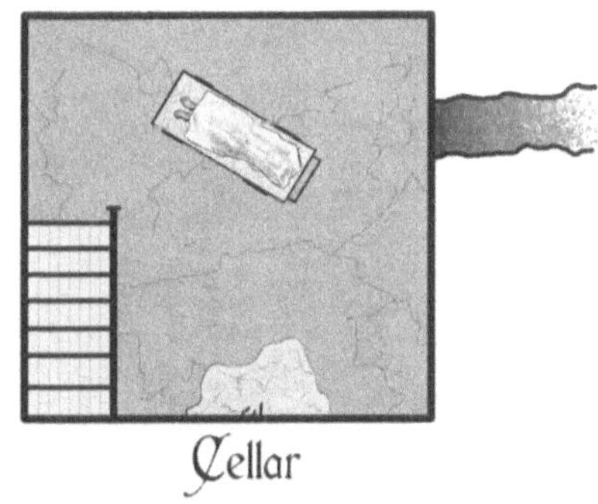

Cellar

Alle cinquantasette tazze di tè che mi hanno permesso di scrivere questo romanzo, e al marito sexy che me le ha procurate. Mmmmm, il tè.

L'ho sposato, lettore mio.

Carlotte Brontë, Jane Eyre

ANNUNCIO SULLA PORTA DELLA LIBRERIA NEVERMORE

Gentili clienti,

la Libreria Nevermore è chiusa ~~per sempre~~ per le prossime due settimane perché Mina, Heathcliff, Morrie e Allan si sposano!

Ci vedremo ~~nell'anno del mai, per favore sparite,~~ alla cerimonia che si terrà alla Lachlan Hall il giorno 20, e poi alla presentazione del romanzo d'esordio di Mina: Una Notte Morta e Tempestosa, alla Libreria Nevermore il giorno 21! Sarà un evento grandioso, con un fotografo che arriverà direttamente da Londra, e molte superstar letterarie.

Se volete mettervi in contatto con Heathcliff per l'organizzazione del matrimonio, evitatelo.

Se volete rivolgervi a Mina per la presentazione del libro, andate dall'altra parte della strada, nel suo ufficio alla Nevermore Gallery, e avvicinatevi di soppiatto. Lo adora.

I

MINA

«...Temibile criminale in fuga dal vicino Istituto di Crixley. Si raccomanda alla popolazione di stare in guardia...»

«Possiamo abbassare il volume?» Sollevai di scatto la testa dallo schermo del computer e gridai in direzione dello studio, al piano inferiore.

«...Nelle altre notizie locali: nuova mostra di moda in arrivo al Crookshollow Museum, con alcuni degli stilisti più in voga dell'ultimo decennio, e la faida tra quartieri per un'anatra domestica, che raggiunge nuove vette mentre...»

«Ma che novità è?» mi urlò Quoth di rimando. «Vuoi che mettiamo su un po' di Motown?»

«...E ora, il tempo: il fronte freddo che stiamo monitorando sembra in avvicinamento, il che significa che potremmo avere una settimana particolarmente umida.»

«Niente Motown.» Cancellai per la terza volta l'indirizzo e-mail che avevo scritto sbagliato. «Voglio solo che abbassi il volume...»

La porta del mio ufficio si spalancò. Oscar alzò la testa dal mio piede mentre Morrie faceva capolino da dietro l'angolo.

«Bellezza, so che odi i clown. C'è un clown che ti sta infastidendo? Uno di quei trampolieri sadici, rozzi e con i piedi a banana ti sta forse impedendo di lavorare? Non temere, perché io sono qui per aiutarti. Farò in modo che nessun clown si affacci mai più alla tua porta...»

«Non serve che tu ti faccia prendere da una furia clownicida» dissi con un sospiro. «Ho solo chiesto che abbassiate la radio. Non riesco a concentrarmi con tutto questo rumore.»

«Oh, scusa.» Morrie si accigliò. «È solo che quelli di Smooth Loamshire regalano una fornitura a vita di cheesecake al primo ascoltatore che chiama perché ha sentito il suono magico, e io speravo di vincerla per il matrimonio. So quanto adori le cheesecake.»

Lui... cosa?

Appoggiai i gomiti sulla scrivania e lanciai uno sguardo in direzione del Napoleone del crimine. «Heathcliff ha già messo al lavoro Oliver, 24 ore su 24, perché ci prepari un dessert elaborato di cui non mi è permesso sapere nulla. Non credo che ci serva anche una scorta di cheesecake a vita.»

Nonostante i miei problemi di vista, capii che Morrie stava facendo la sua faccia imbronciata. «Se ricordi, hai insistito tu perché invitassimo tutto il villaggio ai nostri bagordi. Non sottovalutare mai la capacità di un'orda di garbati festaioli inglesi, quando si tratta di decimare il buffet dei dolci. Sto solo facendo il pragmatico.»

«Bene, ma tu sei la più grande mente criminale del mondo, in possesso di enormi casse piene di guadagni illeciti. Sono sicura che te le puoi comprare da solo, le tue cheesecake.»

«Non è questo il punto. Sto cercando di essere *romantico*.» Morrie si accigliò. «Heathcliff sta organizzando tutto l'ambaradan per te. Quoth è al piano di sotto a creare l'ennesimo capolavoro artistico che ti manderà in visibilio. E a me, invece, è concesso solo di esserci, e mostrarmi affascinante. È vero: è un lavoro fatto su misura per me, ma non mi dispiacerebbe piombare in scena nei panni dell'eroe che porta la cheesecake, o di qualche altro eroe che salverà romanticamente la situazione e ti farà inginocchiare ai suoi piedi...»

«Per fortuna ho davvero il lavoro giusto per te. Puoi, *romanticamente,* abbassare il volume?» Sbirciai oltre lo schermo del computer e le pile di carta punteggiata che la mia stampante Braille stava ancora sfornando. «Devo spedire gli ultimi inviti per la stampa e in seguito devo consegnare il manoscritto modificato a Jerry della Argleton Print, altrimenti non riuscirà a stampare abbastanza copie in tempo per la festa del lancio.»

Passai le dita sul display Braille, controllando di nuovo il testo della mia e-mail per quella che probabilmente era la trentesima volta. Per mesi mi ero allenata a usare uno screen reader, un software sul telefono e sul portatile che capiva cosa c'era sullo schermo e mi permetteva di usare i comandi della tastiera per navigare e fare tutto ciò che può fare una persona vedente. Di solito, quello che c'era sullo schermo lo leggeva lo screen reader, ma quando lavoravo al mio libro, preferivo usare il display Braille. Se è il computer a leggere, non ci si accorge se manca un apostrofo o se si scrive *ceco* invece di *cieco*. Con il display Braille, invece, potevo controllare con il tatto tutte le parole, le frasi e le espressioni per assicurarmi che fossero perfette.

Avevo bisogno che nel libro tutto fosse *perfetto*.

Avevo trascorso gli ultimi due mesi, da quando ero tornata dal ritiro letterario alla Meddleworth (dove a dire il vero non avevo scritto molto, ma avevamo risolto una chicca di omicidio), rintanata in quella stanza per nove ore al giorno, a ripulire e rifinire il mio romanzo d'esordio. Avevo scritto una versione romanzata di quello che mi era successo negli ultimi due anni: essere licenziata dal lavoro dei miei sogni nel mondo della moda, tornare nel piccolo villaggio dove ero nata e cresciuta, trovare lavoro in una libreria magica, risolvere un omicidio (anzi, otto), scoprire di essere la figlia del poeta cieco Omero, uccidere il vampiro più famigerato della letteratura e innamorarmi di Heathcliff Earnshaw, James Moriarty e Quoth il corvo.

La storia non sarebbe mai passata per una biografia, anche se non avessi introdotto tanti fronzoli narrativi. E immagino fosse un bene pubblicarla con uno pseudonimo, visto che l'avevo infarcita di oscenità. Beh, il sesso vende, no?

Volevo che il mio libro aiutasse i lettori che si trovavano in un periodo di crisi. E le lettrici di romance conoscono bene il potere curativo degli orgasmi multipli.

Ero arrivata alla Libreria Nevermore distrutta e sola, pensando che la mia diagnosi significasse che la mia vita era finita. Invece mi sono imbattuta in avventure che non avrei mai immaginato possibili, mi sono innamorata di tre uomini bellissimi e incredibili e, in qualche modo (anche grazie al potere curativo del sesso), ho imparato ad amare di nuovo me stessa.

Ho capito che la mia disabilità faceva parte di me, ma che non potevo permettere che definisse chi sono.

Ora ero pronta a condividere quella storia con il mondo. E, magari, anche a farci un po' di soldi.

Possedere una libreria costretta a competere con il Negozio-Che-Non-Si-Deve-Nominare non era esattamente una strada verso la ricchezza, e io avevo bollette da pagare, cibo per cani guida da acquistare, e una nonna gatta con sei gattini che avevano bisogno di essere mantenuti con lo stile di vita a cui si erano abituati.

Non volevo limitarmi a scrivere un libro, volevo una *carriera* nella quale il mio spirito creativo potesse trovare la sua strada, come la carriera nella moda che avevo abbandonato non appena erano sorti i miei problemi con la vista.

Avevo deciso di autopubblicare il mio libro dopo che la mia amica scrittrice Christina mi aveva mostrato come aveva caricato il suo sul Negozio-Che-Non-Si-Deve-Nominare, e aveva creato una copertina che veniva stampata su richiesta ogni volta che qualcuno lo ordinava. Lei aveva anche fatto in modo che tutti i suoi raffinati amici scrittori londinesi lo riprendessero e lo recensissero. Stava andando molto bene e speravo che un po' della sua magia contagiasse anche a me.

Per questo stavo cercando di organizzare il più grande lancio di un libro che la Libreria Nevermore avesse mai visto.

La sera dopo il mio matrimonio.

Perché ero *pazza*.

In origine, il matrimonio e la presentazione del libro dovevano essere a un mese di distanza, ma Heathcliff aveva avuto dei problemi con la sede che avevamo scelto per il primo. Così Cynthia ci aveva offerto la Lachlan Hall, a patto che lo facessimo il giorno prima del lancio del libro.

Quando Heathcliff mi aveva suggerito quell'idea per la prima volta, io pensai che sarebbe stato un modo divertente per prolungare i festeggiamenti e permettere ai nostri amici fuori città di partecipare a entrambi gli eventi, se lo desideravano.

Avevo torto, lettore mio.

Lanciare il proprio romanzo d'esordio un giorno dopo il matrimonio *non è* divertente, soprattutto se stai *settimane* a invitare editori, recensori e tutte le persone appassionate di libri che conosci, e tutti ti ignorano.

Avevo pensato che, grazie alle conoscenze che avevo fatto al ritiro della Meddleworth e in libreria, e per merito del nostro modesto seguito online (avevo fatto alcuni video di Quoth che saltellava lungo gli scaffali e di Oscar che mi aiutava a mettere via i libri, ed erano diventati semi-virali), la gente sarebbe stata interessata al mio libro.

Invece fino a quel momento, a parte i miei amici del villaggio, Sherlock, l'ex fidanzato di Morrie, e la Società delle Cacciatrici di Spiriti di Argleton, nessuno aveva risposto al mio RSVP. E la cosa cominciava a spaventarmi.

...sintonizzatevi su Smooth Loamshire per un'ora di classici country e western senza sosta. Yihhh-ohh!

«Morrie, la radio.» Lanciai a Morrie la mia migliore occhiataccia da ragazza cieca. «*Ti prego.*»

«Visto che me lo chiedi con tanta gentilezza.»

Morrie sporse un piede e, con la precisione di un matematico addestrato alle arti marziali fin dall'infanzia, sbatté la porta.

Deglutii a fatica.

«Non intendevo questo» dissi, ma mi si era seccata la bocca. La tensione crepitava tra noi, come sempre quando Morrie camminava su quella corda tesa tra il suo bisogno di controllare tutto, e il caos oscuro della sua psiche. «Devo finire queste e-mail, e correggere il mio manoscritto, e...»

«E?»

«Ehm.» Avevo dimenticato cos'altro dovevo fare. Morrie mi faceva sempre quell'effetto.

Lui guardò la pila di pagine Braille sulla mia scrivania con un sorriso che percepii pur senza vederlo. «Pensavo che avessi finito di correggerlo il mese scorso.»

«Sì, ma poi ho aperto a caso a pagina 23 e ho scoperto di aver usato un punto e virgola al posto dei due punti, e ora ho rimesso tutto in discussione.»

Morrie si chinò e mi mise una mano dietro la nuca, avvicinandomi a sé da sopra la scrivania, finché le nostre labbra furono a pochi millimetri di distanza. Ogni atomo di me sfrigolava nell'attesa, intrappolato in quella rete che solo James Moriarty poteva tessere.

La sua voce morbida mi risuonò in tutto il corpo, alimentando un dolore profondo nel mio ventre. «La mia piccola perfezionista. Sai di cosa penso abbiano bisogno queste pagine?»

«Di un recensore londinese di alto livello, di un dirigente editoriale o di un giornale che le recensisca? Avresti ragione.»

«Credo che abbiano bisogno di te che ti ci spalmi sopra, e che godi con il mio cazzo affondato dentro, da brava ragazza.»

«Morrie...» Sospirai, ma sapevo di non potere opporre resistenza, con il suo respiro che mi scorreva lungo il collo e scendeva fino alla clavicola. Non mi stava nemmeno *toccando* e io già fremevo.

«Non dovremmo farlo. Non ho *tempo*. La presentazione è tra cinque giorni» riuscii a mormorare nell'attimo in cui le sue labbra finalmente si posarono sulla mia pelle, a baciarmi quel punto sulla clavicola che mi accendeva tutta.

«Se è davvero ciò che pensi» sussurrò appoggiato alla mia pelle, «ti lascerò tornare al lavoro.»

E si ritrasse bruscamente.

Per Iside.

Feci un leggero gemito involontario, già orfana del suo tocco.

«Ma...» Non ebbi la possibilità di finire la frase, perché lo sentii arrivare dietro di me, e il suo bacino mi intrappolò contro il bordo della scrivania, mentre il suo corpo mi teneva ferma.

Chiusi gli occhi, così non ebbi più la percezione della luce, e mi concentrai su ogni nuova sensazione che scaturiva dalle sue mani che danzavano su di me. In ogni punto che veniva sfiorato dalle sue abili dita, anche da sopra i vestiti, sentivo la pelle pizzicare.

Mi scivolò lungo il corpo e si inginocchiò dietro la scrivania. Sentii Oscar mugolare prima di ritirarsi nell'angolino, in modo da evitare che i suoi poveri occhi di cane innocente venissero offesi da qualsiasi cosa Morrie intendesse farmi. Sentii un leggero colpetto alle caviglie, ma non obbedii a quell'ordine silenzioso, così arrivò un colpo più deciso, che mi spalancò le gambe.

«Morrie, cosa stai facendo?» riuscii a chiedere tra un ansimo e l'altro.

«Ti lascio lavorare, bellezza. Tu continua. Continua pure a fare quello che stavi facendo.»

Io sbuffai. «Come faccio a lavorare se tu sei lì sotto a fare quello che stai facendo?»

Emise quella sua risatina crudele e arrogante, quella che disintegrava completamente il mio autocontrollo e la vibrazione mi solleticò la pelle nuda dove la gonna mi sfiorava le cosce.

«Quello non è un problema mio, bellezza. Non ho mai detto che non sarei stato una distrazione.» I suoi baci mi risalirono la gamba e le sue mani forti mi allargarono le cosce, così da permettergli un accesso migliore.

Morrie mi premette una mano sulla schiena, piegandomi sulla scrivania per arrivare meglio a ciò che voleva.

Le sue labbra mi sfiorarono le mutandine, facendomi impazzire. Io premetti la guancia contro una pila di pagine, ben consapevole che stavo appiattendo i puntini, e che più tardi non sarei più riuscita a leggerli, ma non mi importava.

Morrie emise un respiro pesante, quindi con dita abili scostò il tessuto delle mutandine e mi passò il polpastrello del pollice sulle labbra.

«Se il lancio del tuo libro è tra cinque giorni, significa che tra quattro giorni sarai mia moglie.»

«Morrie» sussurrai senza fiato mentre il suo dito mi girava intorno al clitoride.

«Mi piace quando pronunci il mio nome» sussurrò, accarezzandomi con il respiro. «E presto, Mina Wilde, tutto questo sarà *mio*.»

Fece scivolare il dito dentro di me, e poi mi accarezzò con un ritmo lento e languido.

«Non solo tuo» riuscii a dire, a fatica.

«No, non solo mio. *Nostro*. Mio, di Heathcliff e di Quoth. Ti incatenerai per sempre a tre nefasti criminali. Ma, a giudicare da come sei bagnata, non credo che ti dispiaccia affatto. Dicono che porti sfortuna profanare la sposa prima delle nozze, ma io non sono mai stato uno che obbedisce alle regole.»

E mi infilò dentro la lingua.

Ansimai alla nuova sensazione, stringendo il bordo della scrivania per mantenermi in equilibrio. La sua lingua premeva contro di me, vogliosa. I miei capezzoli, duri come sassolini sotto la camicia, spingevano contro la carta Braille.

«Oh, sì» mormorò Morrie appoggiato a me. «Penso che sarai una moglie adorabile, Mina Wilde.»

La mia pelle fremeva e lui leccava ogni mia goccia, prendendosi tutto il tempo che gli serviva, senza fretta e con estrema cura. Con le dita mi allargò ancora di più, mentre mi spingeva dentro la lingua esperta e poi la ritirava per farla girare intorno al clitoride.

«Morrie, ci sono quasi» esclamai tra i gemiti, sporgendomi in avanti, con i puntini ruvidi della carta Braille che mi sfioravano la guancia. Allungai il braccio per afferrare l'altro bordo, e feci cadere a terra un mucchio di pagine.

Pensai che mi ci sarebbero volute ore per rimettere tutto in ordine. Pochi minuti prima, mi sarei lasciata prendere dal panico, ma adesso, con i fuochi d'artificio che increspavano la parte più profonda del mio essere e le stelle che mi scoppiavano dietro le palpebre chiuse, quello era l'ultimo dei miei pensieri mentre, cavalcando la lingua esperta di Morrie, venivo tra le grida.

«Vuoi che ti distragga più di così?» Affondò leggermente i denti nella carne del sedere e le sue dita mi accesero di nuovo, con spinte lente e sapienti.

«Sì, ti prego» lo implorai e spinsi in avanti il bacino per assecondare le sue spinte.

Morrie rise, la sua lingua che affondava di nuovo, seguendo i movimenti delle sue dita.

Con quell'assalto mi aveva fatto perdere la testa. Il mondo intero si era ridotto alla punta di uno spillo, e non esisteva più nulla al di fuori del piacere che mi offriva lui. Il mio orgasmo successivo fu intenso e rapido, con esplosioni di luce da tutte le parti, e tutto il mio corpo era ridotto a un tremore. Altre pagine Braille caddero dalla scrivania.

Prima ancora che potessi riprendermi, Morrie era già in piedi e il suo corpo forte era dietro di me, che mi teneva in posizione mentre io mi accasciavo sulla scrivania, con la gonna sollevata intorno ai fianchi.

Con un sorriso ebete appoggiai di nuovo la guancia sulle pagine Braille, sapendo che l'impronta di tutti i puntini mi si sarebbe incisa sulla pelle. Morrie mi schiaffeggiò il sedere scherzando, facendomi strillare, quindi mi afferrò per i fianchi e mi penetrò con una lunga spinta.

Proprio come la sua lingua, anche il suo corpo si muoveva con una freddezza e un controllo che mi facevano tremare le ginocchia, ed ero felice di avere la scrivania a cui aggrapparmi mentre il suo uccello mostruoso mi penetrava.

«Hai intenzione di venire di nuovo, bellezza? Pensi di urlare il mio nome durante un orgasmo con il mio uccello dentro? Vuoi far ingelosire Quoth al piano di sotto perché non è qua a distrarti anche lui?»

«Sì, sì» gemetti, spingendo in fuori il sedere e facendo cadere a terra un'altra valanga di carta.

Maledizione, ma quanti fogli c'erano?

Il piacere che mi si stava addensando tra le gambe mi riportò in fretta al presente. La mole imponente di Morrie mi tolse tutto il fiato dai polmoni e nell'istante in cui si fece strada dentro di me con quella sua disinvolta arroganza, come se stare lì, spalmata sotto di lui fosse ciò che avevo sempre chiesto, mi persi del tutto.

Per Hathor, Morrie è davvero bravo a farmi impazzire.

«Ci siamo, bellezza. Vieni, mia futura moglie. Fammi sentire come urli il mio nome.» Morrie spinse con più forza tra le mie gambe, mentre con le dita mi stuzzicava il clitoride bagnato.

Gemette di nuovo, con un suono assolutamente *selvaggio*, e lì capii, con un brivido di certezza, che le ultime vestigia del suo eccellente autocontrollo si erano infine spezzate. Quando mi penetrò di nuovo, lo fece con una forza tale che la scrivania scricchiolò e si spostò.

«Mina.» Il suo bacino spingeva, e la sua voce mi rimbombava nel petto. Ero avvolta dal suo profumo, quel familiare dopobarba al pompelmo e alla vaniglia in contrasto con la sua natura malvagia.

Risposi con un gemito incoerente che poteva essere tanto il suo nome quanto la lista della spesa, ma in quel momento, mentre mi contorcevo sotto di lui, bloccata alla scrivania dalle sue mani forti e dal ritmo incessante dei suoi lombi, non aveva nessuna importanza.

«Morrie» gemetti di nuovo, godendomi il suo tocco, attraversata da scariche di piacere che mi colpivano con foga e violenza, come tanti fulmini. Questa volta, giunta all'apice, non cercai di trattenermi e cavalcai l'onda con forza, urlando il suo nome.

«Cazzo, Mina!» Morrie spinse più forte, tenendomi stretta

per i fianchi e rinunciando anche all'ultimo, fragile filo di autocontrollo.

Crollai sulla scrivania mentre cercavo di riprendere il normale ritmo del respiro. Morrie rimase dentro di me ancora per un istante, chinandosi a posare una scia di baci sulla mia pelle prima di uscire.

Poi si sdraiò, appoggiando la guancia sulla scrivania accanto a me, sopra altri puntini Braille. Ero avvolta dal suo profumo, e mi sentii rilassata. Lui allungò le mani e affondò le dita lunghe ed esperte nei muscoli annodati delle mie spalle.

Volevo protestare e dirgli che avevo ancora molto lavoro da fare, ma con le cosce che ancora formicolavano e la tensione delle spalle che diminuiva, non avrei potuto dire di no a un po' di coccole.

Il libro poteva aspettare.

«Ascoltami, bellezza. Non importa se non si presenta nessuno di quei pezzi grossi dell'editoria. Tutti quelli che contano per te ameranno il tuo libro. Non preoccuparti di questo, adesso» mormorò, le sue dita che mi massaggiavano un nodo particolarmente ostinato.

Forse aveva ragione. Se anche non fosse venuto nessuno al lancio del mio libro, non importava. Nel giro di quattro giorni avrei sposato tre dei più grandi cattivi della letteratura, che adoravo più di quanto avrei adorato una reunion dei Black Flag dei tempi di Henry Rollins, e nient'altro importava...

DING.

Un'e-mail!

«Lascia perdere, bellezza, ci stiamo facendo le coccole» gemette Morrie.

Ma mi ero già girata e stavo cercando freneticamente il mio telefono. Le mie dita lo sfiorarono, proprio sul bordo del tavolo. Lo presi e cliccai sul mittente dell'e-mail.

Il telefono mi lesse ad alta voce il nome del mittente. «Jen Whately.»

Jen Whately! In persona!

Il cuore mi batteva forte. Jen era un'amica di Christina Olivian, nonché la direttrice editoriale della casa editrice *dei miei sogni*. L'avevo conosciuta sei mesi prima, quando Christina l'aveva portata alla Nevermore per cercare una prima edizione di Oscar Wilde da regalare a un amico.

Una volta elaborata la sorpresa, ci eravamo messe a chiacchierare. Jen mi aveva dato il suo biglietto da visita. Dopo che le avevo rintracciato quell'Oscar Wilde ci eravamo scambiate qualche e-mail. Le avevo mandato un invito e una copia in anteprima del mio libro. Sapevo che era una possibilità piuttosto remota, ma speravo in segreto che le piacesse così tanto da volerlo pubblicare, magari con un accordo di sola stampa nel quale io curavo l'uscita dell'ebook, e loro facevano una di quelle belle edizioni speciali con i bordi dorati...

«Chi è, bellezza?» mi chiese Morrie passandomi le mani sulla curva del sedere.

«Jen Whately. L'editrice di cui ti parlavo. Quella che speravo...»

Per poco non mi cadde il telefono.

Morrie si alzò a sedere, subito interessato alla questione. «Forza, leggila. Voglio sentire quanto brillante ti reputa e quanti zeri ci sono alla fine dell'assegno che ti offre per il tuo libro brillante e osceno.»

Con le mani tremanti, cliccai sull'e-mail. Il mio telefono iniziò a leggere la risposta di Jen:

Mina,

grazie mille per l'invito. Sono una grande fan della tua piccola libreria, quindi ti darò alcuni consigli che non do gratis agli altri milioni di aspiranti scrittori che mi contattano. Innanzitutto, tu ti stai autopubblicando, il che non è visto di buon occhio nel mio settore. In secondo luogo, sarà difficile vendere la storia di una ragazza cieca. I lettori vogliono sentirsi in sintonia con la protagonista, e non ci riusciranno se lei non ci vede. Mi dispiace, so che non è quello che vuoi sentirti dire.

Scrivi qualcosa di più commerciale, oppure riscrivi questo libro senza il dettaglio della cecità, e lo valuterò volentieri.

Ti auguro ogni bene e spero di tornare nel tuo incantevole negozio quando sarò in zona.

Cordialità, Jen

Il cuore mi batteva forte. *La gente non riesce a immedesimarsi nella mia protagonista?* Ma...

Avrei voluto ribattere. Avrei voluto urlare che nessuno sembrava avere problemi a relazionarsi con me e spiegare quanto avessi avuto bisogno di leggere una storia come quella nel periodo in cui mi avevano diagnosticato la malattia.

Ma non sarebbe servito a niente.

Jen ne sapeva di più. Era lei l'esperta di editoria.

È del mestiere. Se dice che il mio libro non è abbastanza commerciale, allora...

Morrie mi prese il telefono dalle mani e scorse l'e-mail. «Non posso credere che ti abbia scritto queste cose. Spero che a questa donna piacciano gli accessori di design esclusivi, perché ho intenzione di strapparle le budella e di intrecciarle per farci un'elegante borsetta da sera.»

Io strizzai gli occhi. *Astarte, ti prego, non farmi piangere davanti a lui.* «Morrie, non farne un dramma. *Ti prego.*»

«Userò i suoi denti per farle una bella collana e con le sue sopracciglia realizzerò un grazioso cappottino invernale...»

«Come fai a ottenere abbastanza fibra dalle sopracciglia per... non importa. Lascia perdere, Morrie.»

«Mina, ha detto che i lettori non riusciranno a immedesimarsi nella tua storia. Che *non riusciranno*. Tutti al mondo possono immedesimarsi nella storia di chi deve ritrovare se stesso dopo una delusione. Beh, tutti tranne me, perché io non ho mai avuto una delusione in vita mia.»

«Va bene.» Gli strappai il telefono di mano e me lo rimisi in tasca. Mentre mi risistemavo la gonna, repressi il dolore finché non fu ben nascosto in profondità. «Jen conosce questo settore. Se pensa che non sia una cosa con cui si entra in sintonia, probabilmente ha ragione. Questo spiega perché nessuno ha risposto alle mie e-mail.»

«Mina, non...»

«Mi sta bene così, *sul serio*. È solo un vezzo. Non dovrei avere così tante aspettative. Anche se al lancio del libro non verrà nessuno, noi quattro e la Società delle Cacciatrici di Spiriti ci divertiremo lo stesso un mondo.» Mi costrinsi a sorridere. «E guarda il lato positivo: in questo modo siamo sicuri che ci saranno salatini alla salsiccia per tutti.»

Distolsi lo sguardo, cercando disperatamente di ricacciare indietro le lacrime. Non volevo piangere a quattro giorni di distanza dal mio matrimonio.

Ho commesso un grave errore.

Avevo lavorato davvero tanto a quel libro. Ci avevo messo tutto quello che avevo. Gli amici che l'avevano letto l'avevano trovato divertente. Probabilmente mi ero crogiolata così tanto nelle loro lodi da convincermi che tutti lo avrebbero amato, che se solo fossi riuscita a spargere la voce avrei trovato un pubblico che voleva leggere le avventure di un'eroina che finiva in una libreria magica, risolveva omicidi e si innamorava di tre uomini immaginari.

Ma evidentemente mi sbagliavo.

«Sembri così delusa...»

«No, sto bene!» Mi chinai di nuovo sul portatile, digitando

parole a caso. «Senti, ho una tonnellata di lavoro da fare e ho pochi giorni a disposizione, quindi per favore puoi andare di sotto e dire a Quoth di abbassare il volume della radio?»

2

MORRIE

Uscendo dall'ufficio di Mina mi sfregai le mani. Lei mi fece un vago cenno di saluto senza sollevare lo sguardo dallo schermo, i capelli tutti scompigliati e gli splendidi occhi verdi ancora eccitati per gli orgasmi che le avevo procurato. Stava già rileggendo l'e-mail.

Avrei voluto entrare nel device e fare qualcosa di decisamente sgradevole a quella Jen Whately. Come aveva potuto dire una cosa del genere a Mina? Perché pensava che la gente non potesse immedesimarsi nella sua storia?

Mina aveva superato una serie di sfide. Si era servita del suo cervello e della creatività per tirarci fuori da parecchie situazioni difficili. Era stata minacciata con coltelli, pistole e garrotte, eppure continuava a vedere il meglio nelle persone. In paese, aveva toccato il cuore di tutti. Aveva lavorato al fianco di Heathcliff per più di un anno, e non si era mai spaventata.

Aveva sconfitto un *vampiro* della letteratura, vecchio di secoli.

Aveva cambiato *me*, un'impresa che mai avrei reputato possibile.

Un tempo ero una mente criminale fredda e insensibile che

si nascondeva dietro una maschera e una lingua perfida, finché lei non mi ha squarciato in due, costringendo tutti i miei segreti più oscuri a uscire allo scoperto.

Sono *ancora* una mente criminale, ma ora che ho una famiglia (una famiglia vera, a cui badare e da difendere) sono molto più potente.

Come si poteva dire che la gente non si sarebbe immedesimata in tutto ciò?

Conoscevo Mina troppo bene per pensare che si sarebbe dimenticata di quell'e-mail. In quel momento stava rimuginando sulle parole di Jen, con i bei lineamenti contorti dalla preoccupazione. Avrei voluto fare qualcosa, ma a parte la mia idea di trasformare varie parti dell'anatomia di Jen in accessori da indossare, non sapevo come fare. E, purtroppo, dovevo tornare giù.

La visita al suo ufficio non era stata per una ragione puramente personale: ero in missione.

Tornai di corsa al piano di sotto, passando davanti allo studio d'arte comune dove Quoth correva avanti e indietro canticchiando la canzone di Taylor Swift che passavano alla radio, mentre raccoglieva da terra panni vari e riponeva i pennelli nei loro armadietti. Con un nastro di velluto aveva raccolto i capelli lisci come seta in una coda di cavallo e, nonostante si muovesse in un modo a dir poco frenetico, i suoi occhi cerchiati di fuoco erano sereni.

Quoth non era mai così felice come quando faceva qualcosa di disgustosamente premuroso per Mina oppure lavorava alle sue opere artistiche, e il nostro progetto del momento combinava entrambe quelle attività.

Mi sentii sollevato nel notare che l'ampio spazio nell'angolo dello studio, nelle ultime tre settimane occupato da qualcosa di grande e sgraziato, era nascosto da un panno nero. *La missione era stata un successo.*

Mi chinai e spensi la radio. Quoth continuò a canticchiare, senza nemmeno accorgersi che non c'era più la musica.

Il ritmo del mio cuore accelerò e spostai lo sguardo in giro per la Nevermore Gallery, alla ricerca della mente che si celava dietro gli intrallazzi della giornata.

Eccolo lì. Appoggiato allo stipite della porta, che si massaggiava le braccia muscolose con l'aria di chi aveva appena manovrato il suddetto oggetto sgraziato facendolo passare per la stretta Butcher Street fino al camion in attesa, c'era Heathcliff.

Mi avvicinai a lui e sentii nel petto un battito d'ali familiare. Mina Wilde era l'amore della mia vita, la donna per la quale avrei bruciato il mondo, ma anche quell'uomo aveva rapito un pezzo del mio cuore nero, e ora lo teneva stretto nel suo grosso pugno e lo stringeva così forte che il suo amore mi faceva mancare l'aria.

Vivevo con Heathcliff Earnshaw da anni, eppure vederlo così, maestoso nella sua ira, mi faceva ripensare al primo giorno in cui ero entrato nella Libreria Nevermore e avevo incontrato il mio malvagio compagno. Nel corso degli anni erano passati molti uomini nel mio letto, tutti che mi adoravano prostrati, ma Heathcliff era l'unico uomo per cui mi sarei mai prostrato io.

Ciononostante, io non avevo mai sospettato che provasse per me qualcosa di diverso dal fastidio.

Per chiudere in un dissoluto intreccio l'abisso che esisteva tra di noi era servita Mina Wilde: lei aveva aperto i nostri cuori e messo a nudo ogni nostro desiderio nascosto.

Ne era valsa la pena.

Mi avvicinai a lui e mi accostai, sfiorandogli con le labbra la ricrescita della barba che aveva cercato di tenere rasata. «Ce l'hai fatta?»

Per tutta risposta lui emise una specie di grugnito.

Io mi ritrassi e mi portai una mano all'orecchio. «Che cos'ho sentito? "*Grazie*, Morrie, per aver distratto brillantemente Mina con la tua lingua malvagia e il tuo cazzo impressionante, così da permettermi di portare di nascosto la cabina fotografica di Quoth lungo Butcher Street e sul retro del nuovo pick-up di Jo"? Oh, non ti preoccupare, davvero. Io sono fatto così: sono un inguaribile altruista. D'altra parte, qualcuno doveva pur sacrificarsi per la squadra...»

Lui mi lanciò un'occhiataccia. «Già, altruista. È per questo che ti sei offerto volontario per distrarla mentre io trascinavo una mostruosità di mezza tonnellata su per la collina e la caricavo sul pianale del pick-up *da solo*.»

«Avevi Quoth.»

Quoth girò il capo e mi lanciò un'occhiata che diceva: *Ti prego, non coinvolgermi in questa storia.*

Heathcliff sbuffò. «Ah, mi ha proprio aiutato! Appena ha visto Dorothy Ingram che passeggiava sul prato è diventato tutto piume, vero? Se non avessi retto io tutto il peso, lui avrebbe fracassato l'angolo contro il muro.»

«Vi ha visti?» chiesi.

«Mina? Spero proprio di no. La tua lingua malvagia serviva proprio a questo, ad assicurarsi che non si affacciasse alla finestra nel momento sbagliato, proprio quando c'era abbastanza luce perché vedesse...»

«Tranquillo, ho fatto in modo che la nostra ragazza non si avvicinasse alla finestra.» Sorrisi, il mio uccello che si scatenava in una piccola giga al ricordo di lei piegata sulla scrivania. «Ma mi riferivo alla nostra brontolona del villaggio preferita.»

«Per fortuna, Dorothy Ingram aveva gli occhietti vogliosi fissi su alcuni giovincelli che bighellonavano fuori dal pub. Sono riuscito a legare quel coso senza che lei se ne accorgesse, e ora avrò bisogno di un chirurgo che mi sistemi le spalle rotte.» Gli occhi scuri di Heathcliff scrutarono Quoth, che se ne stava rannicchiato dietro una scrivania. «Sei in debito con me, uccellino. Sarà meglio che tu abbia del whisky, nascosto da qualche parte nella galleria.»

Quoth corse a prendere a Heathcliff la sua medicina. Lui si sedette sotto la finestra sul divano di pelle tutto macchiato di vernice e si asciugò il sudore dalla fronte. Sembrava più affannato di quanto non lo avessi mai visto, il che era insolito, considerando che la Nevermore era temporaneamente chiusa e che da una settimana non aveva a che fare con clienti.

Dopo che Dorothy Ingram ci aveva cacciati dal municipio, sede originaria della nostra cerimonia, Cynthia Lachlan, amica di Mina nonché membro della Società delle Cacciatrici di Spiriti, si era offerta di ospitare gratuitamente il ricevimento alla Lachlan Hall. Cynthia era un'altra persona che era in debito con Mina, poiché la nostra ragazza l'aveva salvata dall'accusa di vari omicidi di membri del Club dei Libri Banditi, aveva catturato un assassino durante il suo weekend della Jane Austen Experience, e aveva anche salvato il suo ex marito Grey dalle grinfie di Dracula.

L'unico problema era che la Lachlan Hall era già prenotata per eventi vari, e rimaneva solo un giorno in cui Cynthia poteva inserirci, tra la fine della stagione dei tour del British Heritage e prima che vi si insediasse una squadra di muratori per iniziare le riparazioni alla torretta est. E si dava il caso che quel giorno fosse proprio quello prima della presentazione del libro.

Mina voleva che tutti i nostri amici del villaggio fossero presenti a entrambi gli eventi, e così avevamo deciso di prendere al volo quella opportunità. Anche il mio ex, Sherlock, sarebbe arrivato da Londra per l'occasione. Questo però significava che Mina non avrebbe avuto il tempo di organizzare il matrimonio, oltre alla presentazione, e comunque, dare per scontato che in una relazione fosse la donna che doveva organizzare il matrimonio era una posizione antiquata e maschilista. E si sa che noi, tre cattivi concepiti da scrittori vittoriani bianchi, siamo il paradigma del femminismo moderno.

Avevo pensato che Mina volesse chiedere a me di occuparmi dell'organizzazione del matrimonio, visto che so come costringere i miei servitori a eseguire gli ordini. Oppure magari avrebbe scelto Quoth, che ha una vena artistica.

Invece l'aveva chiesto a Heathcliff. O forse, era stato lui a offrirsi volontario. Non ricordavo. Comunque sia, il grande antieroe gotico della letteratura, un uomo che detestava la gente, la fatica, e tutto ciò che aveva a che fare con matrimoni (tranne il momento delle promesse e l'open bar) aveva concentrato tutta la sua natura ossessiva sui runner per i tavoli e sulle *font* degli inviti.

A dire il vero, si era dimostrato sorprendentemente bravo a mettere insieme in pochi mesi un matrimonio sontuoso a tema editoriale. Bastava un'occhiataccia di Heathcliff e tutti i fornitori si piegavano a ogni suo capriccio.

E lui ne aveva molti, di capricci.

Come, per esempio, le manovre di quel giorno. Poiché il matrimonio si svolgeva in un vero e proprio castello, Heathcliff aveva deciso che avrebbe cercato di ricreare le scene di uno dei film Disney che Mina preferiva: *La Bella e la Bestia*. Lei diceva spesso che la Bestia che regalava una biblioteca a Belle era una delle cose più romantiche che avesse mai visto.

Così Heathcliff aveva avuto l'idea di trasformare la biblioteca della Lachlan Hall nella biblioteca del film, per farci fare le foto. Aveva chiesto a Quoth di aiutarlo a creare degli oggetti di scena e il nostro uccellino aveva esagerato un po'.

Quoth aveva costruito un enorme caminetto finto che corrispondeva esattamente a quello del film. In pratica, l'aggeggio che avevamo trasportato quel giorno. E avevamo trasportato anche i vari oggetti che si trasformavano in personaggi viventi, e un grande trompe-l'œil sul soffitto per far sembrare che la biblioteca avesse quattro piani anziché *solo* due, tutti addobbati con lucette e luccichini, così che Mina li vedesse.

Sarebbe *impazzita*. Sempre che tutte le sculture di Quoth fossero arrivate integre fino alla location. Era per quello che Heathcliff voleva che noi due lo raggiungessimo alla Lachlan Hall mentre venivano installate, per verificare che tutto andasse alla perfezione.

Heathcliff guardò l'orologio. «È meglio andare. Prima che sistemiamo le sculture Disney devo parlare con Cynthia delle composizioni floreali.»

«È una frase che non avrei mai immaginato di sentirti pronunciare.»

«Puoi rendere utile quella tua boccaccia e chiamare qui l'uccellino? Sembra essere scomparso.» Heathcliff si scrocchiò le spalle con una smorfia.

«Quoth?» Mi diressi nel retrobottega, dove Quoth era andato a lavarsi le mani ma si era distratto con il tableau (a tema biblioteca) che riportava il piano dei posti a sedere. «Uccellino! Sir Acidone di Fastidioberry vuole andare, subito.»

«Oh, scusami.» Quoth gettò i pennelli nell'acqua e nascose il tableau in un angolo dello studio perché Mina non lo trovasse. Si stava dando un sacco da fare con i preparativi, proprio come Heathcliff, e aveva persino fatto lavorare i suoi studenti d'arte 24 ore su 24, alle varie installazioni.

A essere sincero, dovevo riconoscere con amarezza che tutta la loro frenesia mi faceva sentire un po'... superfluo. Non era una sensazione a cui ero abituato... beh, a parte lo sfortunato episodio di qualche mese prima, quando mi ero dovuto nascondere con il mio ex, ma quella storia era ormai alle spalle.

Comunque, avrei voluto contribuire alla festa a sorpresa (o matrimonio a sorpresa) per Mina con qualcosa che non fosse solo il mio bel corpo.

Quoth sembrò percepire il mio disagio, perché alzò la testa e i suoi occhi bordati di arancione incontrarono i miei. «Di te c'è bisogno, Morrie. Sempre.»

«Non ne ho mai dubitato.»

«Bene. Perché adesso serve che tu mi raccolga i vestiti.» Fece uno dei suoi soliti sorrisi genuini e mutò. Davanti ai miei occhi, rimpicciolì dentro gli abiti. Il suo volto si avvizzì, il naso e la bocca si trasformarono in becco, la spina dorsale e le costole si contorsero e le braccia si dispiegarono in eleganti ali nere.

Poi sbatté due volte le ali per togliersi la manica della camicia, volò verso di me e si appollaiò sulla mia spalla. E sul pavimento rimase un mucchietto di vestiti schizzati di vernice.

Glieli raccolsi e li posai, ripiegati e in bell'ordine, su una sedia. In seguito chiamai un Uber per andare alla Lachlan Hall. Se devo essere sincero, chiamai *due* Uber, perché il primo si era rifiutato di far salire un corvo in macchina. Heathcliff aveva picchiato sul finestrino mentre l'autista si allontanava in tutta fretta. «Questa è discriminazione! Lui è il mio corvo da supporto emotivo!»

Considerando lo stato di tensione in cui versava Heathcliff per il matrimonio, mi sembrò una definizione particolarmente precisa.

«Cra.» Quoth saltò sullo schienale del mio sedile e beccò un orecchio di Heathcliff, in un tentativo molto corvino di calmarlo. Come prevedibile, l'effetto che ottenne fu esattamente l'opposto: Heathcliff gridò e il telefono gli volò dalle mani e cadde tra i sedili, al che diventò paonazzo come non lo avevo mai visto.

Una volta giunti alla Lachlan Hall, Heathcliff era un fascio di nervi.

La casa imponente era piena di gente. Era per quello che Quoth non voleva venirci nella sua forma umana. Sui gradini ci passarono davanti due uomini che trasportavano un pesante tavolo di quercia. Una donna con le braccia cariche di stoviglie per poco non mi buttò a terra, e qualcuno alla guida di una golf car carica di bicchieri da vino fece una precipitosa inversione a U appena vide Heathcliff, per fuggire nella direzione opposta. Quando scorsi i loro volti, ebbi la sensazione di averli già visti, ma non riuscii a identificarli.

Non erano tutti lì per il nostro matrimonio, giusto? Quella settimana Cynthia stava ospitando una conferenza del National Trust, anche se si svolgeva principalmente nel giardino d'inverno...

Heathcliff si precipitò dentro la casa, e per poco non travolse il maggiordomo. Per fortuna, Iwan Carew fece capolino da uno dei saloni, e ci bloccò con il suo sorriso disarmante e genuino.

«Heathcliff, amico mio.» Iwan mise le braccia intorno alle spalle di Heathcliff, e lo salvò in extremis. «Come stai, vecchio? Sei emozionato per il grande giorno?»

La bocca di Heathcliff iniziò ad arricciarsi nella sua solita smorfia immusonita, che però non arrivò. La personalità contagiosa di Iwan aveva disarmato persino Sir Causticità in persona.

Heathcliff aveva contattato tutti gli officianti disponibili in zona per trovare qualcuno che celebrasse il nostro matrimonio, decisamente non convenzionale. In Inghilterra la nostra cerimonia non avrebbe costituito un vincolo legale, però la consuetudine era che le coppie individuassero un celebrante per la cerimonia di nozze, e poi andassero all'ufficio anagrafe dove un ufficiale di stato civile si sarebbe occupato delle questioni legali. Così avevamo pensato di fare allo stesso modo anche noi, al netto di tutte quelle assurdità legali.

Quello che non avevamo previsto era la campagna di Dorothy Ingram contro le nostre nozze. Era così convinta che al suo Dio importasse qualcosa del fatto che Mina stesse per sposare per finta tre uomini, che si era messa in contatto con tutti i celebranti nel raggio di trenta miglia e si era assicurata che tutti sapessero bene che se ci avessero sposato avrebbero ricevuto così tante lamentele che nessuno li avrebbe mai più chiamati a officiare un solo matrimonio.

Ma quando Heathcliff e Iwan si erano incrociati, il celebrante gallese aveva rivolto a Heathcliff il suo enorme sorriso amichevole e gli aveva detto che quello non era il suo primo incontro con Dorothy Ingram. Lei lo aveva già tormentato per la sua campagna a favore dei matrimoni gay, prima che venissero resi legali nel 2013. «Non avevo paura di lei allora, e non ne ho adesso. Se voi quattro siete follemente innamorati e volete renderlo ufficiale e fare una bella festa, sarò onorato di esserci. E voglio anche aiutarvi nell'organizzazione. Si dà il caso che io sia il wedding stylist più richiesto del Loamshire.»

E così Iwan era diventato il nostro nuovo amico. Sapeva tutto sui matrimoni e si era praticamente trasferito alla Lachlan Hall per aiutarci con i preparativi dell'ultimo minuto. In assenza di Mina, era stato grazie a lui che Heathcliff non aveva perso la testa.

«Sarò emozionato solo quando tutto sarà in perfetto ordine» mormorò Heathcliff, ritraendosi lentamente, con gli occhi che lanciavano occhiate nervose tutto intorno. «Jo è arrivata con il caminetto?»

«È sul retro e lo sta scaricando.» Iwan fece una carezza sulla testa a Quoth, e ci fece cenno di seguirlo. «Sono arrivati dei campioni di fiori, ma erano terribili, così li ho mandati indietro. Domani ne arriveranno degli altri, e saranno perfetti. Qualche bastardo ha rubato le uniformi del personale di servizio, ma io ne ho ordinate di nuove, perché con i camerieri nudi sarebbe un evento del tutto diverso! E Oliver ha mandato due torte tra cui scegliere, e io gli ho detto che *ovviamente* Mina è una ragazza da triplo cioccolato e lamponi.»

Certo, mi disse Quoth nella testa mentre seguivamo Iwan attraverso il foyer riccamente decorato, e poi verso la sala da ballo, dove si sarebbe svolta la cerimonia. Stavamo per entrare quando Cynthia Lachlan irruppe dalle doppie porte, facendoci quasi finire a terra.

«Oh, Morrie, Heathcliff, uccellino, è bello rivedervi.» La bocca di Cynthia, piena di una quantità eccessiva di rossetto, si incurvò verso il basso. «Temo di avere una brutta notizia per voi.»

Heathcliff si bloccò. «Che succede?»

«Niente di così tremendo. Sono certa che non è nulla, ma, Iwan, tu potresti andare a parlare con il personale e io espongo loro il nostro problemino...»

«Ma certo.» Tutto giulivo, Iwan salutò con un inchino. «Tranquilli, amici. Si tratta di un piccolo contrattempo. Per il matrimonio, tutto sarà perfetto!»

«Di quale piccolo contrattempo parla?» Heathcliff sembrava sul punto di esplodere.

«È tutto piuttosto strano.» Cynthia ci condusse in un salottino, dove c'erano diverse scatole sparse sui mobili. «Stamattina ho ricevuto io la consegna delle fodere delle sedie.»

Esatto. Quoth saltellava eccitato sulla mia spalla. *Io e Iwan abbiamo deciso per un copri-sedia rosso sangue con fiocchi dorati a contrasto, così che Mina cogliesse il dettaglio e...*

Cynthia rovesciò una delle scatole. Ne caddero fuori nastri di tessuto rosso e oro strappati: una cascata di sangue e brillantini.

«Questa è un'interpretazione piuttosto avanguardistica di "fodera" di una sedia» commentai.

Heathcliff rimase a bocca aperta. «Che cosa è successo...»

Cynthia raccolse tra le dita un brandello di tessuto e fece una smorfia disgustata, come se quella stoffa rovinata offendesse ogni suo senso. «Sono arrivati in questo stato. Sono così tutte le scatole. Ho chiamato l'azienda e ho fatto una bella scenata. Secondo loro, l'ordine è stato consegnato ieri, non oggi, e hanno detto che in casa c'era qualcuno che ha controllato la merce e firmato la consegna. Non capisco come possa essere successo! Mi hanno anche detto che non ci sarà il tempo per fare una nuova consegna prima del matrimonio. Sono costernata.»

Heathcliff affondò la mano nel mucchio di sfilacci, viola in faccia per la rabbia. «La testa di qualcuno rotolerà, per questa cosa.»

«E non è tutto.» Cynthia gli mise tra le mani un foglio di carta piegato. «Sopra la prima scatola c'era questo.»

Sbirciai da sopra la sua spalla mentre Heathcliff dispiegava il foglio. Delle lettere ritagliate da titoli di giornali erano incollate su un foglio di carta da stampante, come una lettera di riscatto vecchio stile. (Ne avevo viste alcune del genere nella mia vita, anche se non ne avevo mai spedite personalmente. Il bricolage non era il mio forte, e quando James Moriarty invia una richiesta di riscatto, di solito la scrive a mano, e firma con il proprio nome: un criminale deve avere classe).

Il biglietto recitava:

MINA WILDE, NON MERITI DI ESSERE FELICE.
SONO QUI PER ROVINARTI IL MATRIMONIO.
CON OGNI MEZZO NECESSARIO.

AVVISO SULLA PORTA DELLA CHIESA PRESBITERIANA DI ARGLETON

Peccatori tra di noi! Pregate per Argleton!

Avviso del Comitato di Argleton per la Difesa contro l'Immoralità, l'Adulterio, la Bestialità, Lucifero e l'Occulto.

Siamo venuti a conoscenza del fatto che i residenti della Libreria Nevermore (una donna di nome Mina Wilde e i suoi amanti Heathcliff Earnshaw, James Moriarty e Allan Poe) hanno intenzione di organizzare una cerimonia nuziale pagana alla Lachlan Hall, dove si sposeranno in una volgare presa in giro delle sacre promesse matrimoniali!

Tutti gli abitanti del villaggio hanno ricevuto un invito a questa cerimonia blasfema. Se tenete alla santità della vostra anima, vi invitiamo a non partecipare a questo matrimonio demoniaco e a unirvi a noi in chiesa per un gruppo di preghiera per le anime di questi peccatori, affinché riconoscano il proprio errore e si pentano della loro empia relazione, onde evitare che il male colpisca loro e tutti coloro che li conoscono.

Il circolo di preghiera sarà seguito da un rinfresco in cui condivideremo cibo e bevande portate da casa.

3

MINA

Nel momento in cui Heathcliff, Quoth e Morrie uscirono per il loro appuntamento alla Lachlan Hall, sgattaiolai da dietro la scrivania, presi il guinzaglio di Oscar e mi spostai al piano di sotto.

Ero sbigottita per quell'orribile e-mail. Jen aveva ragione? Non avevo ricevuto alcuna risposta all'invito per la presentazione del mio libro perché pensavano che nessuno l'avrebbe mai letto?

Era davvero una storia in cui non ci si poteva identificare?

La mia carriera di scrittrice era finita prima ancora di cominciare?

Mi accasciai sul divano sotto la finestra nell'ingresso, che dava su Butcher Street e dalla quale si vedeva tutta la Libreria Nevermore. Oscar si stese a terra ai miei piedi, pronto nel caso avessi avuto bisogno di lui per un altro compito.

Riuscivo a scorgere solo i profili delle cose, ma conoscevo la Nevermore così bene da vederla con gli occhi dei miei ricordi: le file di sedie allestite nella sala Eventi, il bar improvvisato dove Richard, del Rose & Wimple, avrebbe servito bevande a tema letterario, l'espositore pieno di copie del mio libro (sempre che avessi finito di editarlo), io che indossavo il vestito che avevo scelto appositamente per l'occasione (gonna di pelle nera, bustier rosso, giacca gessata rossa e nera con le maniche arrotolate e il bavero pieno di spillette), e nessuno che si era presentato.

Non succederà, Mina.

Ci sarebbero stati i miei amici e la mia famiglia. La signora Ellis avrebbe fatto in modo che venissero anche la Società delle Cacciatrici di Spiriti e il suo Circolo delle Sferruzzatrici Impudenti. I ragazzi non mi avrebbero abbandonata.

Avevo passato l'ultimo anno a trasformare la Libreria Nevermore in un'attività di successo, ingraziandomi scrittori, distributori, e tutto il mondo dell'editoria. Ero convinta di essermi fatta degli amici e di essere piaciuta alla gente, e adesso che eravamo al momento decisivo, mi ritrovavo al punto di partenza.

La gente non mi voleva perché ero cieca.

Non ero abbastanza brava.

Se avessi letto quell'e-mail diciotto mesi prima, mi si sarebbe spezzato il cuore, proprio come era stato spezzato dal rifiuto di Marcus Ribald. Però, tutto quello che avevo passato, e le critiche negative ricevute al ritiro letterario alla Meddleworth House, mi avevano temprata.

Ora, l'e-mail di Jen mi intristiva per motivi del tutto diversi.

Si *sbagliava.*

E se tutta l'industria editoriale la pensava come lei, si sbagliavano anche loro.

Io *esistevo.* Ed esistevano persone come me. C'eravamo, ed eravamo in ogni posto. Usavamo un display Braille o uno screen reader per goderci i nostri libri, ma amavamo leggere. E meritavamo di essere rappresentati in quelle storie.

Una parte del motivo per cui ero così spaventata quando avevo iniziato a perdere la vista era perché non avevo mai trovato belle storie su persone cieche. Le centinaia di libri che avevo letto da piccola, i libri che mi avevano confortata nei giorni più bui: non ce n'era nemmeno uno con una protagonista non vedente che vivesse la sua vita, combattesse il crimine, vivesse avventure avvincenti, o conquistasse ragazzi.

E io volevo dare una storia del genere a persone come me. Era per questo che stavo cercando di fare un lancio in grande stile, invece di vivere nascosta, come avevo cercato di fare dopo che Marcus mi aveva licenziata. Pensavo che le persone con cui avevo lavorato per tutti quei mesi la pensassero come me. Pensavo che avessero *capito*.

Invece mi sbagliavo.

Il sangue mi ribolliva per la rabbia. Era come se tutti avessero assecondato la povera ragazza cieca, fingendo di incoraggiarla a scrivere, finché era il venuto il momento di prendere posizione e schierarsi dalla sua parte.

Bene. Quindi nessuno dei miei VIP verrà alla presentazione. Dovevo capire cosa avrei fatto. E fissare il mio manoscritto tristemente imperfetto sparso in giro per l'ufficio non mi sarebbe stato di nessun aiuto.

I miei ragazzi non c'erano, quindi l'unica soluzione al mio problema sarebbe stata una tazza di tè.

Tutta avvilita, mi feci accompagnare da Oscar fino al piccolo angolo cottura sul retro dello studio. Accesi il bollitore e preparai la mia tazza preferita, quella che aveva realizzato Quoth, con un motivo di corvi in rilievo, intagliato tutto intorno al bordo.

Stavo scegliendo un infuso da uno dei barattoli di tè in foglie che Quoth aveva premurosamente etichettato in Braille, quando sentii la porta aprirsi alle mie spalle.

«Mi dispiace, oggi lo studio è chiuso» dissi senza girarmi. Quoth avrebbe dovuto mettere un cartello sulla porta, ma a volte era così preso dal suo lavoro creativo che se ne dimenticava...

«Lo so» disse una vocina nervosa dall'altra parte dello studio. Donna, accento locale e più o meno della mia età, pensai. «In realtà stavo cercando te. O almeno, credo di cercare te. Tu sei Mina Wilde?»

«Assolutamente.»

L'aveva posta come una domanda, quindi mi ero sentita in dovere di rispondere.

Il bollitore fischiò.

Misi un po' di foglie di tè in un colino e posizionai il sensore di livello sul bordo della tazza, quindi versai l'acqua calda. Nel momento in cui l'indicatore si mise a suonare per dirmi che ero a un centimetro sotto il bordo, smisi di versare.

«Spero che non ti dispiaccia. Ti ho vista dalla finestra e so che sei impegnata, ma dovevo provarci. Mi chiamo Maisie Collins. Ho sentito dire che sei molto brava a risolvere i misteri. Mi chiedevo se potessi aiutarmi.» Il suo tono era preoccupato. «Il mio amico James è scomparso.»

«Scomparso?» Mi voltai, ritraendomi perché degli schizzi di tè caldo mi erano caduti sulla mano. «L'hai detto alla polizia?»

«Certo, ma non ne hanno voluto sapere.»

«Non è da loro.» Dell'ispettore Hayes si poteva dire che non avesse una grande immaginazione, però ci teneva a fare bene il suo lavoro e a mantenere al sicuro la comunità. Non riuscivo a immaginarlo disinteressato a quella ragazza preoccupata. «Magari potrei parlare io con l'ispettore. Da quanto tempo è scomparso?»

«Da ieri sera. Mi sembra di impazzire.» Maisie si aggrappò al bordo del tavolo a cavalletto che Quoth usava per le lezioni di arte. Sembrava che se non fosse stato per il tavolo, sarebbe crollata a terra. Con la mano libera frugò nella borsa e mi porse qualcosa. «Ho delle fotografie sul telefono.»

«Mi dispiace, sono troppo cieca per vedere le fotografie. Ma puoi descrivermelo. Ti va una tazza di tè?»

«Sì, grazie. Un po' di latte e due cucchiaini di zucchero. Ti serve una mano?»

«No. Ce la faccio.» Mi voltai per preparare un'altra tazza. «Allora, parlami di James.»

«È alto circa trenta centimetri, con piume gialle e un becco arancione...»

«Come, scusa? Ha le *piume?*»

«James è la mia anatra domestica. Non te l'ho detto?» La sua voce si scaldò. «Il suo nome completo è James Pond, terzo conte di Waddleton. È un maschio di anatra pechinese, di razza pura. Sono preoccupata che possa essere stato se-*qua*-strato.»

Mentre portavo a tavola il tè di Maisie e mi sedevo di fronte a lei, mi accorsi che, con la grande finestra che dava su Butcher Street alle sue spalle, riuscivo a distinguere la sua sagoma. Calcolai che probabilmente le arrivavo alle spalle: forse era alta quasi quanto Morrie, e stava seduta sull'estremità della sedia, come se avesse avuto paura di occupare spazio. Aveva una chioma dei capelli più ricci che avessi mai visto. E possedeva un'anatra da compagnia, il che significava che già mi piaceva.

«Cosa ti fa pensare che James sia stato se-*qua*-strato? Non potrebbe semplicemente essere fuggito? Perché non mi racconti dall'inizio quello che è successo?»

Maisie bevve un sorso di tè. Quando riprese a parlare, capii che stava cercando di non piangere. «Se io sono al lavoro, James sta nel suo recinto che è nel mio giardino sul retro della casa. Va lì anche a dormire. Ogni sera, al mio ritorno, lo lascio uscire e andiamo a fare una passeggiata o una pedalata lungo il ruscello al King's Copse, poi andiamo in casa e guardiamo un po' di Netflix insieme, e quindi lo metto a dormire. Però quando sono rientrata ieri, lui non c'era più. Nella rete intorno al recinto c'era un buco gigante, ma non credo che possa averlo fatto da solo. È un'anatra molto docile e non è mai scappato prima, né l'ho mai sorpreso a beccare la rete. Sono molto preoccupata. Penso che il mio vicino possa aver...»

«Possa aver fatto cosa?»

Maisie deglutì a fatica. «Il mio vicino di casa, Stanley Clarke, si lamenta di James da quando l'ho preso. Ho costruito il recinto e ho rispettato tutte le leggi comunali. Non è illegale tenere un'anatra da compagnia, purché sia rinchiusa e non faccia troppo rumore. James è una brava anatra! Non si fa sentire quasi mai. Invece Stanley continua a lamentarsi con il Comune perché secondo lui starnazzerebbe tutto il giorno. Il Comune ha mandato un tecnico a misurare il rumore e ha stabilito che i *qua* di James rientravano nella scala dei decibel accettabili. Penso che Stanley si sia stufato di James, sia andato da lui in un momento in cui non ero in casa, e... e...»

Maisie scoppiò a piangere.

Le mie dita giocherellavano con il manico della tazza da tè. Non dovevo lasciarmi coinvolgere. Mi dovevo sposare di lì a quattro giorni e dovevo recuperare in qualche modo la presentazione del libro. Il manoscritto era ancora a pezzi, in giro per lo studio. E dovevo capire come fare perché i vari intellettuali si accorgessero della sua esistenza...

Ma forse è proprio questo ciò di cui hai bisogno, mi disse una vocina nella testa. *Un lavoretto investigativo che ti ricordi che la gente ti cerca, che hai un valore. Che le persone si riconoscono in te. Anche se il mondo dell'editoria non ti vuole, Argleton ha bisogno di te.*

Heathcliff, Morrie e Quoth mi avrebbero detto di non farlo.

Beh, ora non sono qui, no? Invece Maisie sì. E lei ha bisogno del mio aiuto.

Allungai una mano sul tavolo, verso di lei. «Maisie, sei capitata dalla detective amatoriale giusta. Accetterò il tuo caso.»

4
QUOTH

«Che ne facciamo di questo?» Heathcliff indicò il biglietto.

Tutti e tre eravamo intorno a ciò che rimaneva della copertura delle sedie. Cynthia era stata chiamata d'urgenza per una questione di tulle, così, con la porta ormai ben chiusa, ripresi la mia forma umana.

Mi buttai su uno dei divani di buon design di Cynthia e mi coprii le parti basse con qualche manciata del tessuto stracciato. Le parole di quel biglietto mi bruciavano in testa.

Qualcuno vuole fare del male a Mina.

Morrie si scrocchiò le nocche. «Semplice. Troviamo l'autore di questo biglietto e lo incoraggiamo a fare una lunghissima passeggiata lungo un molo estremamente corto.»

Gli occhi neri di Heathcliff si accesero. «Un piano eccellente.»

Deglutii. Quei due non avrebbero esitato a usare la violenza se si trattava di proteggere Mina. Era il loro modo di fare. Dopotutto, erano due dei malvagi più famosi della letteratura.

«Magari non serve che lo uccidiamo?» provai a suggerire.

«Forse basta che lo convinciamo a smettere di voler far del male a Mina?»

«Giusto.» Morrie disegnò delle virgolette in aria con le dita. «"Convinciamo".»

«Con un forcone arrugginito» ringhiò Heathcliff, come se il significato di Morrie non fosse ovvio.

«Oppure svuotandogli il cranio o e usandolo come ciotola per il punch.»

Heathcliff si illuminò. «Abbiamo giusto bisogno di una ciotola per il punch per il ricevimento di nozze...»

Il panico mi stringeva il petto. «Sì, sì, sentite, io voglio strozzare questa persona tanto quanto voi...»

«Bene, allora siamo tutti d'accordo. Decapitazione e rimozione del cervello sia. Non capisco perché stiamo ancora qui a parlare mentre là fuori c'è un sabotatore di matrimoni con la testa ancora attaccata al corpo.»

«...però magari prima potremmo provare a trovare un metodo non violento?» insistetti, a bassa voce. «A Mina non piacerebbe sapere che abbiamo ucciso qualcuno prima del matrimonio, anche se questo qualcuno stava cercando di rovinare tutto.»

«*Non violento?*» Morrie si strofinò il mento. «Interessante.»

Heathcliff raccolse dei brandelli delle fodere e me li sbatté in faccia. «A te pare che abbiamo a che fare con una persona non violenta?»

«Beh, tecnicamente ha solo tagliato del tessuto e lasciato un biglietto. Forse è stato un incidente.»

Appena ebbi pronunciato quelle parole, capii che si trattava di una speranza vana. È che odiavo l'idea che qualcuno volesse fare del male a Mina.

«Non è stato un incidente» brontolò Heathcliff. «Qualcuno sta cercando di sabotare il nostro matrimonio.»

«Ed è disposto a usare *qualsiasi mezzo necessario*.» Morrie scandì quelle parole battendo un dito sul tavolo.

Io deglutii. *Non è giusto. Mina si merita un matrimonio perfetto, non di essere minacciata con bigliettini, e fatti male per giunta.* «Dovremmo portarlo alla polizia.»

«A Hayes e alla Wilson?» Heathcliff sbuffò. «Credi che a quegli stupidi importi qualcosa di un bigliettino e di qualche fodera stracciata?»

«Se andiamo a dirglielo, loro ci diranno di annullare il matrimonio» disse serio Morrie. «Per quanto mi riguarda, non permetterò che questo anonimo incasinatore mi impedisca di fare di Mina Wilde la mia sposa illegittima. Io dico di risolvere da soli la questione.»

«In modo non violento?» chiesi speranzoso.

Heathcliff strinse un pugno e strizzò gli occhi scuri, cercando di tenere a bada le emozioni. Quando riaprì le palpebre, aveva un'espressione dura come l'acciaio. «Bene. Proviamo a fare a modo tuo. Ma solo perché hai ragione sul fatto che a Mina non piacerebbe inciampare su un cadavere mentre va all'altare. Il che significa che non le diremo nulla di tutto questo.»

«Dobbiamo almeno avvertirla del pericolo» commentai.

Heathcliff spostò lo sguardo sul tessuto rosso sangue delle coperture delle sedie.

«Sono d'accordo con Heathcliff» disse Morrie. «Non ho avuto modo di dirtelo, ma stamattina Mina ha ricevuto un'e-mail da Jen Whately. L'editor le ha scritto che non è interessata al suo libro perché crede che i lettori non possano immedesimarsi in un personaggio cieco. Secondo lei Mina dovrebbe riscrivere il libro senza che la sua eroina sia cieca.»

No.

È orribile.

Immaginai che Mina fosse *distrutta*.

Morrie mi strinse un braccio con una mano. «Non volare da lei, uccellino.»

«Mina deve essere molto turbata. Sapete bene quanto si sia impegnata per attirare l'attenzione della stampa e del mondo editoriale sul suo libro.» Quel romanzo era la sua anima messa a nudo. Sapevo bene quanto fosse terrificante esporre in pubblico un pezzo della propria anima, rischiando che la gente non apprezzasse. «Devo starle vicino.»

«*Esatto*. Mina ha riposto tutte le sue speranze sul buon esito del romanzo. E ha anche il matrimonio. Non dovrebbe temere pure per la sua vita.»

«Pensate *davvero* che non dovremmo dirglielo?»

Morrie e Heathcliff scossero la testa.

«Scopriremo chi c'è dietro tutto questo e lo bloccheremo, in modo tranquillo e non violento.» Morrie si scrocchiò le nocche. «Mi offro volontario per occuparmi dell'indagine. Consideratelo il mio contributo al matrimonio.»

Non mi piaceva tenere il segreto con Mina, ma Morrie aveva ragione. Non volevo che niente altro la disturbasse. «Bene, da dove cominciamo?»

«Da dove cominciamo sempre» gli occhi di Morrie brillavano. «Dalla lista dei nemici.»

5

MINA

Dopo che Maisie se ne fu andata, il mio telefono mi lesse l'ora. Si stava facendo troppo tardi per iniziare la caccia a James Pond quel giorno. I ragazzi non erano ancora tornati. Di solito, Morrie o Quoth cucinavano per tutti, ma pensai che, con tutto il lavoro per il matrimonio, avrebbero apprezzato una serata libera dalle faccende domestiche.

Presi la chiave e il guinzaglio di Oscar e mi avviai in direzione del parchetto.

Dall'altra parte del parco avevano appena aperto un nuovo locale indiano da asporto, nello stabile un tempo occupato dalla sfortunata Libreria Rasmussen. Dopo aver varcato la porta, fui accolta da un breve flashback in cui vidi il signor Rasmussen accasciato a terra, ucciso con un colpo in testa datogli con il suo falso First Folio. Ma il delizioso profumo di spezie e di pane naan fresco scacciarono quella visione.

«Ciao, Mina. Ciao, Oscar» ci salutò Chirag, il proprietario. Tirò fuori qualcosa da sotto il bancone e me lo porse. «Tutta la famiglia non vede l'ora che arrivi il matrimonio. Per l'occasione, chiuderemo il negozio. Tieni, questo è il menu in Braille.»

«Grazie, Chirag.» Le mie dita danzarono sul menu. C'erano davvero un sacco di piatti favolosi. Morrie avrebbe preso il pollo *jalfrezi*, Quoth adorava il *tikka masala* e Heathcliff era perso per il manzo *vindaloo*. E naturalmente volevamo pane naan e *samosa*. Ma io preferivo il pollo al mango o l'agnello *balti*?

Il campanello trillò alle mie spalle. «Oh, ciao, Mina.» Era Denise, la postina. «Vedo che nessuna delle due ha voglia di cucinare, stasera. Dove sono i tuoi adorabili quasi-mariti?»

«Sono alla Lachlan Hall, a sistemare gli ultimi dettagli prima della cerimonia.»

«È meraviglioso. Non vediamo l'ora. Il vostro matrimonio sarà l'evento dell'anno in paese. Che bello avere quei tre che organizzano tutto per te: sei una vera signora moderna.» Denise mi diede una pacca sul braccio. «Che il Cielo lo benedica: non avremmo mai pensato che Heathcliff sarebbe durato qui, nel villaggio, con quel suo atteggiamento così scontroso. Tu gli hai fatto un gran bene. Ora non riesco a immaginare una serata quiz al pub senza di lui! E il tuo Allan è un vero artista. Ho uno dei suoi dipinti in casa. *Kings Copse dall'alto*. È incredibile la precisione dei dettagli che riesce a dipingere con una vista a volo d'uccello. Ma usa un drone?»

Non potei fare a meno di sorridere. «Qualcosa del genere.»

«E la presentazione del tuo libro è proprio il giorno dopo il matrimonio. Sei una donna impegnata! Ci saranno tutte le Cacciatrici di Spiriti, naturalmente. Non ci perderemmo l'occasione di vedere la figlia preferita di Argleton che pubblica il suo libro.»

Dal divano nell'angolo sentii qualcuno sbuffare. Pensai che si trattasse di una persona che guardava qualcosa sul cellulare. Io e Denise ordinammo e tornammo a parlare della presentazione.

«A dire il vero, sono un po' nervosa» dissi, pensando alla mia casella di posta elettronica vuota e al suggerimento di Jen.

«Ci ho messo il cuore, in questo libro, e non so se avrà il successo che spero. Però cerco di essere ottimista.»

«Heathcliff mi ha detto che ci sarà un gruppo di recensori e di editori di grido che arriveranno da Londra. Non posso crederci, la nostra piccola celebrità...»

«Oh, sì, Mina ha amici importanti e di grido, vero?» si levò una voce sprezzante alle mie spalle.

Mi irrigidii. Ora sapevo che la persona che aveva sbuffato prima non era al telefono. Stava sbuffando verso di *me*.

Mi stampai un sorriso in faccia, ma il cuore mi batteva a mille. Non avevo nessuna voglia di affrontare quell'uomo, ancora sconvolta com'ero dall'e-mail di Jen.

«Ciao, Wayne.»

Wayne Bryant era un poeta locale. Era venuto numerose volte alla Nevermore, e aveva cercato di convincerci a tenere i suoi libri di poesia. Heathcliff mi aveva avvertita che se avessi assecondato Wayne, me ne sarei pentita. Per quante volte gli avessi spiegato che non avevamo clienti particolarmente interessati al genere, Wayne si era sempre rifiutato di arrendersi. Alla fine, in un rigurgito di pietà, gli avevo permesso di aggiungere tre dei suoi libri sullo scaffale di Poesia. Avevo sperato che così ci avrebbe lasciati in pace per un po'.

Mi ero sbagliata ancora una volta, lettore mio.

Wayne aveva iniziato a venire ogni giorno per spostare i suoi libri dal polveroso scaffale di Poesia all'espositore sul davanti del negozio. Li spingeva sotto il naso dei clienti, tormentandoli finché non ne comperavano una copia, per pietà. Voleva fare una serata di reading. Io gli avevo spiegato che avrebbe dovuto pagare l'uso della sala Eventi e che non avrei scomodato i miei contatti del mondo editoriale per ascoltarlo leggere le sue farneticanti villanelle sui vari animali da fattoria che incontrava. (Wayne era il veterinario locale per gli animali da allevamento). Così aveva gettato a terra un mucchio di libri e li aveva calpestati nell'uscire.

Un giorno, tornando dalla pausa pranzo, lo avevo sorpreso urlare qualcosa su nepotismi e favoritismi mentre stracciava i manifesti che pubblicizzavano la presentazione del mio libro. Ed era il motivo per cui gli avevamo impedito di tornare nel negozio. *Te l'avevo detto.* Le parole di Heathcliff (le sue preferite) mi risuonavano ancora in testa. Era da allora che Wayne mi odiava.

«Dovresti inchinarti, Denise, e baciarle i piedi. Adorare il suo genio creativo» sbottò Wayne. «È questo a cui Mina aspira. Vuole farsi un nome con la libreria, i suoi contatti nell'editoria e gli amici di grido, fregandosene di tutti noi.»

Il suo tono crudele mi fece venire voglia di scappare, ma non cedetti. Wayne poteva anche avere il coraggio di prendersela con me, ma sapevo che era terrorizzato da Heathcliff. *Mi sta parlando in questo modo solo perché sono sola.*

«Tesoro, non fare così.» Nora, la moglie di Wayne, cercò di richiamarlo all'ordine. Nora era una donna adorabile. Faceva parte del Circolo delle Sferruzzatrici Impudenti della signora Ellis e veniva regolarmente in libreria a comprare romanzi osé. «Mina ha fatto molto per sostenere il villaggio. Sapevi che ha donato lei stessa alla biblioteca tutti i libri illustrati per la gara di lettura che facciamo in estate?»

«Ovvio, che è stata lei. Perché Mina ama essere adulata. Sostiene solo gli scrittori che le piacciono. Ma quando si tratta di poesie che dicono la verità sul mondo, non si preoccupa di fare il minimo sforzo. Dov'è la presentazione in alto stile del mio libro? Dove sono tutti i recensori e gli agenti letterari arrivati da Londra per me?»

«Mi dispiace che non siamo riusciti a vendere il tuo libro di poesie, Wayne» dissi cercando di alleviare la tensione con un tono leggero nella voce. «A volte non si riesce a fare niente, in merito ai gusti del pubblico, giusto? Voglio dire, prendi Dan Brown...»

«I gusti non c'entrano niente. Tu e quel bastardo di Heathcliff avete deliberatamente sabotato le mie vendite. Avete messo la mia collezione sull'ultimo scaffale di un angolo dimenticato, mentre in tutte le vetrine ci sono cartelli che promuovono l'uscita del *tuo* libro. E quando io ho cercato di dire la verità sui privilegi che ti eri riservata, mi avete cacciato dal negozio.»

«Sei stato cacciato perché...»

«Tu pensi che nessuno veda oltre questa patina di gentilezza che indossi, Mina. Ma sei proprio come tua madre. Tu vuoi solo fama, fortuna e ricchezza. E non ti importa chi calpesti per ottenerle.»

«Wayne, adesso smettila!» Nora prese il loro ordine dal bancone e spinse il marito verso la porta. «Mi dispiace, Mina. È una brutta giornata per Wayne. Anzi, una brutta settimana. Di solito va a caccia di cervi nella tenuta dei Lachlan, ma non ha preso nulla! È solo sfortuna, ma lui si arrabbia. Comunque non dice sul serio...»

«Sono serissimo!» Wayne urlò senza girarsi indietro. «Mina Wilde è scorretta e io non sopporterò oltre. Farò in modo che nessuno legga una sola parola di quello che scrivi!»

6

MORRIE

«È chiaro che le intenzioni del responsabile di tutto questo sono di sabotare il nostro matrimonio.» Frugai nei cassetti della credenza georgiana finché non trovai un blocco di carta e una penna Montblanc. Picchiettai con le dita sul foglio. «Chi c'è in paese che non vuole che Mina si sposi?»

Ci guardammo l'un l'altro e dicemmo tutti insieme: «Dorothy Ingram.»

«Sono settimane che inveisce contro la nostra *empia unione*» brontolò Heathcliff. «Quando ho cercato di prenotare la sala civica per il ricevimento, lei è andata a lamentarsi con il Comune. Per questo abbiamo dovuto trasferire qui il tutto.»

«Ha affisso quegli orribili manifesti sul suo incontro di preghiera in tutto il villaggio» aggiunse Quoth rabbrividendo. «Forse ha deciso che per allontanarci serviva altro, al di là alla preghiera.»

Scrissi il nome di Dorothy in cima al blocco e lo sottolineai tre volte. «Sembra il sospetto più probabile, ma se abbiamo imparato qualcosa dalle precedenti indagini di Mina, è che dobbiamo essere scrupolosi. Ci viene in mente qualcun altro che potrebbe voler distruggere la felicità di Mina?»

«C'è quello scrittore, Wayne Bryant» suggerì Quoth. «È venuto in negozio un paio di volte cercando di convincerci a mettere sugli scaffali la sua terribile raccolta di poesie.»

Heathcliff fece una smorfia. «Quello con le poesie che sono addirittura peggiori di quelle del principe Edward?»

Wow, le opere di Wayne dovevano essere davvero *terribili*.

«Proprio lui.» Quoth giocherellava con un pezzetto di nastro dorato, gli occhi cerchiati di fuoco e scuri di preoccupazione. «L'ho sentito lamentarsi al pub l'altra settimana. Diceva che la Libreria Nevermore pecca di nepotismo letterario, e che Mina sta usando la sua posizione di proprietaria della libreria per trasformare il suo libro in un bestseller. Potrebbe essere così amareggiato da volerle fare del male.»

«Ma non sa che nessuno vuole leggere poesie?» sbottò Heathcliff. «Nemmeno poesie *belle*.»

«"La poesia solleva il velo dalla bellezza nascosta del mondo, e fa sì che oggetti familiari appaiano come se non fossero familiari"» citò Quoth, sbattendo le lunghe ciglia. «Percy Bysshe Shelley.»

«"La poesia è un mucchio di porcheria messa insieme da dei *beatnik* lamentosi che vedono dei sentimenti nel tempo atmosferico"» replicò Heathcliff battendosi con orgoglio un dito sul mento. «Heathcliff.»

Scrissi il nome di Wayne sotto quello di Dorothy. «Qualcun altro?»

«E se fosse una persona che Mina ha messo dietro le sbarre?» chiese Quoth. «Con le sue abilità investigative ha mandato all'aria un bel po' di piani nefasti.»

Il problema di essere fidanzati con una donna che risolveva misteri in un pittoresco villaggio inglese era che si era fatta molti nemici. E proprio perché Mina era piuttosto brava nel suo hobby, era riuscita a farne finire un certo numero al fresco, da dove non avrebbero potuto prenderla. A meno che...

«Ehi, potrebbe essere un piano per screditarla» disse Heathcliff. «Non escluderei Angus Donahue.»

«Angus Donahue è un ex poliziotto. Se fosse stato lui, non sarebbe stato così approssimativo. Se si tratta di una mossa finalizzata a ciò, direi che è stata fatta proprio male.» Sollevai una manciata del tessuto strappato. «Non credo che questa sia opera di un criminale incallito. È una cosa troppo meschina. Ma ne parlerò con i miei contatti nel sottobosco, nel caso in cui uno dei criminali che Mina ha messo dietro le sbarre sia uscito e cerchi vendetta. Voi due lasciate fare a me: vi prometto che mi occuperò io del nostro problemino.»

«È questo, che mi fa paura» mormorò Quoth.

«Ti ho fatto una promessa, uccellino» lo rassicurai sorridendo, mentre nascondevo dietro la schiena le dita incrociate. «Assolutamente zero violenza.»

7

MINA

«Come vanno i preparativi per il matrimonio?» chiesi affacciandomi alla porta dell'appartamento con le braccia piene di contenitori da asporto. Da quando ero tornata da Chirag, il mio umore era praticamente sulle montagne russe: tra l'e-mail di Jen, il caso di Maisie e quel terribile scontro con Wayne, ero un po' a pezzi. Ma sentire i miei ragazzi che salivano le scale del nostro appartamento mi rincuorò. «Cynthia e Iwan hanno riunito nel loro gabinetto di guerra tutti i professionisti degli eventi della contea del Loamshire?»

«Ehm, sì, va tutto bene.» Heathcliff mi passò davanti di corsa. Sollevò i quattro gattini che erano sulla sua sedia e si sedette di peso. I gattini cominciarono ad arrampicarsi su di lui come se fosse la loro palestra personale, e probabilmente lo era. «I preparativi per il matrimonio stanno andando alla grande. Nessun sabotatore che stia cercando di rovinarlo.»

«Cosa?»

Sentii il rumore di un tappo di sughero che veniva tolto da una bottiglia di whisky, recuperata da Heathcliff da qualche oscuro recesso del suo cappotto. «Niente. Non ti preoccupare. Sono arrivate le fodere delle sedie. Belle.»

Quando Morrie entrò a passo leggero nella stanza, con Quoth appollaiato sulla spalla, mi sfiorò l'orecchio con le labbra. «Non c'è niente che Burberossello O'Hara non possa risolvere, Mina.»

«Mi fa piacere sentirtelo dire» commentai con un sorriso. «Perché il lancio del libro non sta andando come avevo previsto, e oggi ho avuto uno scontro con il nostro amico Wayne. Ho bisogno che almeno *una cosa* nella mia vita fili liscia, senza intoppi.»

«In che senso, Wayne?» Heathcliff fece uno scatto in avanti, quasi scaraventando Peanut dall'altra parte della stanza. Per fortuna, Morrie prese la gattina al volo prima che diventasse un'altra delle vittime della rabbia di Heathcliff. «Che cosa ha fatto adesso quel bastardo?»

«Niente di che. Al takeaway mi ha messo alle strette e mi ha urlato che, in pratica, sono come Bruto, ma nel mondo dell'editoria, perché non ho organizzato una presentazione gratuita per la sua raccolta di poesie. Ha minacciato di fare in modo che la mia presentazione fosse un flop, ma straparlava. Non è niente di cui preoccuparsi.» Deglutii. «Spero.»

«Sarò io a giudicare.» Heathcliff si scrocchiò le nocche, minaccioso.

«Beh, a quanto pare non si deve nemmeno impegnare per sabotare la presentazione: ci sto riuscendo benissimo da sola.» E con una mano appesi l'imbracatura di Oscar al gancio. Era ufficialmente fuori servizio. Mi diede un colpetto con il muso sul ginocchio, eccitato per la cena. Chirag gli aveva preparato uno speciale *curry per cani* a base di riso, carote e patate.

«Morrie ci ha detto della lettera.» Quoth mi prese i sacchetti dalle braccia e mi condusse al mio posto di fronte a Heathcliff, accanto al fuoco. «So quanto impegno ci hai messo, e non puoi permettere che un intoppo ti impedisca di raccontare la tua storia...»

Sentii Morrie che rovistava in cucina, e sobbalzai al rumore di un tappo di sughero che saltò, andando a colpire il soffitto.

«Va bene» mormorai, accasciandomi sulla sedia. «Non ha importanza. Non mi importa niente di Jen, né di quello che pensa.»

«Mina...»

«Hai già finito di rivedere il tuo libro?» mi chiese Heathcliff mentre si impossessava del suo vindaloo. «Anche se non è che avesse bisogno di ulteriore lavoro. Era perfetto.»

«Lo dici solo perché l'hai editato tu.»

«E ho fatto un ottimo lavoro. I refusi mi temono.»

«Ci credo.» Cambiai argomento per non dover rispondere ad altre domande inquisitorie sul libro. «Ragazzi, voi conoscete una ragazza di nome Maisie Collins?»

«Non scrive per la Gazzetta di Argleton?» intervenne Morrie dalla cucina. «Si occupa delle riunioni del Consiglio Comunale e scrive articoli avvincenti sui maiali che scappano dal mercato degli agricoltori.»

«Oggi è venuta a trovarmi. Qualcuno ha rubato la sua anatra domestica, James Pond.»

Alla parola *anatra* il muso di Grimalkin spuntò tra le mie gambe, con le orecchie ritte per l'interesse. Le accarezzai la testa. «No, nonna, questa non è un'anatra da mangiare. Anche se credo che in quel sacchetto ci sia un po' di merluzzo affumicato per te.»

«James Pond è un nome geniale.» Morrie mi porse un bicchiere di vino. «Questa donna mi piace già. Immagino che tu abbia accettato il caso.»

«Ovvio che non l'ha accettato» replicò Heathcliff accomodandosi sulla sedia di fronte a me. Sollevò i piedi sul pouf tra di noi e con la punta delle dita mi accarezzò un piede.

«Mina ha già abbastanza da fare tra il secondo editing del suo libro, peraltro già perfettamente curato, e i preparativi per il matrimonio.»

«In realtà...» E feci un gran sorriso.

«*Mina!*»

«Non posso farci niente: sapete anche voi come sono fatta! E poi, se aveste visto come la povera Maisie piangeva per James, non avreste potuto dire di no nemmeno voi!»

«Vogliamo scommetterci?» mormorò Heathcliff.

«Posso aiutarti, bellezza?» Morrie inclinò la lampada dietro la mia sedia in modo da illuminare lo spazio davanti a me e mi mise in grembo un piatto pieno per metà di pollo al mango e per metà di agnello balti. Il gattino preferito di Heathcliff, Maximilian, cercò di rubarmi un pezzetto di agnello dal piatto, ma io lo misi a terra.

«Morrie non ha tempo per aiutarti. Ha già da lavorare per il matrimonio, giusto?» commentò Heathcliff lanciando un pezzo di carne a Max.

«Ehi, quello era mio!» gridò Morrie.

«Beh, mica posso dargli il vindaloo, no? Gli farebbe male allo stomaco.»

«Cos'ha da fare, per il matrimonio?» chiesi io.

«Non è importante» si intromise Quoth in tutta fretta. «Però sarà un lavoro rapido, pulito e *non violento.*»

«Sono un esperto di multi-tasking» disse Morrie tutto dolce. «Tanto che, proprio l'altra sera, avevo la lingua infilata dentro Mina, e nel contempo accarezzavo Heathcliff...»

«Passatemi il naan all'aglio!» sbraitò Heathcliff.

«Se vuoi aiutarmi, mi farà piacere. Ho bisogno che controlli il vicino di Maisie, un certo Stanley Clarke. Si è lamentato di James Pond presso il Consiglio Comunale, quindi potrebbe essere coinvolto in questo se-*qua*-stro. Quoth, ho pensato che forse potresti parlare con qualche altro uccello della zona, per

vedere se qualcuno ha visto qualche razzolamento sospetto.»
Accarezzai Oscar, che si era sdraiato ai miei piedi e con il muso
scacciava i gattini che cercavano di avvicinarsi alla sua cena.
«Domani mattina io e Oscar andremo a casa di Maisie per dare
un'occhiata alla scena del crimine.»

Heathcliff era tutto contento. «Se trovi questo pennuto,
vuoi dire che per cena Morrie ci cucinerà la sua deliziosa anatra
all'arancia?»

«No. James è un maschio di anatra di razza, ed è l'amico del
cuore di Maisie. Non lo mangeremo.»

«D'accordo.» Heathcliff lanciò a Maximilian un altro pezzo
del pollo di Morrie. «Allora passami il riso. E ricorda,
quest'anatra può anche avere la tua attenzione ora, ma tra
quattro giorni ti sposeremo, e né essere umano né bestia
piumata ci separerà.»

CRONOLOGIA DEI MESSAGGI DI TESTO TRA JAMES MORIARTY E DOROTHY INGRAM

Dorothy Ingram, mentre io vivo e respiro, com'è la vita di una benefattrice repressa?

Chi è? Come hai avuto questo numero?

Sono James Moriarty, della Libreria Nevermore. Sappi solo che ho i miei canali.

Ho pensato che fosse giunto il momento di fare una chiacchierata sulle fodere delle sedie.

Non so di cosa tu stia parlando.

Sei stata molto cattiva, sai? Di solito, mi piacciono le donne cattive, ma in questo caso, tu stai cercando di rovinare il mio matrimonio. Ti consiglio di smettere immediatamente.

Smettere con il circolo di preghiera? Mai. Non si può far tacere la parola di Dio.

Hai strappato le fodere delle sedie e hai recapitato un biglietto minatorio a Mina.

No.

Non io.

Non avrei potuto. Sono stata a Grimdale a prendermi cura di mia sorella Megan. Ha avuto una brutta caduta. Chiedi a chi vuoi, in paese. Te lo confermeranno. Sono stata lì praticamente 24 ore su 24, 7 giorni su 7.

Ci credo

Contattami di nuovo e ti denuncio alla polizia.

Davvero? Vuoi che tutti sappiano del tuo piccolo sporco segreto?

Non so di cosa stia parlando.

Sì, che lo sai. Dai, Dorothy. Sei una fanatica religiosa, ma non sei stupida. Ripensa a una visita che hai fatto in un certo ospedale, per una certa procedura...

Tu non sai nulla.

Fai pure finta, se vuoi. Puoi tenerti il tuo piccolo circolo di preghiera e pregare per le nostre anime perdute e corrotte. Ma stai alla larga dal nostro matrimonio e nessuno verrà a sapere del tuo segreto.

8

MINA

La mattina dopo, Morrie mi svegliò con una tazza di tè e una brioche alla cannella della pasticceria Oliver.

«Dove sono Heathcliff e Quoth?» chiesi tastando il letto vuoto accanto a me. Ero abituata a svegliarmi con il braccio di Heathcliff addosso, e Quoth accoccolato sulla mia spalla.

«Sono fuori per importanti questioni legate al matrimonio» disse Morrie facendo tintinnare la sua tazza contro la mia. «Ti ho tutta per me. Che ne facciamo della nostra mattinata?»

Mi sfiorò il collo con le labbra, provocandomi un brivido di piacere lungo la schiena. Sarebbe stato davvero facile tornare a sdraiarmi nel nostro morbido letto e lasciare che mi facesse ogni sorta di cose sconce.

Ma questo non avrebbe aiutato Maisie a ritrovare il suo James Pond. Gli diedi un leggero spintone.

«Anche noi abbiamo del lavoro da fare oggi. Io vado a casa di Maisie per dare un'occhiata alla scena del crimine e per cercare di parlare con il suo vicino. Vieni anche tu?»

«Non dico mai di no, se si tratta di ficcanasare. Però lungo la strada devo fermarmi alla chiesa presbiteriana.»

«Morrie!» Lo guardai corrucciata. «Non dirmi che stai tenendo d'occhio Dorothy Ingram. È innocua, e ricorda: il suo piccolo sporco segreto noi lo conosciamo da quando indagavamo sugli omicidi del Club dei Libri Banditi. Era rimasta incinta fuori dal matrimonio, e ha abortito. Lei fa un gran parlare perché le piace ben figurare davanti ai suoi amici della chiesa, ma non può fare nulla che possa rovinarci la festa, altrimenti tutto il villaggio verrà a sapere del suo aborto. Quindi lascia pure che organizzi il suo incontro di preghiera.»

«Io lo so, e lo sai anche tu, ma credo che Dorothy abbia bisogno di un promemoria.» Morrie sollevò le mani con fare innocente. «Un promemoria *non violento*, promesso. Forza, bellezza, andiamo.»

Finii il tè, mi alzai dal letto e mi diressi verso l'appendino su ruote che usavo come armadio. Scelsi un paio di pantaloni rossi con i polsini, con una stampa di gattini neri che saltavano dappertutto. In realtà i gatti non li vedevo, ma Quoth era venuto con me a fare shopping e me li aveva descritti in ogni minimo dettaglio, e mi erano sembrati proprio il mio genere di pantaloni.

Una delle cose che temevo quando ho iniziato a perdere la vista era che non avrei più provato gioia per la moda, invece non era successo. Anzi, ora la apprezzavo a un livello diverso. Non potendo essere attratta dai colori e dalle fantasie, facevo i miei acquisti in base alla *consistenza* dei tessuti. Era divertente quando le persone mi descrivevano modelli e colori, e io riuscivo sempre a rammentare i particolari di ogni singolo capo di abbigliamento.

Come il mio abito da sposa.

Mi avvicinai al fondo del porta-abiti e passai la mano sul sacco che conteneva il vestito. L'avevo disegnato io stessa, e la signora Ellis me l'aveva realizzato insieme al suo circolo di sferruzzatrici, dato che ormai per me era un po' difficile cucire.

Era di una bella seta color avorio, con un corpetto stretto, e poi una gonna fantastica, fatta di strati su strati di tulle. Non pensavo che avrei voluto un abito bianco, ma mia madre aveva insistito e alla fine, dopo averlo provato, avevo dovuto ammettere di sentirmi come Stephanie Seymour.

Ritirai la mano. Quel giorno l'attenzione non sarebbe stata su di me. Per fortuna tutti i preparativi per il matrimonio li aveva sotto controllo Heathcliff. E io non stavo pensando al mio libro. Proprio per niente.

Quel giorno avrei risolto il caso di Maisie e avrei dimostrato che valevo ancora qualcosa.

Indossai una camicia rossa con le maniche a sbuffo, il giubbino in pelle e le vecchie Docs. Misi a Oscar una bandana rossa abbinata, e fummo pronti a partire. Morrie, invece, no. Dovemmo aspettare dieci minuti perché finisse di radersi e di pettinarsi come piaceva a lui. Devo ammettere, però, che quando uscì dal bagno e mi prese sottobraccio, aveva un profumo fantastico.

Percorremmo insieme Butcher Street e attraversammo il parchetto del villaggio fino alla chiesa presbiteriana. Io e Oscar aspettammo accanto al portico, e Morrie entrò in chiesa. Anche se ero convinta che Dorothy Ingram fosse fondamentalmente innocua, non volevo parlarle. Aveva chiarito più volte che non approvava né me, né la mia relazione, tantomeno ciò che io rappresentavo. Non le avrei dato la soddisfazione di farle sapere che i suoi sforzi per far fallire il nostro matrimonio erano importanti per me.

Morrie tornò qualche minuto dopo, con una nota di trionfo nella voce. «Buone notizie, bellezza. Lei non c'era, ma l'avviso per il suo incontro di preghiera è sparito, e padre Clarence mi ha detto che ha deciso di non farlo più. Credo che alla fine abbia dato retta alla ragione.»

«Dato retta alla ragione? Morrie, ma non mi avevi detto che le avevi già parlato.»

«Non ho fatto nulla di illegale. Le ho solo ricordato il suo piccolo segreto che noi conosciamo.» Morrie riprese a camminare, quasi saltellando. «Non ci disturberà più.»

Svoltammo in una stradina acciottolata che curvava dietro la chiesa, attraversammo un ponte pedonale sul ruscello e ci avviammo lungo il sentiero pedonale che si trovava di fronte a una fila di linde casette in mattoni.

Maisie viveva in una villetta in una schiera di abitazioni che avevano una o due camere da letto, e che si sviluppavano in verticale. Aprì la porta prima ancora che noi bussassimo. «Ciao, Mina! Ciao, Oscar! Sono davvero sollevata che siate venuti. Continuavo a pensare che James sarebbe apparso nel cuore della notte e l'avrei trovato accoccolato sopra le coperte come gli piace fare, invece non si è visto.»

«Andremo in fondo a questa storia, Maisie. Non lasceremo che un se-*qua*-stro passi inosservato.» Feci un cenno a Morrie. «Questo è Morrie, uno dei miei fidanzati. Mi aiuterà nelle indagini.»

Maisie sembrava preoccupata. «Hai esperienza?»

«Oh, sì. Ho una straordinaria capacità di vedere nel profondo della mente dei criminali» rispose Morrie con quel suo tono sfacciato. Non avevo bisogno di vederlo per capire che mi stava facendo l'occhiolino.

Maisie ci condusse nel cortile posteriore e ci mostrò il recinto di James Pond. Non so cosa mi fossi immaginata quando me ne aveva parlato, ma di certo non mi aspettavo il palazzo da favola che aveva creato. Morrie mi descrisse la grande piscina per bambini di James, un mucchio di piante tra cui nascondersi, tre terrazze su diversi livelli dove starsene al sole, una dimora signorile per i momenti in cui aveva bisogno della sua privacy al chiuso, e un mucchio di giocattoli e postazioni per il cibo.

Maisie si accovacciò dietro la dimora delle anatre. «Ecco il buco.»

Passai le dita lungo i bordi della rete metallica. Al tatto era irregolare, con i fili deformati. «È un buco piuttosto piccolo, sufficiente appena per un'anatra. Mi sorprende che qualcuno sia riuscito a infilare entrambe le mani qui dentro e a trascinarlo fuori.»

«James è un'anatra molto socievole. Se ci infili un braccio, lui si avvicina subito per venire a salutarti con una testata sulla mano: sarebbe facile afferrarlo.» La voce di Maisie si alzò di un tono. «Non posso credere che qualcuno abbia fatto una cosa del genere.»

«Mina, c'è l'impronta di una scarpa» esclamò Morrie. Sentii lo scatto della fotocamera del suo telefono.

Mi avvicinai di corsa. Morrie mi prese la mano e me la portò a tastare il terreno vicino alla recinzione. Le mie dita sfiorarono la terra umida, e sentii nette le linee di un'impronta di scarpa ben formata. Non ne sapevo abbastanza di scarpe, ma aveva delle strisce a spina di pesce. Pensai che sarebbe stato abbastanza facile indentificarla, se avessimo trovato il se-*qua*-stratore.

«Questo recinto è in qualche modo collegato al vicino di cui mi hai parlato?» chiesi a Maisie.

«Sì. Stanley vive lì. È lui che mi ha denunciato al Comune per lo starnazzare di James Pond. Ha detto che lui ama gli uccelli, ma che James non è il tipo di uccello adatto a questa zona. E ora James non c'è più e...»

«Che liberazione.»

Mi alzai e mi voltai verso la voce. Oscar ringhiò sommesso.

Riuscii a scorgere la testa di un uomo che faceva capolino da oltre la recinzione. Sembrava anziano, forse aveva l'età della signora Ellis, e abbastanza scontroso da dare del filo da torcere a Heathcliff.

«Quell'uccello era una minaccia» brontolò. «Starnazzava tutto il giorno e tutta la notte, e quando lei lo portava a spasso per il quartiere, faceva la cacca lungo il marciapiede.»

«Le raccoglievo, le cacche di James Pond» ribatté Maisie. «E il Consiglio ha detto che tenerlo non era contro il regolamento.»

«Quell'anatra aveva bisogno di essere accudita. Un animale del genere non dovrebbe essere lasciato solo per tanto tempo. Le anatre sono animali sociali.»

«Devo lavorare, Stanley. Noi non possiamo permetterci di stare tutto il giorno a casa in panciolle, a spiare i nostri vicini.»

«Io non sto spiando! Io non spio mai!»

«Oh, certo che lo fai. Ti ho visto, sai, sul portico posteriore con quel tuo binocolo. E Darcy McKlenn, che abita tre porte più in là, ha detto che qualcuno l'ha denunciata perché il suo capanno da artista violerebbe le leggi urbanistiche. Sei stato tu, vero?»

«Quella costruzione è mezzo metro troppo vicina alla linea di confine!»

«Ma è un capanno da artista! Non fa male a nessuno!» Maisie sembrava prossima alle lacrime. «Senti, a casa tua puoi essere orribile quanto vuoi, ma come hai potuto portare via James? Dov'è? Sta bene? Se gli hai fatto del male, io... io... io ti sguinzaglio dietro Morrie!»

«Non farei mai del male a un uccello innocente, soprattutto se si comporta male per colpa del proprietario» sbottò Stanley. «Spero che tu abbia imparato la lezione.»

Si allontanò. Un attimo dopo, la porta sotto il suo portico si chiuse con un tonfo, seguito da una piacevole musichetta. Immaginai fosse la radio, o qualcosa del genere.

«Direi che ci ha dato l'impressione di essere coinvolto» commentò Morrie. «Credo che serva una piccola indagine.»

9

MINA

Io, Morrie e Oscar tornammo alla Libreria Nevermore. Morrie picchiettò sul suo telefono. «Il disegno su quella scarpa era piuttosto particolare. Sto cercando un riscontro. Finora posso confermare che il nostro rapitore di anatre non indossava assolutamente un paio di mocassini Versace della stagione in corso.»

«Utile, grazie. Sei andato direttamente sul sito di Versace perché stai cercando un riscontro, o perché vuoi delle scarpe nuove?»

«La tua mancanza di fiducia nelle mie capacità investigative mi stupisce.» Morrie fece per inserire la chiave nella porta del negozio. «Strano. La porta è aperta.»

«Heathcliff e Quoth devono essere tornati dalla Lachlan Hall.»

Morrie spinse la porta e la spalancò. «Heathcliff non avrebbe lasciato la porta d'ingresso aperta. Potrebbero entrare dei clienti.»

«Vero. Forse è... aargh!»

Un'ombra venne verso di me e mi afferrò, trascinandomi verso l'interno.

«Eccoti qui, tesoro! Ti ho cercata dappertutto.»

Socchiusi gli occhi nella penombra del corridoio. Le mie lampade erano tutte spente, e quindi riuscivo a malapena a scorgere la sagoma. Strinsi l'imbracatura di Oscar. «Mamma, che ci fai qui?»

«Avevo bisogno di parlare con Heathcliff del matrimonio, ma non c'è, quindi suppongo che dovrò farlo con te. Ho qualche problemino con le bomboniere. La mia macchina non vuole saperne di fare un monogramma con quattro iniziali.»

Dentro di me, emisi un forte lamento. Quando mia madre si era offerta di crearci le bomboniere come regalo di nozze, mi era sembrato un modo carino e *sicuro* per coinvolgerla nei preparativi, senza che il nostro giorno speciale finisse a catafascio grazie al suo ultimo business. Avrei dovuto saperlo. Avevo scoperto che mia madre aveva acquistato una macchina da ricamo industriale che poteva essere programmata per realizzare qualsiasi tipo di ricamo, e stava cercando di avviare un'attività di ricamo di monogrammi personalizzati.

Dovevo ammettere che tra tutte le sue idee commerciali, quella dei monogrammi era una delle più accettabili. Faceva veri e propri fazzoletti e asciugamani, invece dei NFT di Grimalkin che aveva cercato di vendere in precedenza. Ma sapevo che era solo una questione di tempo, e prima o poi anche i *Monogrammi di Helen* sarebbero diventati l'ennesimo disastro commerciale di mia madre.

«Quella macchina occupa tutto il soggiorno» le feci notare. «Sicuramente riuscirà a ricamare quattro iniziali invece di due.»

«Sono sicura che può farlo, ma le istruzioni sono tutte in tedesco. Andy sta seguendo un corso online, ma non è ancora abbastanza esperto per riuscire a decifrare il manuale. Però sa dirmi che il mio criceto puzza. *Dein hamster riecht.* Bravo, eh?»

Dietro di me, si aprì la porta e sentii il profumo selvatico e torboso di Heathcliff e la fresca leggerezza della presenza di Quoth, che mi passò un braccio intorno ai fianchi e mi tirò addosso a sé. Sapeva che avevo bisogno di un appiglio quando avevo a che fare con mia madre.

Mi preparai alla battaglia. «Mamma, ma tu non hai un criceto.»

«Lo so, ma potrebbe sempre tornare utile, non si sa mai. Comunque, visto che non riesco a inserire tutte le vostre iniziali sui tovaglioli di stoffa, ho pensato che forse potremmo metterci solo una M.»

Morrie si alzò di scatto. «M come Morrie? Approvo.»

«M come *Mina*» lo corresse mia madre. «E forse una H per Helen, visto che mi sono presa la briga *io* di fare le bomboniere. Sarebbe un'ottima promozione per i miei affari: potrei farmi vedere da un sacco di persone.»

«Vuoi che le bomboniere del nostro matrimonio abbiano le iniziali M&H? Morrie e Heathcliff?» chiese Morrie sorridendo. «La gente penserà che abbiamo dimenticato di aggiungere gli altri due.»

«Hai ragione, può creare confusione. Che ne diresti di una semplice H? H come Helen. Dato che stiamo usando la mia macchina...» Mia madre si illuminò. «Senti, è perfetto. Ci saranno un sacco di persone che vorranno oggetti ricamati con le loro iniziali. Sarebbe bello se sapessero chi ha fatto le bomboniere. Magari posso anche aggiungere un piccolo biglietto da visita...»

«E se invece facesse un quadretto?» suggerì Quoth. Prese un blocco da disegno dalla sua borsa e iniziò a disegnare. «Tipo questo?»

«Credo proprio che la lettera H sia la cosa miglior... ah.» Mia madre sbirciò oltre la spalla di Quoth. «È davvero molto bello. Forse io e te potremmo lavorare insieme. Tu non sai leggere il tedesco, vero?»

«Che cos'è?» Toccai l'angolo del disegno. Di solito, mentre lavorava, Quoth mi spiegava cosa stava disegnando.

«È una sorpresa» mi disse posandomi un bacio leggero sulla guancia.

Io levai in aria le mani. «Uff. Voialtri! Questa storia del matrimonio a sorpresa vi sta dando alla testa. Bene, rimanete pure qui a complottare. Io vado di sopra a preparare una lavagna per tenere traccia dei dettagli di questo se-*qua*-stro.»

IO

QUOTH

Quella sera, mi sedetti di fronte a Mina che stava aggiungendo dei fili alla sua lavagna, per collegare Stanley Clarke alla cronologia degli eventi della scomparsa di James Pond. Accanto a lui era stato attaccato un elenco di domande in Braille, tra cui *Rapporto del Consiglio Comunale? Impronta? Strumento usato per tagliare i fili?*

«Oggi ho telefonato a I Piaceri della Carne» mormorò mentre lavorava. «Volevo scoprire se qualcuno era andato da loro con un'anatra pechinese morta, per farla macellare, ma Harris ha detto che ultimamente aveva visto solo quelle galline della signora Ellis e delle sue amiche. A quanto pare, pensano tutte che il nostro macellaio locale sia piuttosto belloccio. Ciò significa che se il se-*qua*-stratore ha ucciso James Pond, ha seppellito le prove...»

«Devo chiedertelo, da artista ad artista» le dissi. «Dovevi davvero infilarti in un caso? Proprio ora che siamo così vicini al matrimonio e alla...»

«Mi chiedo se potremmo far entrare Oscar di nascosto nel

giardino di Stanley per dare un'annusatina...» Mina toccò lo schermo del telefono.

«...presentazione del libro? Sei sicura che non stai cercando di distrarti solo perché sei nervosa?»

«Non sono nervosa.» Mi lanciò uno sguardo assassino. «*Affatto.*»

«Mina.»

«E se il mio romanzo non interessasse davvero a nessuno nel mondo dell'editoria? E se davvero la gente non si ritrovasse nella mia storia? E se ci fosse la possibilità concreta che, una volta ordinate tutte quelle focaccine da Oliver, nessuno si presentasse a mangiarle? Di questo passo, inizio a pensare che potrei cancellare l'evento, e magari farlo un po' più avanti nel corso dell'anno, quando sarò più preparata, dopo che avrò fatto un po' di editing.»

«No, Mina, non starai pensando di modificare il libro per quello che ti ha detto Jen? Non sarà più la storia che volevi raccontare.»

«Però a cosa servirà pubblicare la *mia* storia, se nessuno la leggerà?» Mina si mordicchiò una ciocca di capelli. «Inoltre, sono troppo impegnata con il caso di James Pond per preoccuparmene ora. Non è che tu questa sera potresti uscire a chiedere a qualche uccello del posto se...»

«Quoth, hai un minuto?» si intromise Heathcliff, chiamandolo dalla tromba delle scale.

«Stavo per aiutare Mina a cercare l'anatra...»

«Questo è *importante*.»

Non aveva senso spiegare a Heathcliff che l'anatra era importante per Mina. Seguii lui e Morrie al piano di sotto. Heathcliff aprì la porta del negozio e mi portò in strada.

«Ho pensato che qui fuori non ci avrebbe sentito» sussurrò. «Abbiamo bisogno di un debriefing. Io e Quoth abbiamo passato la maggior parte della giornata a risolvere problemi, su alla Lachlan Hall. Non abbiamo avuto modo di indagare sul biglietto, ma alla fine sono riuscito a trovare un posto che ci può noleggiare abbastanza copri-sedie. Avevano solo nastri rosa, quindi adesso Iwan è a casa sua che sta cucendo dei nastri dorati per la cerimonia. Quell'uomo ci ha salvato la vita.»

«Perché non lo sposi?» mi provocò Morrie.

«Credimi, ci ho pensato» ribatté Heathcliff. «Morrie, hai aggiornamenti da darci su Wayne Bryant e Dorothy Ingram?»

«Certo» Morrie si sfregò i palmi delle mani. «Non sono ancora arrivato a Wayne, però mi sono occupato di Dorothy.»

Una fitta di disagio mi trafisse il petto. Che cosa voleva dire *esattamente* Morrie? «Non avrai...»

«Rilassati, uccellino. Le ho solo ricordato che abbiamo del marcio su di lei e che se non vuole che il suo piccolo segreto finisca sulla prima pagina della Gazzetta di Argleton, deve lasciare in pace il nostro matrimonio. Lei ha negato tutto, però ha cancellato l'incontro di preghiera, e padre Clarence ha detto che ha lasciato il villaggio per andare a trovare sua sorella a Grimdale. Problema risolto. Il matrimonio può andare avanti e noi non dovremo più preoccuparci di altri bigliettini di pessimo gusto...»

«Heathcliff, eccoti qui! Ho bisogno di parlarti.»

Ci voltammo verso la voce. Oliver uscì di corsa dalla panetteria, il volto ricoperto di farina e i lineamenti cupi.

Mi sentii bruciare per l'inquietudine.

«Si tratta della torta nuziale» esordì Oliver. «È successa una cosa.»

Heathcliff si irrigidì, le mani strette a pugno lungo i fianchi. Si voltò lentamente e io intuii che Oliver era in grave pericolo. «Che tipo di cosa?»

«Ci ho lavorato tutta la settimana. Una torta a cinque piani fatta come una libreria piena di libri, con tutti i titoli preferiti di Mina e un corvo nero in cima. Avete idea di quanto sia difficile realizzare un corvo di glassa? Comunque, ci sono riuscito ed era fantastica, ma...»

«*Era* fantastica?» chiese Heathcliff, calmo in un modo inquietante.

Cercai di non farmi prendere dal terrore.

«Non so come spiegarlo...» Ollie strizzò gli occhi. Quindi fece un passo indietro, tenendo aperta la porta del laboratorio del panificio in modo che vedessimo l'interno.

Io sbirciai da dietro la spalla di Heathcliff e mi mancò il respiro.

Ogni singola superficie della cucina di Ollie, solitamente immacolata, era ricoperta di torta. C'era torta spalmata sul soffitto e torta che gocciolava lungo le pareti, torta stesa a terra in gigantesche strisce, e torta che gocciolava dalle lampade e dalle bocchette di aspirazione, come tante deliziose stalattiti.

«Non... non capisco come sia potuto accadere» balbettò Ollie. «Sono uscito per aiutare il fattorino con la farina che avevo ordinato. Avevo lasciato la porta aperta per un *istante* e una volta tornato dentro ho trovato questo orrore. Deve essere arrivata una raffica di vento enorme, per riuscire a far cadere una torta così pesante e a spargerla ovunque. O forse non è nemmeno stato il vento. Voglio dire, c'è in giro quella persona fuggita da Crixley...»

Guardai Heathcliff. Stavamo pensando entrambi la stessa cosa.

Non è stato un incidente.

Heathcliff lanciò un'occhiataccia a Morrie. «Cosa hai detto sul fatto che Dorothy Ingram non è più un problema?»

«Mi dispiace tanto.» Ollie si strofinò gli occhi. «Mi ero fatto in quattro per quella torta. Credo che fosse il dolce più bello che avessi mai realizzato. E poi ci sono stati anche tutti i problemi con il nuovo servizio di consegna. L'app per gli ordini non funziona e qualcuno continua a rubare le cose che appoggiamo davanti alle porte, prima che i destinatari le portino dentro...»

«Oliver, non ci interessa.»

«Giusto, sì, non è un problema vostro. Di nuovo, mi dispiace tanto ragazzi, ma il vostro matrimonio è dopodomani e io devo andare a Londra per la festa del bambino di mia sorella. Non ho tempo di ricominciare. Posso mettervi in contatto con un paio di cake designer locali per sapere se sono disponibili, però è un periodo dell'anno pieno di lavoro, quindi potreste non riuscire a farvi fare una cosa così elaborata.»

Morrie diede una pacca sulla spalla di Ollie. «Ollie, ti offro il mio perdono... e un consiglio.»

«Quale?»

Morrie lanciò un'occhiata a Heathcliff, poi tornò a fissare Oliver. «Corri.»

Oliver aprì la bocca come se volesse scusarsi di nuovo, ma ci ripensò e si mise a correre, scomparendo dentro il parchetto.

Guardai la carneficina di quello che un tempo era stato un trionfo dell'arte della glassa. Mi sfuggì un lungo e luttuoso *craaaaa*.

«Cosa proponete di fare adesso?» chiese Morrie.

«Facciamo ciò che è nella nostra natura» esclamò Heathcliff. «Diventiamo *cattivi*.»

II

HEATHCLIFF

Quoth andò rapidamente al piano di sopra per assicurarsi che Mina fosse al sicuro a letto. Tornò nella sua forma umana, vestito di nero dalla testa ai piedi, con una cascata di capelli scuri legati sulla nuca, e un'espressione grave.

Non ci chiese di non usare la violenza.

Bene. Perché avevo proprio voglia di fare un bel macello.

La gente di quella città mi aveva sempre detestato da quando ero arrivato, e potevo sopportarlo grazie ai miei libri, al mio whisky e ai miei pensieri oscuri e malvagi. Avevo letto il libro da dove venivo: conoscevo il mostro che sarei diventato. Se mi fossi nascosto alla gente e mi fossi rifiutato di accogliere chiunque, avrei potuto evitare di combinare il tipo di danno che aveva distrutto l'anima di Cime Tempestose dopo il mio ultimo strazio.

Ma poi era arrivata Mina e improvvisamente non avevo voluto più essere un mostro, a meno che non fossi stato il *suo* mostro. Lei mi aveva fatto desiderare di essere migliore, di *credere* che avrei potuto avere una casa lì, con lei, Morrie e Quoth, una casa che non avrei distrutto con la mia crudeltà.

Mina mi aveva fatto ridere, un'impresa che a lungo avevo ritenuto impossibile. Mi aveva fatto sentire come se avessi il sole nelle vene.

Per questo volevo regalarle quel matrimonio grande e perfetto. Lei meritava il mondo intero. Il pensiero che qualcuno come Dorothy o Wayne cercasse di spegnere la luce di Mina dopo tutto quello che aveva passato per arrivare a quel punto mi faceva andare su tutte le furie... ci vedevo rosso.

E in quel momento ci stavo proprio vedendo rosso: avevo grandi macchie nel campo visivo, che si fondevano tra di loro a formare una pellicola di sangue. Serrai i pugni. Tutto ciò che mi circondava si ridusse a un unico punto di rabbia e violenza nel quale prendevo il collo del sabotatore tra le dita e stringevo e stringevo...

Morrie mi afferrò per le spalle. «Non ti ho mai visto così affascinante, con un tale bagliore assassino negli occhi, però dobbiamo pensare alla situazione in modo intellettuale, come farebbe Mina. Il nostro sabotatore avrà appena lasciato la scena del crimine. Non può essere sceso in Butcher Street, o l'avremmo visto quando siamo usciti, quindi deve essersi diretto verso il parco. Il pub è pieno di gente. Andiamo a vedere se qualcuno ha notato qualcosa.»

Ci vollero alcuni istanti perché le parole di Morrie penetrassero nella foschia della mia rabbia. Annuii e lasciai che mi trascinasse verso il pub.

Individuammo all'istante una preziosa fonte di informazioni. La signora Ellis e le sue amiche della Società delle Cacciatrici di Spiriti erano sedute a un tavolo vicino all'ingresso. Di sicuro avevano visto chiunque avesse attraversato il parchetto. Morrie ci fece passare vicino a un paio di uccelli starnazzanti che sguazzavano nella fontana e ci portò al loro tavolo.

«Buonasera, signore.» Morrie si avvicinò, con tutto il suo

fascino. «Stiamo cercando l'autore di un terribile crimine alla pasticceria di Oliver. Supponiamo che quel demonio sia venuto da questa parte. Avete visto qualcosa?»

«Abbiamo visto quel ragazzo, Hughes, che faceva pipì sul cancello del cimitero» disse Sylvia Blume ridacchiando.

«E Wanda Lannahan che litigava alla grande con il marito accanto alla fontana» aggiunse Gloria con un ampio sorriso.

«E uno dei camerieri di Cynthia è proprio lì, che si comporta in modo furtivo nell'angolo, con il cappellino da baseball in testa. *Cappello in testa in ambiente chiuso, capisci?*» esclamò Penny battendo una mano sul tavolo con allegria. «Cynthia andrà fuori di testa per l'imbarazzo quando glielo dirò.»

La signora Ellis ignorò Morrie e mi tirò giù in modo che fossi praticamente seduto sulle sue ginocchia. «Non ho visto da dove veniva, ma Wayne Bryant ha attraversato il parco in direzione della chiesa. E si muoveva con molta cautela, saltando da un cespuglio all'altro per non farsi vedere.»

«Ma dai?»

«E che mi dite di Dorothy Ingram?» Gli occhi di ghiaccio di Morrie brillarono di malizia. «Stasera è uscita?»

«Oh sì, la vecchia impicciona è stata qui. Mi ha rimproverato perché ho bevuto, la vigilia del Sabbath.» La signora Ellis alzò allegra il bicchiere di vino. «Le ho detto che se andava bene per il Figlio di Dio, andava bene anche per me. Dopo di che si è defilata, probabilmente diretta da sua sorella. Si sta prendendo cura della sorella malata a Grimdale, e in questi giorni sembra passare lì ogni momento libero. Meglio, così noi possiamo continuare a peccare in santa pace.»

Lasciammo le signore e attraversammo il parchetto a tutta velocità fino al cimitero della chiesa. Varcato il cancello, tutto era al buio. Provai le porte della chiesa e del campanile, ma erano ben chiuse. Morrie accese la torcia del suo telefonino e ci aggirammo tra le tombe, alla ricerca di Wayne.

Morrie puntò la luce sulle finestre del capanno del custode, poi si tirò indietro, scuotendo la testa.

«Penso che il vecchio Mac venga qui per i suoi sonnellini pomeridiani, altro che occuparsi delle tombe» disse. «Nell'angolo c'è una montagna di coperte. E guardate qui.»

Passò la torcia sul terreno vicino, dove c'era una canna da giardino arrotolata e gocciolante. Nel terreno una nettissima impronta di scarpa.

«Interessante.» Morrie si strofinò il mento. «Vedete quelle striature a spina di pesce? L'impronta di questo stivale è la stessa che abbiamo trovato nel giardino di Maisie, quando abbiamo fatto l'ispezione per il se-*qua*-stro.»

«Non ho nessuna intenzione di pensare all'anatra scomparsa in questo momento» brontolai.

«Bene, bene. Non credo che Wayne si nasconda ancora qui. Lo raggiungeremo più tardi. Non so dove viva. Proviamo prima con Dorothy. È giù, vicino al municipio.»

Mentre attraversavamo in fretta la strada in direzione della casa di Dorothy Ingram, Morrie indicò la fila di case a schiera dietro la chiesa, dove era scomparsa l'anatra. Tornammo indietro tenendoci ai margini del villaggio e arrivammo alla casa di Dorothy. Non c'era, e le finestre erano buie. Ma nel vialetto intercettammo la sua auto.

«Forse è andata davvero da sua sorella...» mormorò Morrie. «Ma perché non ha preso la macchina?»

«Scopriamolo» esclamai. «Chiama un Uber. Trova un indirizzo.»

Morrie picchiettò sul telefono. Pochi minuti dopo, arrivò un'elegante auto nera e salimmo a bordo. La città di Grimdale era a quindici minuti di macchina, il che mi dava tutto il tempo per immaginare i vari modi in cui avrei potuto convincere quella donna a lasciare in pace Mina e il nostro matrimonio.

Dopo essere arrivati al cottage della sorella di Dorothy, mi si insinuò un dubbio. La voce preoccupata di Quoth mi riecheggiava in testa.

A Mina non piacerebbe sapere che abbiamo ucciso qualcuno prima del nostro matrimonio, anche se quel qualcuno stava cercando di rovinare tutto.

Amavo la nostra donna, ma aveva una serie di fastidiosi *principi morali*.

L'uccello aveva ragione. Se Mina avesse scoperto che avevamo fatto del male a una vecchia signora, fosse stata anche quella strega vendicativa di Dorothy Ingram, si sarebbe arrabbiata. Aveva sempre creduto che io fossi migliore dell'uomo che mi ero rivelato essere nei miei libri.

Per quanto fossi tentato di essere me stesso, per lei dovevo essere migliore.

Afferrai la mano di Morrie mentre scendeva dall'auto. «Lo faremo in modo non violento» sibilai.

Lui fece una smorfia sorpresa. «Non sei divertente.»

Salimmo il sentiero e suonammo il campanello. Alla porta rispose una donna anziana con le guance rosee e una cuffietta da notte rosa, tutta pizzi e volant. «Chi è? Oh, siete i gentili signori del Comune? Ho chiamato e richiamato per il contatore dell'acqua...»

Morrie si strinse nelle spalle. «Certo, siamo del Comune. Megan Ingram? Dobbiamo parlare con Dorothy.»

Il viso della donna si corrucciò all'istante. «Temo che non sia qui.»

«Non è con lei?» Morrie sollevò uno dei suoi sopraccigli perfetti. «Ci avevano detto che era venuta ad aiutarla, dopo che era caduta.»

«Credo che siate stati ingannati.» La donna si batté le gambe. «Come vedete, sto bene e va tutto alla grande. E Dorothy non mi aiuterebbe nemmeno se fossi caduta in un pozzo. Non è che andiamo molto d'accordo. Se state cercando la mia sorella benefattrice, probabilmente la troverete in chiesa, a pregare per la salvezza della mia anima pagana. Un *pot brownie*?»

Mi porse un vassoio pieno di deliziosi e profumati brownie al cioccolato. Io rifiutai, ma Morrie ne prese uno e lo morse tutto felice. «Sono deliziosi. Grazie. La lasciamo alla sua serata.»

«Aspettate, non volevate controllare il contatore dell'acqua?»

Quindici minuti più tardi, dopo che Morrie aveva mangiato altri tre brownie e frugato nel contatore dell'acqua dichiarando che era tutto a posto, Megan Ingram ci salutò dal portico.

Morrie si leccò le dita durante la discesa lungo il sentiero. «Quindi Dorothy Ingram non era da sua sorella quando le fodere delle nostre sedie sono state rovinate, e non c'era nemmeno stasera. Ha mentito, bricconcella!»

«Questo significa che la nostra sabotatrice potrebbe essere lei» borbottai. «E non ha ancora finito. Così, giusto per risolvere il problema.»

Morrie mi mise una mano sulla spalla. Il suo tocco era fermo, forte, determinato. I suoi occhi erano di quell'acciaio gelido che avevo imparato a conoscere, di un uomo che lottava per tenere a bada i suoi impulsi più caotici. «Allora risolviamolo insieme.»

12

MORRIE

Tornammo ad Argleton con un altro Uber. Durante il tragitto, ripercorsi mentalmente tutti i metodi che avevo a disposizione per individuare e neutralizzare Dorothy Ingram. Una volta scartate le varie opzioni violente (maledetto quell'uccellino e la sua coscienza), mi rimanevano poche opzioni.

Per prima cosa, tornammo alla Nevermore per prendere alcune provviste. Quoth era appollaiato sulla sua altalena preferita accanto al caminetto, ben lontano dai gattini di Grimalkin con la loro ossessione per le penne della sua coda.

Mina sta dormendo della grossa, ci disse mentre io rovistavo nella mia scrivania. *Non dimenticare che stiamo risolvendo la questione in modo non violento.*

Recuperata la mia attrezzatura, tornammo a casa di Dorothy nel buio della notte, e posizionai un dispositivo di localizzazione sulla sua auto. Nascosi quindi una piccola telecamera su un albero, puntata sulla porta d'ingresso. Attivai l'app e mostrai a Heathcliff il feed della telecamera e un indicatore lampeggiante sulla mappa.

«Saremo in grado di monitorare i suoi movimenti. Dovrà prendere la macchina, se vuole tornare alla Lachlan Hall.»

«Shhh. È lì» ringhiò Heathcliff, indicando la casa di Dorothy. E infatti una luce si accese nel capanno. La donna uscì pochi istanti dopo, con le braccia cariche di composizioni floreali. Evidentemente, doveva sostituire i fiori per le funzioni religiose della settimana. Ma dove era stata prima, se non da sua sorella? A prendere i fiori da un altro parrocchiano? A notte fonda? Senza macchina?

Il suo giardino era un'arida distesa di erba incolta. Di sicuro non era lì per raccogliere fiorellini al chiaro di luna.

Io e Heathcliff ci scambiammo un'occhiata, ed entrambi partimmo di corsa verso la chiesa. Dietro di noi, sentii Dorothy che chiudeva il bagagliaio dell'auto.

«Dobbiamo arrivare prima di lei» sussurrai, rendendomi conto che avremmo dovuto fare il giro lungo. «Prendiamo una scorciatoia.»

Eravamo proprio davanti alla fila di case a schiera dietro la chiesa. Con un balzo, superai la bassa recinzione che conduceva alla prima casa, saltai con grazia oltre una vasca per uccelli e passai alla recinzione successiva.

Atterrai nel cortile di Maisie, proprio di fronte al punto in cui James Pond era stato se-*qua*-strato. Heathcliff grugnì alle mie spalle, ché lo stivale gli si era impigliato nel filo del sontuoso pollaio.

«Smettila di agitarti» sussurrai tra i denti mentre lo liberavo. Attraversammo di corsa il cortile e scavalcammo la recinzione successiva, atterrando nel giardino tutto ordinato di Stanley. Schivammo un'*enorme* vasca per uccelli con tanto di giochi d'acqua. Dall'interno della casa sentii un motivetto musicale, come se qualcuno stesse fischiettando, ma l'intera casa era al buio.

Altri due metri e arrivammo al sagrato della chiesa. La macchina di Dorothy non c'era.

Per scassinare l'antica serratura della chiesa mi ci vollero trentadue secondi, e io e Heathcliff ci intrufolammo dentro per andare a nasconderci nella sacrestia.

Neanche tre minuti dopo, il portone principale si aprì con un cigolio. Mi affacciai alla porta della sacrestia e scorsi Dorothy che percorreva la navata, con le braccia cariche di composizioni floreali. Il suo cipiglio permanente si era addolcito in un piccolo e timido sorriso. Sembrava davvero... felice.

Dorothy Ingram sapeva essere felice?

Si sentiva forse compiaciuta perché aveva appena distrutto la nostra torta nuziale?

Eravamo lì per scoprirlo.

Uscii dalla sacrestia. «Ciao, Dorothy.»

«Stai lontano da me.» Girò sui tacchi e corse via, verso la porta della chiesa, spargendo petali di fiori dappertutto. Heathcliff spuntò da dietro il fonte battesimale e chiuse la porta con un botto, bloccandole la fuga con il suo fisico robusto.

«Togliti di mezzo, o mi metterò a gridare» urlò, mentre spostava rapida lo sguardo tra noi due.

«Fa' pure» esclamò Heathcliff. «Sei in una scatola di pietra medievale, e le persone più vicine sono tutte al pub, a danzare con la mediocre band del sabato sera. Nessuno ti sentirà.»

«Nessuno dice più danzare» gli dissi severo. Lui mi lanciò uno di quegli sguardi esasperati alla Heathcliff che mi fecero venire voglia di sbatterlo contro un muro e di ficcargli la lingua in gola.

Ma prima, i preliminari.

Mi scrocchiai le nocche. «Non vogliamo farti del male, Dorothy. Siamo venuti a chiacchierare.»

«Non ho nulla da dirvi.»

«È buffo, perché sei stata molto loquace quando ci hai lasciato il bigliettino per farci sapere il motivo per cui stavi sabotando il nostro matrimonio.»

«Io non ho scritto nessun biglietto e non so di cosa state parlando. Voglio avere a che fare con voi il meno possibile.»

«Il sentimento è decisamente reciproco» ringhiò Heathcliff. «Però sei tu che stai cercando di sabotare il matrimonio. Credevo che Morrie avesse chiarito che se continuerai a rovinare il giorno speciale di Mina, non esiteremo a usare le nostre considerevoli risorse per farti smettere.»

Dorothy incrociò le braccia e fissò entrambi, anche se il suo sguardo tradì un guizzo di paura. «Sono sicura di non capire cosa intendete.»

«Non mentire, Dorothy. Sappiamo che hai finto di andare a trovare tua sorella. Quindi: dove ti collochiamo? Su, alla Lachlan Hall, a pasticciare con le fodere delle nostre sedie?»

«O nella cucina di Oliver, a distruggere la nostra torta?»

«Non sono affari vostri dove sono stata, e non sono tenuta a dirvi un bel niente.»

Io le rivolsi un sorriso a trentadue denti. «Invece sappiamo che non è vero, no? Di certo ricorderai il segretuccio che io e Mina abbiamo scoperto su quel bambino di cui ti sei sbarazzata in gran segreto. Mi chiedo se i tuoi compaesani vogliano sapere la verità...»

«Non potete farmi niente, con quella storia» replicò Dorothy con un sogghigno. «Appena ho scoperto che sapevate della mia vergognosa decisione, ho confessato tutto al mio circolo di preghiera. Lo sanno già tutti. Il mio Signore mi perdonerà per i miei peccati.»

Heathcliff mi scrutò, socchiudendo gli occhi scuri. Io sollevai un sopracciglio verso di lui, con la mente che vorticava alla ricerca di un modo per salvare la situazione.

Forse non abbiamo la possibilità di fare leva su Dorothy, però abbiamo un'altra informazione a nostro favore.

Dal punto di vista morale siamo ormai dei falliti, e siamo disposti a fare qualsiasi cosa, pur di proteggere Mina.

«Questo non è l'unico segreto che nascondi, vero, Dorothy?» Le sorrisi. «Hai detto a padre Clarence e a tutti quelli che ti ascoltano che ti occupi di tua sorella, ma lei ci ha detto che ha tagliato i ponti con te. Le sue gambe sono perfettamente a posto. Allora dove sei stata quelle notti in cui hai fatto finta di fare la buona samaritana? Notti che, *guarda caso,* coincidono con la distruzione di alcuni elementi legati al nostro matrimonio.»

Ora le era tornato quel lampo di paura negli occhi.

«Quello che decido di fare non è affar vostro» sbottò. «E per quanto riguarda il vostro matrimonio, forse è il Signore che si sta vendicando per i vostri peccati.»

«L'amore *non* è *mai* un peccato» commentò gridando Heathcliff, tutto il corpo che gli tremava. Ancora un istante e avrebbe perso la testa.

Io gli misi una mano sulla spalla e lo spinsi verso il portone. «Sappi che ti teniamo d'occhio.»

«Non ho paura di te» replicò lei con rabbia. «Io rispondo a un potere superiore. Voi non mi intimidite. E solo perché mi avete costretta a cancellare il mio incontro di preghiera per la vostra unione blasfema, non significa che non mi vedrete più.»

Lanciò i fiori a Heathcliff, che agitò le braccia, cercando di afferrarli al volo. Lei gli passò di fianco, spalancò la porta e fuggì nella notte.

Tolsi dei petali di rosa dalla barba del mio compagno di avventure. «È andata bene.»

«Per niente. Ora sa che non abbiamo nulla di utile su di lei, e – anzi – ha una motivazione in più per rovinarci il matrimonio.

E non sappiamo nemmeno se è lei che ci ha sabotati fin qui. Potrebbe essere stato Wayne, o qualcun altro.»

«Chiunque sia, ha già rovinato i copri-sedia e la torta. Che altro può succedere, in un matrimonio in grande stile?»

Heathcliff aggrottò la fronte pensieroso. «Domani sera verranno consegnate sedici scatole di raffinati cioccolatini svizzeri. Sono per le bomboniere, sempre che Helen ci dia i sacchetti ricamati in cui metterli.»

«Okay, bene.» Mi sfregai le mani. «Il sabotatore cercherà di sicuro di rovinare tutto. Propongo di tendergli una trappola.»

MESSAGGI DI TESTO TRA MORRIE E LA SIGNORA ELLIS

Buonasera, signora Ellis. È ancora al pub?

Naturalmente. La cover band sta finendo l'ultimo pezzo. Spero di farmi accompagnare a casa dal batterista.

Le auguro il meglio per le sue imprese amorose. Mi chiedevo se potesse aiutarci.

A patto che non interferisca con il tempo che intendo dedicare al sesso.

Non credo che avrà problemi. Voglio che metta in giro per il villaggio la voce che Heathcliff sta aspettando un carico di cioccolato molto costoso, per domani mattina alle 10 precise, alla Lachlan Hall, e che ha dato il giorno libero a tutta la security. E che Cynthia e il suo staff saranno impegnati tutto il giorno con la cerimonia di chiusura della conferenza del National Trust all'altro capo della tenuta. In particolare, mi interessa che lo sappiano Wayne Bryant e Dorothy Ingram. Può farlo?

Consideralo fatto.

Fatto.

Di già? O si riferisce al batterista?

Una pillola di saggezza da una persona anziana, James: non fare domande delle quali preferisci non sapere le risposte.

Messaggio sui Social della Libreria Nevermore

Grazie a tutti coloro che hanno risposto all'invito per la presentazione del libro di Mina il giorno 21. A causa di circostanze impreviste, l'evento è stato annullato. Le copie del libro di Mina, *Una Notte Morta e Tempestosa*, non saranno più disponibili. Ci scusiamo per il disagio.

MESSAGGIO DI TESTO A MORRIE DA PARTE DEL SUO CONTATTO SEGRETO ALL'INTERNO DEL SISTEMA CARCERARIO

James, ho controllato la lista dei prigionieri che mi hai inviato. Posso confermare che sono ancora tutti in carcere. Angus Donahue è attualmente in isolamento dopo aver picchiato il suo compagno di cella perché gli aveva messo una locusta morta nella branda. Non ho sentito parlare di nessun tiro mancino alla tua ragazza. Nessuno sarebbe così stupido da tentare di farlo. Ma terrò le orecchie aperte.

Hai sentito di quella fuga da Crixley? Si trova dalle vostre parti, vero? Roba da matti. Dov'è il mio invito al matrimonio?

13

MINA

Ero a letto e cercavo di dormire, quando Morrie tornò a prendere qualcosa. Lui e Quoth conversavano sottovoce nel corridoio. Provai ad ascoltare, ma non riuscii a capire nulla. Morrie se ne andò di nuovo, e io presi il telefono da sotto le coperte per scorrere le e-mail.

Niente.

Nessuno dei miei invitati del mondo dell'editoria mi aveva mandato conferma della propria partecipazione.

Mi costrinsi a trattenere il fiume di lacrime che attendeva di sgorgare, e scrissi un messaggio sulla mia pagina personale, condividendolo poi sulle pagine della Nevermore.

È fatta.

Fui presa da un'ondata di dolore misto a sollievo. Gettai il telefono in fondo al letto. Grimalkin miagolò sorpresa e saltò giù, seguita da una fila di gattini che rotolarono via e se ne andarono disgustati. Mia nonna era un brutto esempio, per loro.

Sfiorai con le dita la pila di pagine Braille sul comodino. Il mio manoscritto. Avrei dovuto consegnare la versione definitiva alla tipografia quel pomeriggio, in modo che ne stampassero un numero sufficiente di copie in tempo per l'evento, ma non riuscivo a decidermi a inviare il file.

Le lacrime iniziarono a scendere. Ecco. Era la fine di un altro sogno. Se non fossi diventata una scrittrice, allora cosa...

«Mina, che c'è che non va?»

Mi arrivò la voce preoccupata di Quoth. Un fascio di luce intensa squarciò il buio: era la luce del corridoio che entrava dalla porta aperta della nostra camera da letto.

«Come sapevi che ero sveglia?» Mi sfregai gli occhi.

«Ho sentito il tuo telefono che parlava.»

«Giusto. Vero.»

«Mina, Che c'è che non va? Stai piangendo.»

«Non c'è niente che non vada.» Sapevo di non essere affatto convincente. «Ho annullato la presentazione del libro.»

Sentii il letto abbassarsi dalla sua parte, segno che mi si era sdraiato accanto, e mentre mi accarezzava una guancia con la mano, la cascata dei suoi capelli di seta mi sfiorò una spalla. «Ma perché? Hai lavorato davvero sodo per finirlo. Ed è perfetto. Non serve nemmeno editarlo. Ci saranno tutti i tuoi amici. Perché annullare tutto?»

«So di essere sciocca, ma è quello che sento, non posso farci niente.» Premetti la guancia sulla sua mano calda. «Per tutta la settimana ho avuto la sensazione di aver commesso un grosso errore. Non verrà nessuna delle persone che ho invitato, intendo del mondo dell'editoria, e credo che sia perché sanno già che il mio libro non avrà successo. Si vergognano all'idea di essere associati a me. Non posso... non posso sopportarlo. Quindi niente evento, almeno finché non deciderò cosa fare. Forse Jen ha ragione e dovrei riscrivere il libro.»

Quoth si schiarì la voce. «Io non credo che dovresti annullare niente.»

Tirai su con il naso. «L'ho già fatto. Ho appena caricato il messaggio.»

«Okay. Non volevo, ma sono costretto a farlo.»

Mi afferrò le mani e mi tirò in piedi.

«Cosa stai facendo?»

«In piedi. Balliamo.»

«*Cosa?* Ma sono in pigiama.»

«Esatto.» Le sue labbra sfiorarono l'incavo del mio collo mentre mi trascinava fuori dal letto. «Sei bellissima e voglio ballare con te.»

Oscar grugnì nel sonno, ma non fece alcuna mossa per salvarmi.

Quoth mi trascinò in salotto e mi mise accanto al camino per poi togliere di mezzo le sedie (con grande disprezzo di Grimalkin) e arrotolare il tappeto.

«Fai sul serio, con questa storia del ballo.»

«Certo. Il matrimonio è fra tre giorni e non ci siamo ancora esercitati per aprire le danze. E niente ti distrarrà dall'evento del lancio del libro come un bel giro di pista.»

«Ma... mi hai vista ballare. Sai che sono un disastro» mi lamentai. «Ricordi quando ho preso Heathcliff a calci sugli stinchi durante la Jane Austen Experience?»

«Non lo dimenticherò mai» esclamò Heathcliff dietro di me. «Mi hai azzoppato a vita.»

Mi voltai di scatto proprio nel momento in cui Morrie saliva le scale dietro a Heathcliff. Entrambi odoravano di erba fresca e di sudore, come se avessero corso in giro per il villaggio al chiaro di luna, e percepii anche un leggero sentore di glassa per dolci.

«A me pare che tu cammini bene» mi rivolsi a Heathcliff. «Quoth mi ha tirata giù dal letto per insegnarmi a ballare.»

«Quoth è pieno di buone idee. Io non voglio essere zoppo il

giorno del mio matrimonio.» Heathcliff si tolse il cappotto. «Balleremo anche io e Morrie.»

«Credevo che tu detestassi il ballo.»

«Io sì, ma Morrie mi ha costretto a prendere lezioni» spiegò Heathcliff.

«Non volevo che nessuno di voi mi mettesse in imbarazzo il giorno del mio matrimonio» disse Morrie. «Men che meno te, bellezza.»

«È il giorno del *nostro* matrimonio e, per tua informazione, io avevo intenzione di fare *headbanging* con i Rancid e i Metallica per tutta la notte. Sono una campionessa di headbanging.»

«Un piano eccellente, come sempre.» Morrie mi prese per mano e mi condusse al centro della stanza. «Ma non è il nostro. Noi lasceremo tutti a bocca aperta.»

Quoth fece partire la musica. Era una canzone bassa e sensuale. Morrie mi tirò per un braccio, facendomi girare vorticosamente, e mi catturò, la schiena contro il suo petto, le braccia strette intorno a me. Si chinò in avanti e mi passò la lingua lungo la clavicola, tracciandomi una scia di pelle d'oca.

«Non è così che ti hanno insegnato a ballare in quel corso che stai frequentando» gli sussurrai.

«L'insegnante mi ha detto di aggiungere il mio tocco personale.» Le labbra di Morrie catturarono le mie, costringendomi a rovesciare la testa all'indietro in un bacio profondo e torrido, mentre mi spingeva il busto sempre più all'indietro.

Nell'attimo in cui le sue labbra si allontanarono dalle mie, io emisi un gemito, e lui mi raddrizzò di nuovo, prima di girarmi in una complessa serie di passi che mi confuse nel modo più totale e mi portò a pestargli i piedi.

«Pensavo che i ciechi avessero un udito eccellente» disse Morrie, perché sapeva che mi avrebbe infastidito.

«È un mito, e lo sai. Non è che l'udito diventi magicamente un superpotere solo perché si perde la vista. Si diventa più consapevoli dei suoni. E in questo momento, sono consapevole del fatto che tu sei un idiota...»

Le mie parole si interruppero quando Heathcliff e Quoth mi arrivarono addosso e mi stinsero, aggrovigliandomi con braccia e gambe.

I tre mi tenevano stretta, facendomi girare per la stanza con una tale velocità e grazia che non potevo far altro che seguirli. Intanto, a turno mi sfioravano con le labbra le guance, la fronte, la clavicola, finché la mia pelle non fu completamente accesa dalle loro carezze e il battito della musica iniziò a ronzarmi nelle vene.

Immaginai che al nostro matrimonio avremmo ballato così, con tutti i miei amici e i famigliari che ci scrutavano...

Ci scrutavano...

Presa dal panico, mi bloccai e feci cadere pesantemente Heathcliff a terra.

Gli invitati al matrimonio erano stati invitati anche alla presentazione del libro, che però avevo appena annullato.

Avrebbero passato tutto il matrimonio a chiedersi cosa fosse successo e già li immaginavo, che mi guardavano ballare e sussurravano che Mina Wilde pensava di poter diventare una scrittrice, ma quanto sciocca era?

Avrebbero saputo che avevo fallito. Di nuovo.

«Non posso.» Afferrai il braccio di Quoth e Heathcliff cercò di rimettersi in piedi.

«Un attimo fa stavi ballando benissimo» osservò Morrie.

«Mina, che c'è?» mi chiese Quoth stringendomi la mano.

«È che...» Mi guardai alle spalle, cosa stupida, perché sapevo che non c'era nessuno, ma mi sentivo addosso sguardi di compatimento. «Non posso ballare davanti a tutti al matrimonio.»

«Non preoccuparti, non ti faremo cadere» mormorò Heathcliff, prendendomi per la vita in un abbraccio stretto e rassicurante.

«Non è questo.» Mi appoggiai alla spalla di Quoth, scrollandomi via dalla presa di Heathcliff. «Tutti sapranno che sono un fallimento.»

«Non sei un fallimento, Mina.» Quoth mi sfiorò con le labbra la sommità della testa. «Mina ha annullato la presentazione del libro.»

«Bellezza, *no*! Perché l'hai fatto?» La voce di Morrie sembrava stranamente sincera.

«Perché non ho trovato una sola persona interessata al mio romanzo. Non voglio mettere questo libro in circolazione se non è pronto, o se non è quello che la gente vuole leggere. Quindi devo continuare a lavorarci.» Cercai di ricacciare giù quel groviglio di delusione che avevo in gola. «Non c'è problema. Continuerò a limarlo finché non sarà perfetto. Però, al matrimonio, tutti sapranno perché ho annullato l'evento. Ne parleranno, e diranno quanto sono stata stupida a pensare di poter scrivere un libro, che prima ho perso il lavoro dei miei sogni e ora non riesco a fare bene neanche questo. Mi rideranno dietro. Mi *compatiranno*.»

«Nessuno ti compatisce» sbottò Heathcliff. «Se mai oseranno farlo, li farò beccare a morte (una morte molto lenta) da oche arrabbiate.»

Sorrisi tra le lacrime. «Mi dispiace tanto. Voi tre state facendo di tutto per rendere questo matrimonio perfetto. Prendete perfino *lezioni di ballo*, e io non riesco a smettere di pensare a me stessa e ad apprezzare i vostri sforzi. Mi sento *malissimo*. Ma ci saranno un sacco di persone al ricevimento, e tutti sapranno del mio fiasco, e io...»

«Nessuno deve guardarti, se non vuoi» disse Quoth, con voce cupa e determinata.

Prima che potessi protestare, qualcosa di caldo e piumoso mi sfiorò la guancia. Quoth mi fece girare e mi strinse a sé, petto contro petto, e sentii il suo cuore che batteva forte contro il mio.

Il suo corpo oscillava al ritmo della musica, e mentre mi stringeva più forte produceva piccoli scrocchi. Con la testa premuta sul suo petto, sentivo le sue ossa che scricchiolavano, ricostruendosi come fossero state una calda coperta che mi avvolgeva.

Cosa sta succedendo?

È come se stesse mutando, ma io lo sto ancora stringendo tra le braccia, e c'è una calda coperta che avvolge entrambi...

Ma come è possibile?

La coperta sopra di me produsse un fruscio e un'altra piuma mi sfiorò il braccio.

Piume.

Mi mancò il fiato.

Quoth mi aveva avvolto con le sue ali.

«Cosa sta succedendo?» sussurrai, continuando a ballare. Sotto le sue ali, la musica era ovattata, e l'aria della stanza compressa.

«È un nuovo trucchetto che ho imparato.» Quoth sembrava davvero orgoglioso. «Posso spiegare le ali senza trasformarmi completamente. Questo significa che mi escono a misura di Quoth, invece che a misura di corvo.»

Appoggiai la guancia sulle sue morbide piume, e avvertii che la membrana sotto di esse si muoveva mentre Quoth ondeggiava a tempo di musica. Avvolta dalle sue ali, mi sentivo al sicuro. Niente poteva colpirmi lì dentro: né il giudizio, né la compassione.

Rilasciai il respiro che avevo trattenuto. «Quoth, questo è...»

«Se non vuoi ballare davanti a tutti, non devi farlo» sussurrò. «Ma vorrei poterti mostrare ciò che sei per me. Mina, sei *straordinaria*. Hai scritto un libro. Chi se ne frega di quello che ne pensa un gruppo di snob letterari?»

«Io!» esclamai tirando su con il naso. «E non so perché.»

«Io credo di saperlo» disse, ma non aggiunse altro. Si limitò a stringermi più forte.

14
MINA

La mattina dopo mi svegliai tra le braccia di Quoth. Heathcliff e Morrie erano nell'angolo della stanza e bisbigliavano tra loro. Quando sentii le parole *signora Ellis* e *teso la trappola* drizzai le orecchie.

«Che succede?» chiesi mettendomi a sedere.

«Segreti per il matrimonio» rispose Heathcliff.

«Com'è possibile che ci siano ancora cose da fare per il matrimonio?» chiesi. «Abbiamo gli abiti, il cibo, un celebrante vivace e la torta. Tu indosserai una camicia stirata. Morrie ha accettato di mettere i pantaloni. Siamo a posto.»

«Siamo *quasi* a posto» concordò. «Ho solo bisogno che alle 10 Morrie e Quoth vengano con me alla Lachlan Hall per un appuntamento...»

Io feci una smorfia. «Speravo che Morrie potesse aiutarmi con un piccolo furto con scasso, stamattina.»

Morrie mi strinse una spalla in segno di approvazione. «Ma che bello, stai parlando la mia lingua dell'amore.»

«Oggi ho bisogno del talento unico di Morrie.» Sentii Heathcliff che picchiettava con rabbia sul suo telefono, il che era molto strano. Heathcliff odiava usare il telefono.

Morrie guardò prima me e poi lui. La sua espressione si addolcì. «Sono sicuro che potete occuparvi tu e Quoth del progetto di oggi. Vi ho mostrato come usare l'applicazione.»

Sollevai un sopracciglio. *Quale progetto di matrimonio avrebbe mai potuto richiedere l'uso di un'app da parte di Heathcliff?*

Lui emise un ringhio, come sul punto di discutere. «Va bene» disse con un sospiro alla fine. «Però se do l'allarme, devi venire.»

«Cosa vedi?» chiesi a bassa voce a Morrie, mentre spostavo il mio peso da un piede all'altro.

Un fruscio tra i cespugli.

Morrie rispose: «Lo vedo dalla finestra della cucina. È seduto a un tavolo e sorseggia una tazza di tè. Ah, sembra che abbia dato un morso a un pezzo di pane tostato. Quell'uomo ci mette così tanto a fare colazione, che le placche tettoniche potrebbero spostarsi e farci cadere nell'oceano.»

Mi accasciai su un mucchio di foglie morte e umide e mi sfregai i polpacci doloranti. Ero rimasta accovacciata per ore e il mio corpo si stava ribellando. Oscar mi leccò il viso.

«Dovrà pur andare da qualche parte, prima o poi, no?»

«È un uomo anziano, con quella che tu ha deliziosamente definito *faccia da brontolone a riposo*. Pensi che abbia delle importanti riunioni di lavoro a cui partecipare? Oppure una sessione quotidiana di allenamento?»

«Magari potresti stare qui e gridare *al fuoco*?» suggerii.

«O forse potremmo ingannare il tempo parlando della presentazione del tuo libro.»

Io strinsi i denti. «Ci ha già provato Quoth. Non voglio parlarne.»

«Devi farlo. Perché l'hai cancellata, bellezza? Se davvero ci avessi tenuto a quelle persone, io avrei potuto trovare dei modi crudeli e creativi perché si presentassero... Oh, si sta muovendo.»

Mi alzai di scatto, sforzandomi di sentire qualcosa. La porta della casa di Stanley si aprì cigolando e io lo udii borbottare sottovoce. Pochi istanti dopo, colsi il rumore di un'auto che sfrecciava via, con il motore che scoppiettava per tutta la strada.

Morrie mi strinse la mano. «Via libera. Andiamo.»

Attraversammo di soppiatto la strada e ci incamminammo lungo il vialetto d'ingresso ben curato della casa di Stanley. Morrie suonò il campanello, fischiettando un motivetto mentre aspettammo che rispondesse qualcuno. Quando nessuno lo fece, Morrie si posizionò davanti alla porta, e armeggiò con la serratura, continuando a fischiettare.

«Mi sembra che tutto il quartiere mi stia guardando» commentai.

«Questo perché non hai voluto prenderti il tempo di inventare un travestimento convincente. Peccato, perché l'uniforme da scout che ti avrei fatto indossare sarebbe stata piuttosto attraente...» Ci fu un *clic* e Morrie sussurrò soddisfatto: «Ci siamo.»

Fece entrare prima me e Oscar e poi richiuse piano la porta. L'interno della casa era sorprendentemente luminoso e vivace. I miei occhi furono attratti dalle grandi finestre sul lato opposto del soggiorno. Dissi a Oscar di accompagnarmi verso di esse, mentre Morrie cercava tra le scarpe di Stanley.

«Qui non ci sono scarpe con la suola che serve a noi, anche se potrebbe averle addosso...»

La voce di Morrie fu sovrastata da un ritornello musicale. Mi avvicinai alle finestre e il suono melodioso mi riempì le orecchie. Il mio cuore si alleggerì nell'ascoltare le note che danzavano nell'aria, aumentando di volume man mano che...

«Oh, bellezza, sono meravigliosi» sussurrò Morrie. «Davanti alle finestre ci sono uccelli di ogni colore e forma in un'enorme voliera. In pratica è grande come tutto il soggiorno.»

«Wow!» Avvicinandomi, mi resi conto che riuscivo a distinguere la sagoma di alcuni uccelli che volavano tra i vari posatoi e si raggruppavano con i loro simili. Le loro voci si alzavano di tono, alcune si abbassavano e altre riprendevano il loro canto. In un angolo, sentii una cocorita dire: «Crackers e formaggio alle tre del pomeriggio!»

«Non posso credere che tenga tutti questi uccelli in casa» affermai. «La casa non puzza affatto. La voliera deve essere immacolata.»

«Esatto. E questa gabbia è stata costruita su misura. Ricordo che quando gli abbiamo parlato al recinto, Stanley ci ha detto che gli piacevano gli uccelli. Non mentiva.»

«Ma perché tenerli in casa? Potrebbe costruire una voliera nel giardino sul retro e loro potrebbero stare all'aria aperta.»

«Non sono un appassionato di uccelli, ma immagino che una voliera di queste dimensioni possa avere problemi con le autorizzazioni.» Morrie si allontanò. «Vado a controllare se negli armadi ci sono altre scarpe. Tu dai un'occhiata intorno.»

Oscar era così affascinato dagli uccelli che mi ci volle un po' prima di riuscire a convincerlo a seguire i miei comandi e a guidarmi in un giro della stanza. Trovai una mangiatoia e delle scatole ordinate piene di cibo per uccelli, e un binocolo appoggiato sulla sedia sotto la finestra che si affacciava sulla casa di Maisie: proprio il binocolo che lei aveva detto di avergli visto usare.

Da casa sua, Maisie non può vedere la voliera, perché si affaccia sull'altro lato del giardino. Ecco perché Morrie non l'ha notata quando ha guardato oltre la recinzione. Lei non sa nemmeno che lui ha questi uccelli.

Spinsi Oscar per farlo andare avanti e lui mi condusse a una scrivania contro il muro. Cercai di capire cosa ci fosse sopra. Stanley non aveva un computer portatile, ma c'erano un blocco di carta e una penna. Feci scorrere le dita sul foglio e sentii i segni della penna. Qualunque cosa Stanley stesse scrivendo, lo faceva con passione.

«Morrie, mi leggi questo?»

Lui apparve in un lampo. Prese la lettera e la lesse con un'espressione teatrale. «È una lettera non ancora finita, indirizzata al Consiglio Parrocchiale, da parte di Stanley Clarke. Dice: "Vi scrivo perché sono preoccupato per la salute dell'anatra domestica del mio vicino, James Pond. Ho già cercato di portare la questione all'attenzione del Consiglio in tre precedenti occasioni, ma credo che gli ispettori incaricati degli animali abbiano un cervello da uccello, se non capiscono il problema. Non sto facendo il vecchio brontolone. Amo gli uccelli e ne ho diversi. La mia preoccupazione è che un papero non dovrebbe vivere in un'area residenziale, e soprattutto non dovrebbe essere lasciato libero a vagare, come la signora Collins fa con James ogni sera. È vero che non sono cattivi come le oche, ma un papero può diventare piuttosto aggressivo, e non sembra che la signora Collins abbia intenzione di..."»

«Intenzione di cosa?»

«Non lo so.» Morrie girò il foglio. «La lettera si interrompe qui. Non l'ha finita.»

«Forse ha pensato che non ce n'era più bisogno, ora che James è scomparso» dissi. «Bene, possiamo andarcene.»

«Andare via? Ma non abbiamo ancora iniziato a guardare in camera da letto. Non sarei sorpreso se scoprissimo che questo tizio ha un costume da pappagallo a grandezza naturale nascosto nell'armadio.»

«Stanley Clarke non ha se-*qua*-strato James. Guardati intorno.» Feci un gesto in direzione della voliera. «Stanley ama gli uccelli. Non farebbe mai del male a una creatura. Forse non approva il modo in cui Maisie sta allevando James Pond, ma non è un assassino di uccelli...»

Oscar abbaiò.

«Oscar?» Abbaiò di nuovo. Tornai di corsa in salotto dove l'avevo lasciato. Essendo un cane guida, era stato addestrato a non abbaiare, a meno che non mi dovesse avvisare di qualcosa. Così corsi da lui. «Che c'è, amico?»

Grattò la finestra con la zampa, ed emise un mugolio che avevo imparato voleva dire *pericolo*.

Il cuore mi batteva forte. «Che c'è, ragazzo?»

Dietro di me, Morrie si mise a ridere.

«Beh? Che c'è?»

«C'è un gatto molto grande e *molto* tondo che passeggia nel cortile come se fosse il padrone di questo posto, e ha in bocca un enorme uccello.»

15

QUOTH

Eravamo in fila da Ollie per prendere il nostro caffè mattutino, e Heathcliff fissava il puntino che lampeggiava sull'app di localizzazione che Morrie aveva attivato sul suo telefono per il nostro principale sospettato, borbottando qualcosa sottovoce. Che Heathcliff borbottasse non era proprio una novità, ma percepivo in lui una tensione che doveva derivare dal fatto che Morrie ci aveva abbandonato per aiutare Mina.

«Siamo in due» dissi a disagio. «Non ci serve Morrie per questa cosa.»

«Mmm.»

Ci avvicinammo al bancone e ordinai per entrambi. Lanciai un'occhiata a Heathcliff, ma quando vidi che non alzava lo sguardo dal telefono, pagai io per entrambi e presi anche una ciambella alla crema con un bel po' di marmellata di lamponi sopra. Mmh, lamponi. Stavo morendo di fame.

«È appena apparsa sulla telecamera: stava uscendo di casa.» Heathcliff afferrò il suo caffè e lasciò che lo conducessi oltre i tavoli, e poi fuori dal negozio. «È vestita con l'abito della domenica. Ma sta andando alla funzione religiosa? Sale in macchina.»

«Vive solo a due isolati dalla chiesa» gli ricordai.

«Esatto. Credo che faremo a metà.» Heathcliff mi lanciò il telefono. Io riuscii ad afferrarlo, ma mi versai addosso il caffè bollente. «Di' a questo affare di chiamarmi un Uber. Io vado alla Lachlan Hall. Tu segui Dorothy. E manda un messaggio a Iwan. Ha saputo dalla signora Ellis della spedizione di cioccolato, e pensa che non ci sarà nessuno a ritirarla, quindi si è offerto di andarci lui. Quel ragazzo è troppo disponibile.»

Fissai il telefono. «Ma come faccio a contattarti?»

Lui prese il mio telefono dalla mia tasca. «Problema risolto. Ora vai.»

Bevvi un lungo e triste sorso del caffè rimasto nella tazza da asporto, la gettai in un cestino e mi diressi verso la chiesa. La gente cominciava ad arrivare per la funzione della domenica mattina, ma il sagrato era relativamente vuoto. Mentre navigavo sull'app di Uber, mi infilai tra i cespugli e chiamai Heathcliff. Mi inginocchiai a terra e mutai forma. Le mie ossa scricchiolarono e scattarono al loro posto, il mio corpo stava cambiando forma, e avvertii quella familiare sensazione di prurito sulla pelle di quando iniziavano a spuntarmi le piume.

Una volta mutato in uccello, usai il becco per sistemare i miei vestiti in una pila ordinata, afferrai il telefono tra gli artigli e presi il volo. Il peso del telefono interferiva con le mie capacità di navigazione e, mentre in parte mi libravo e in parte traballavo sopra il parchetto, vidi Heathcliff salire sul suo Uber. Mi tuffai verso la sua testa, costringendolo a chinarsi per schivarmi.

Questo è per non aver imparato a usare il tuo telefono, pensai.

«Ti ho sentito, uccellino» mi urlò dal finestrino dell'auto in partenza.

Il telefono di Heathcliff tra i miei artigli emise un *bip*. Chinando la testa di lato, riuscii a scorgere la mappa di Argleton con il puntino che indicava l'auto di Dorothy Ingram. Era sulla strada verso la Lachlan Hall, ma poteva essere diretta ovunque. Dovetti riportare indietro la testa di scatto, perché mi ero spostato troppo a destra e per poco non ero andato a sbattere contro un palo della luce.

Avevo dimenticato di mandare un messaggio a Iwan prima di mutare forma, ma avevamo ancora venti minuti prima che scattasse la nostra trappola. Avrei potuto inviargli un messaggio una volta che non fossi più stato in volo. Controllai di nuovo la mappa, sbattendo più forte le ali per tenere il passo. Speravo che Dorothy si fermasse presto. Quel telefono era pesante e il mio volo era irregolare e spaventoso.

Raggiunsi il suo veicolo su Baddesley Road, una lunga strada di campagna con alte siepi su entrambi i lati. Poco più avanti c'erano un altro paio di auto, forse delegati o personale per la conferenza del National Trust. Poco più indietro della sua scorsi l'auto di Heathcliff. Dorothy aveva superato la deviazione per il negozio della fattoria, il che significava che doveva essere diretta alla Lachlan Hall...

Invece svoltò in uno stretto sentiero di campagna, e la sua piccola auto procedette sobbalzando lungo la strada sterrata. Il sentiero sembrava appartenere al bosco ai margini della tenuta dei Lachlan. Per seguirla dovetti scendere sotto la chioma degli alberi e il telefono era ormai così pesante che mi accontentai di atterrare e trascinarmelo dietro.

Ma dove sta andando?

Arrivò a un cancello chiuso a chiave, sul quale era appeso un cartello con la scritta:

**PROPRIETÀ PRIVATA. I TRASGRESSORI SARANNO
PERSEGUITI PENALMENTE
I CACCIATORI SONO PREGATI DI LASCIARE BOSCHI E
CANCELLI NELLO STATO I CUI LI TROVANO**

Mi nascosi tra i cespugli e osservai Dorothy Ingram che scendeva dalla macchina, apriva il cancello e se lo chiudeva alle spalle per poi proseguire.

Il telefono mi vibrò tra gli artigli. Qualcuno stava chiamando. Probabilmente era Heathcliff, che voleva dirmi che era riuscito ad arrivare al salone. Mi nascosi dietro l'auto di Dorothy per evitare che lei lo sentisse.

Dopo un paio di chilometri, Dorothy si fermò in un piccolo spiazzo di fronte a un fatiscente capanno da caccia. Una seconda auto era già parcheggiata lì, ma non la riconobbi. Dorothy scese e si avvicinò alla porta del capanno. Aveva la chiave. Entrò.

Un attimo dopo, sentii la sua voce, il tono preoccupato. Sembrava che stesse parlando con qualcuno, anche se non riuscivo a sentire l'altra voce.

C'era qualcosa che non andava.

Il telefono vibrò di nuovo. Lo trascinai più indietro, in mezzo al bosco, ma riuscii a vedere Dorothy che fuggiva dal capanno e tornava alla sua auto. Mutai forma. Poi, nudo, mi rannicchiai sotto una vecchia quercia e afferrai il telefono. Il mio nome lampeggiava sullo schermo. Era Heathcliff.

Me lo portai all'orecchio. «Ho seguito Dorothy fino a un vecchio capanno di caccia nei boschi della tenuta dei Lachlan, ma...»

«Lascia perdere» sbottò Heathcliff. «Sono nella zona di carico e scarico. Abbiamo un problema.»

Mi si strinse il petto. «Il sabotatore ha colpito ancora?»

«Iwan. Sono appena inciampato sul suo corpo. È stato colpito alla testa dalla tua urna decorativa, e non respira.»

16

MORRIE

Oscar zampettava di nuovo sulla finestra. Guardava gli uccelli che cinguettavano eccitati nella gabbia: anche loro avevano visto il gatto. Oscar toccò di nuovo Mina con la zampa, ma guardò verso di me, come per dire: «Aiutami. Non posso salvarli tutti.»

«Penso che Oscar stia cercando di proteggere gli uccelli da quel gatto» dissi a Mina. «Vede che ti piacciono gli uccelli, quindi ti sta informando di un pericolo per loro.»

«Oh, Oscar, sei troppo intelligente!» Mina si mordicchiò il labbro come faceva sempre quando rifletteva. «Mi chiedo... pensi che possa essere stato un gatto a fare il buco nel recinto di James?»

«Un gatto normale? Dubito. Però il gatto qui fuori non è un felino normale.» Trasalii scorgendo il gatto che si accaniva felice sulla preda, spezzandole il collo con un morso spietato. Per fortuna la vittima sfortunata non era un'anatra. «È l'equivalente felino di Heathcliff, solo che... è ancora più bello. Perché? A cosa stai pensando?»

«Mi chiedo se non ci stiamo sbagliando a cercare un umano come responsabile per il nostro crimine di se-*qua*-stro. Se quel gatto ha catturato James, magari ne ha portato un pezzetto al suo padrone, proprio come fa Grimalkin, che ci delizia lasciandoci sulle scale i suoi regalucci di interiora di uccelli.»

«Non ricordarmelo. L'ultima volta che Heathcliff ha pestato uno di quei regalucci, ha emesso un lamento che avrebbe fatto piangere anche un cane.»

«Se troviamo il proprietario di quel gatto, magari potremmo scoprire il destino della nostra povera anatra.» Mina alzò il pugno in aria. «Seguiamo quel gatto!»

Io corsi fuori, con Mina e Oscar alle calcagna. Scavalcai al volo la recinzione del giardino ed entrai nel cortile di Maisie, ma il gatto stava già muovendosi a passo di danza sulla cima della recinzione dall'altra parte. Quando finalmente riuscii a fare il giro del palazzo vuoto di James Pond, il gatto era già a due case di distanza.

Notai che, dopo aver scavalcato le staccionate l'altra notte, sia io che Heathcliff avevamo lasciato delle profonde impronte nel fango, accanto a quelle del se-*qua*-stratore.

«Oh, no, non credo proprio! Io sono la più grande mente criminale mai esistita, sia dentro che fuori dai libri. Non mi sfuggirai.» Mi issai sulla recinzione giusto in tempo per vedere il gatto che attraversava a razzo il giardino, a due passi da me, e si infilava in una gattaiola.

«Ah! Allora abiti qui, vero, bestiaccia?» Ormai stanco, mi issai sulla penultima staccionata e mi lasciai cadere dall'altra parte.

Dritto in mezzo a una siepe di agrifoglio.

Ahia.

«Ahia!»

Ahia. Ouh. *Ahia.*

«Tutto bene?» urlò Mina dal giardino di Stanley.

Strizzai gli occhi mentre mi toglievo una lunga spina dal

braccio. «Mi sento come se avessi appena cercato di fare l'amore con un porcospino.»

«Andrà tutto bene, sei la più grande mente criminale di tutta la narrativa. Trova quel gatto!»

Maledetto gatto. Giusto. Attraversai zoppicando il giardino successivo, lasciandomi dietro una scia di spine di agrifoglio. Per fortuna tra le due case c'era un cancello, così non dovetti scavalcare un'altra recinzione. Riuscii a raggiungere la casa del gatto senza che mi capitassero altri contrattempi.

La gattaiola si trovava sotto uno stretto portico, in fondo al quale c'era un sentiero, stretto e fangoso. Il proprietario aveva piastrellato l'area, ma a quanto pareva le piastrelle non erano bastate per arrivare fino al portico.

«Miaooooo!»

Il gatto scuoteva la sua preda, deridendomi da dietro il vetro.

Io ringhiai, mostrandogli i denti e spiccai un salto per portarmi oltre il fango. Dopo essere atterrato accanto a un enorme mucchio di scarpe spaiate, notai un'impronta di stivale a terra.

A-ah.

Lasciai perdere il gatto e mi chinai per esaminarla con attenzione. Era identica a quella trovata sul luogo del se-*qua*-stro.

Ed era anche lo stesso stivale che avevo visto nel cimitero la notte in cui avevamo seguito Wayne Bryant. Chiunque fosse stato nel giardino di Maisie, era stato anche lì e, a giudicare dal modo in cui la scia di impronte si allontanava dalla casa e girava intorno al cancello laterale, avevo il sospetto di aver trovato la casa del ladro di anatre.

«Miao!» Il gatto trascinò in giro per il salotto ciò che restava della sua preda, come in una sorta di macabro sport di cui solo lui conosceva le regole. Lo guardai, il cervello che lavorava vorticosamente.

Nessuno arrivò a fermare il gatto. O gli abitanti della casa erano dei sadici malvagi che si divertivano a guardarlo torturare animali (era sempre una possibilità), oppure in casa non c'era nessuno. Bene, così avevo tutto il tempo per curiosare.

Controllai tutte le scarpe nel mucchio, ma non ne trovai nessuna che corrispondesse alla nostra. Questo poteva significare che, ovunque si trovasse il nostro se-*qua*-stratore, forse calzava *quelle* scarpe.

Poi notai un angolo dell'aiuola in cui la terra era stata smossa di recente. Incastrata nel terriccio c'era una paletta. Non era il periodo dell'anno giusto per piantare i bulbi e, data la vicinanza del giardino alla gattaiola e le ovvie inclinazioni del gatto, ipotizzai che l'aiuola fosse stata usata dai suoi servitori per seppellire le sue prede.

Afferrai l'attrezzo con cautela, poiché le mie mani non erano fatte per il lavoro manuale, e spostai un po' di terra. Scoprii un paio di carcasse di topi e i resti di diversi uccelli che riuscii a identificare, ma nessuna anatra.

A meno che non avesse mangiato tutte le prove (cosa improbabile: dalle foto, James Pond mi era sembrato un'anatra bella cicciotta e per nulla affamata), o avesse lasciato i resti nel giardino di qualcun altro, il gatto non era il nostro assassino.

Però la persona che vive in questa casa è stata di sicuro nel giardino di Maisie.

Rimaneva solo da capire chi vivesse lì.

Individuai un sentiero che faceva il giro della casa e lo seguii, evitando di inzaccherare nel fango le mie scarpe Brioni. Mi ritrovai sul vialetto. Quando riconobbi il veicolo agricolo con la scritta *Wayne Bryant - Veterinario* provai un tuffo al cuore.

Questa casa è di Wayne Bryant, lo scrittore su cui stiamo indagando perché sospettato di aver sabotato il nostro matrimonio.

E sebbene il suo veicolo da lavoro sia qui, al momento non è in casa.

Stavo giusto chiedendomi se fosse il caso di dedicarmi a un'altra effrazione, quando sentii Mina che mi chiamava. Sembrava agitata.

«Arrivo, bellezza!» Corsi lungo la stradina, e dopo aver svoltato nel vialetto di Stanley, restai senza fiato. Vidi Stanley che, l'espressione torva, con un piede cercava di tenere alla larga Oscar che gli ringhiava contro, e con le mani teneva per un polso Mina che si stava dimenando.

«Morrie, aiuto!» gridò lei.

«Mettila giù.» Non alzai la voce. Non ce n'era bisogno. Anni passati a dare ordini mi avevano insegnato come infarcire ogni sillaba di cattiveria.

Stanley la liberò. Spostò quindi lo sguardo da me a lei, e notai che la mascella gli tremolava.

«Vi riconosco. Voi due eravate a casa di Maisie Collins, l'altro giorno. Cosa ci fate qui?» Ci scrutò con astio. «Chiamo la polizia. Queste sono molestie.»

«La prego, non lo faccia» gridò Mina.

«Signore, ci scusiamo per il disagio. Io e Mina siamo solo due comuni cittadini con un forte senso civico» dissi, inventandomi in fretta qualcosa. «Stavamo passando di qui per andare a trovare Maisie e abbiamo notato che la sua porta era aperta. Siamo entrati per controllare che non ci fosse un'emergenza medica, poi sono sceso in strada per vedere se riuscivo a vederla, mentre Mina ha aspettato qui, a guardia della porta.»

«Non sto derubando nessuno» disse Mina con una risata, stringendo il guinzaglio di Oscar. «Come potrei mai sapere dove trovare i suoi oggetti di valore?»

Oh, tranquillo, cuore. La mia ragazza è troppo brava in questo.

Il volto di Stanley si addolcì quando guardò Mina e Oscar.

«Beh, grazie per esservi presi cura di me. È bello poter contare su vicini gentili come voi. La maggior parte della gente non è così gentile. Pensano che io sia scontroso e nessuno vuole parlare con me. Probabilmente hanno ragione.»

«Credo che se la conoscessero, cambierebbero idea.» Mina sfoggiò il suo bel sorriso. «Ho notato tutti quegli uccelli che tiene nella voliera in casa, e il suo binocolo da birdwatching. Le interessano molto gli uccelli, vero?»

«Sono creature meravigliose. Meritano di essere trattate bene. Mi dispiace che Maisie abbia perso il suo compagno. Spero che lo troviate.»

E con ciò entrò e chiuse la porta.

Io presi la mano di Mina e me la infilai al braccio. E la condussi via. «Non crederai a quello che ho scoperto...»

«Sono sicura che è molto interessante, Morrie, ma dobbiamo controllare la casa di Maisie» mi ricordò, a voce bassa. «Quando Stanley mi ha beccata, veniva dal giardino di casa sua. Ho sentito i passi sulla ghiaia del vialetto.»

Così andammo da Maisie. Non c'erano finestre rotte né scritte sui muri che fossero in qualche modo collegate all'anatra. Stavo per arrendermi, ma notai qualcosa accanto alla porta d'ingresso.

«Le ha lasciato un regalo.» Sotto il portico c'era un mazzo di fiori gialli, scelti con cura perché si abbinassero alla perfezione alle piume di James Pond, e insieme a loro c'era un bigliettino raffigurante un'anatra sorridente. Lo aprii. Lì, con la stessa calligrafia che aveva usato per scrivere la lettera al Consiglio, Stanley aveva scritto:

**CARA MAISIE,
MI DISPIACE MOLTO PER LA TUA PERDITA.
CON AFFETTO, STANLEY.**

«Okay, allora di sicuro non è stato lui.» Strattonai Mina lungo il vialetto. «Però ho scovato un'altra pista. Hai presente l'impronta che abbiamo trovato accanto al recinto di James Pond? Ho trovato la stessa impronta...»

Il cellulare mi vibrò nella tasca. Era Heathcliff. Non avrebbe usato il telefono, a meno che non fosse andato storto qualcosa nella loro trappola.

Con il cuore che mi batteva forte, mi bloccai sul marciapiede e mi portai il cellulare all'orecchio. «Fammi indovinare, hai dimenticato quale app usare e hai ordinato per sbaglio diciassette pizze?»

«Sei con Mina?» Fui sorpreso a sentire la voce di Quoth. Stava sussurrando. «Devi venire subito alla Lachlan Hall.»

«Perché parli piano?»

«Perché sono nudo e nascosto nei cespugli, ecco perché.»

«E perché saresti nudo e nascosto tra i cespugli, con il telefono di Heathcliff?»

Mina girò di scatto la testa verso di me, con gli occhi spalancati per la paura.

«Perché mi sto nascondendo dalla polizia. Heathcliff ha trovato il corpo di Iwan. È stato assassinato.»

17

MINA

Assassinato? Il nostro bel celebrante? Ma... *perché?*

Com'era possibile che qualcuno fosse stato ucciso quasi alla vigilia del nostro matrimonio?

«Bau?» Oscar sembrava angosciato quanto me.

Morrie ascoltò Quoth ancora per qualche istante, quindi chiuse la comunicazione. Mi strinse la mano e mi attirò verso la Libreria Nevermore. «Dobbiamo tornare al negozio e portare un cambio di vestiti a Quoth. Ha lasciato i suoi nel bosco dietro il cimitero dopo che Heathcliff gli ha detto di seguire Dorothy Ingram. Poi, da lì chiameremo un Uber.»

«Aspetta, perché *Heathcliff* ha voluto che Quoth seguisse Dorothy Ingram?»

«Oh. È un segreto per il matrimonio.» Morrie praticamente trascinò me e Oscar lungo la strada. «E questa è l'unica cosa che saprai da me.»

Corsi con loro verso la Nevermore, lo stomaco annodato. Mi precipitai nella camera da letto di Quoth e infilai dei vestiti a caso in una borsa di stoffa, poi io e Oscar salimmo nel retro di un Uber (per fortuna l'autista, Tamsyn, era una delle nostre autiste abituali e capiva la questione degli animali da assistenza).

Povero Iwan. Era un'anima così brillante e gentile. Non posso credere che qualcuno lo volesse morto.

Otto minuti dopo, imboccammo il lungo vialetto di accesso alla Lachlan Hall. Ero stata lì abbastanza volte da riconoscere anche al buio il momento in cui si passava dalla strada sterrata di campagna al cemento liscio e poi al leggero scricchiolio delle gomme che passavano sopra le ghiande cadute dalle imponenti querce che costeggiavano il viale.

Quando Tamsyn si fermò, notai delle luci lampeggianti intorno a noi. Auto della polizia, ambulanze e persone che correvano di qua e di là. Erano un sacco di stimoli per i miei occhi, così scesi dall'auto con cautela, stringendo forte il guinzaglio di Oscar, mentre una luce arancione brillante mi passava davanti agli occhi e l'inizio di un'emicrania mi si affacciava alla tempia.

«Eccoti» disse la voce di Heathcliff. Mi sentii meglio all'istante. *Heathcliff è vivo. Sta bene.*

Lui mi prese subito tra le braccia e mi strinse forte. «Non preoccuparti, Mina. Andrà tutto bene. Con me sei al sicuro.»

«Certo che lo sono.» Ricambiai la stretta con forza. «Non sono io quella che si è trovata sulla scena di un crimine. Ma cosa è successo?»

«Ero qui, in attesa di una consegna di materiale (segreto) per il matrimonio. C'ero solo io, perché avevo dato il giorno libero alla squadra della security e Cynthia era impegnata con la conferenza. Ho sentito qualcosa sul lato della casa. Mi sono avvicinato e ho trovato Iwan a terra, con la testa fracassata e una delle urne decorative di Quoth accanto a lui, ricoperta di sangue. Ho chiamato la polizia e mi sono guardato intorno per vedere se individuavo l'assassino, ma qui ci sono milioni di posti in cui nascondersi.»

«Hai visto Quoth?»

«L'ho chiamato appena ho trovato Iwan. È arrivato subito in volo. L'ho visto passare qui sopra un paio di volte, quindi presumo che si stia nascondendo da qualche parte nelle vicinanze. Andiamo.» Heathcliff iniziò a condurmi verso la macchina. «Ti porto a casa. Quello che mi servirebbe adesso è un...»

«Heathcliff Earnshaw» la voce autorevole della sergente Wilson mi trafisse come una lama. «Non so dove pensa di andare. Dobbiamo parlare con lei.»

Heathcliff si irrigidì. «Ho già rilasciato una dichiarazione.»

«Sì, vero. Ma prima che trovassimo questo sul telefono della vittima.» Ci mostrò un oggetto. «Guardi la foto.»

«Che cos'è?» chiesi avvicinandomi, anche se era improbabile che riuscissi a vedere qualcosa. Intuii che stavano tutti guardando il telefono.

Wilson esclamò trionfante: «È un messaggio, inviato da un certo Heathcliff Earnshaw, che chiede alla vittima di incontrarlo nel punto esatto in cui è stato ucciso.»

18

MINA

osa?

Non aveva alcun senso.

«Io non ho mai mandato quel messaggio» gridò Heathcliff. «Io non mando messaggi.»

«È vero» spiegai. «L'ho stressato per ben sei mesi per convincerlo a unirsi a una chat di gruppo con me, Quoth e Morrie, e le uniche volte in cui lo usa è quando vuole che uno di noi accorra a salvarlo da un cliente. Heathcliff ignora il telefono, oppure chiama direttamente, in modo che le persone *sentano* ben chiaro il suo disprezzo.»

«E allora come mi spiegate questo messaggio?» Wilson toccò lo schermo del suo telefono.

«Non dovrebbe essere il *suo* lavoro?» sbottò Heathcliff.

Gli misi una mano sul braccio, e avrei voluto tanto poter comunicare telepaticamente con lui come facevo con Quoth, e dirgli che rispondere così alla sergente Wilson non era nel suo interesse.

Non credere che io non ci abbia provato. La voce profonda e corvina di Quoth mi risuonò tra le orecchie. Doveva essere vicino, tra i cespugli. *Anche se potesse leggere i tuoi pensieri, non ti ascolterebbe.*

Wilson incrociò le braccia. «Dovrà venire in centrale per l'interrogatorio. Ha con sé il telefono?»

«No. Ecco perché non ha alcun senso. Stamattina ho preso per sbaglio il telefono di Allan e lui ha il mio.»

«Certo.» Wilson non sembrava credergli. Immaginai che avesse sentito in continuazione scuse come quelle. Sapevo che Quoth aveva il telefono di Heathcliff perché l'aveva usato per chiamare Morrie, ma non capivo perché. *Cosa stavano combinando in segreto Heathcliff e Quoth?* «Dovremo parlare anche con Allan. Mi seguite in macchina o devo far venire qui un paio di agenti?»

«Vengo.» Heathcliff mi diede una stretta alla mano. «Mina, ti prego, non preoccuparti. Non ho commesso nessun crimine, né inviato quel messaggio. Sistemeremo tutto e tornerò per sposarti prima che tu te ne accorga.»

Mi lasciò la mano e seguì Wilson fino alla sua auto.

Avevo lo stomaco sottosopra. *Com'è possibile che stia accadendo tutto ciò?*

Al mio risveglio quella mattina, avevo pensato che la cosa peggiore della mia vita fosse dover attaccare un cartello sulla porta d'ingresso della Libreria Nevermore per annunciare che la presentazione del mio libro era stata annullata. Ma ora un uomo meraviglioso era morto, e il mio fidanzato era sospettato di averlo ucciso.

Avvertii una sensazione di nausea. Era vero che mi trovavo in mezzo agli omicidi più spesso delle persone comuni, ma non per questo era più facile affrontarli. Iwan era un nostro amico e ora *non c'era più*. E io volevo fare tutto il possibile per aiutare ad assicurare il suo assassino alla giustizia.

Ma avrebbe significato dover scoprire cosa facevano in segreto i miei tre fidanzati del mondo dei libri.

Dietro di me, Morrie lanciò oltre una siepe la borsa con i vestiti di Quoth. Sentii un corvo gracchiare e, pochi istanti dopo, Quoth emerse e mi avvolse tra le braccia. Sentii un certo pizzicore sulla pelle mentre le sue piume minacciavano di esplodere. Anche lui era sconvolto.

«È tutta colpa mia» sussurrò. «Heathcliff mi aveva detto di mandare un messaggio a Iwan per dirgli di non preoccuparsi per la consegna dei cioccolatini. Per questo avevo il suo telefono. Ma in tutto quel caos me ne sono dimenticato. Se avessi mandato quel messaggio, Iwan non sarebbe venuto qui...»

«Hai sentito cosa ha detto la polizia? Heathcliff ha inviato un messaggio a Iwan, dicendogli che lo avrebbe incontrato qui.»

«Non è vero.» Quoth mi strinse più stretta. «Avevo io il telefono di Heathcliff e io non ho mandato nessun messaggio a Iwan. Oh, che razza di casino. Andrò alla centrale e spiegherò tutto.»

«Quoth, ma cosa è successo?»

«Sono venuto qui appena Heathcliff mi ha chiamato» mi sussurrò. «Al mio arrivo c'era già la polizia. A quanto pare, avevano ricevuto una soffiata sul fatto che Heathcliff avesse avuto un alterco con qualcuno alla Lachlan Hall. Ma non è vero.»

L'assassino ha chiamato la polizia. Chiunque fosse, non voleva semplicemente che Iwan morisse, voleva incastrare Heathcliff.

«Non ci capisco nulla.» Guardai Morrie e Quoth. «Perché qualcuno deve aver voluto uccidere Iwan per incastrare Heathcliff? Voi ne sapete qualcosa? Ha a che fare con il vostro segreto?»

Ci furono tre secondi di silenzio, durante i quali mille pensieri oscuri mi attraversarono la mente. Morrie disse infine: «Non credo che il gusto di Heathcliff per i cioccolatini d'importazione o per le decorazioni nuziali esagerate abbia provocato una reazione del genere in un assassino. È più probabile che sia dipeso da Iwan. Magari nascondeva qualche oscuro segreto, e l'assassino ha cercato di far ricadere la colpa su Heathcliff in modo da distrarre la polizia.»

Quoth appoggiò il viso sulla mia spalla e non disse nulla.

«Una volta che mostreremo alla polizia il telefono del nostro luddista preferito, capiranno subito che non può aver mandato lui quei messaggi» cercò di rassicurarmi Morrie. «E finalmente potranno concentrarsi sulla ricerca del vero assassino...»

«Ma allora chi può essere stato a mandare quei messaggi? Evidentemente aveva delle conoscenze tecnologiche, per riuscire a far finta di essere Heathcliff. Se torniamo in fretta alla Libreria Nevermore e Morrie riuscirà a controllare il telefono di Heathcliff prima che la polizia venga a prenderlo, forse potremo capire come hanno fatto e...»

«Oh, no» disse Morrie. «Quoth, non lasciarla andare, o si butterà a capofitto in una nuova indagine.»

«Vuoi dirmi che tu *non vuoi* sapere cosa sta succedendo? È una cosa *importante*.» La mia voce si incrinò. «Pensano sia stato Heathcliff!»

«Questa non è la nostra battaglia, bellezza. Tireremo fuori Heathcliff da questa storia, e poi ci penseranno Hayes e Wilson ad analizzare l'omicidio di Iwan. Tu hai già un caso, ricordi? L'anatra scomparsa. E tra due giorni ci sposiamo...»

«Ma dai?» sbottai, con una punta di amarezza nella voce.

Cominciavo a non sopportare più tutti quei segreti sul matrimonio. Ero elettrizzata che Heathcliff volesse farmi una sorpresa, ma non adesso che il nostro celebrante era stato assassinato. Ora mi sembrava che i ragazzi mi tenessero deliberatamente all'oscuro, come se non si fidassero di me.

E questo mi turbò come la mail di Jen sul mio libro.

«Certo, bellezza. La polizia non ci metterà molto a scagionare Heathcliff. Se collaboriamo con loro, sono sicuro che tutto andrà bene, dato che l'omicidio non ha nulla a che fare con noi. Probabilmente c'è qualcosa di sordido nel passato di Iwan.»

«Non riesco a immaginare che Iwan nascondesse qualcosa di sordido.» Iwan era amato da tutti in città, e faceva parte del Consiglio Parrocchiale e del Consiglio Scolastico. Certo, con il suo sostegno ai matrimoni gay poteva aver dato fastidio ad alcune persone bigotte come Dorothy Ingram, ma da quando la legge era cambiata e nessuno era stato abbattuto da un fulmine per la propria *unione peccaminosa*, la maggior parte degli abitanti del villaggio sembrava ben felice di lasciare che le persone innamorate si sposassero tra di loro, indipendentemente dal sesso o dal genere.

Morrie mi batté sul braccio e mi riportò verso l'Uber in attesa. «Credimi sulla parola. Tutti hanno degli scheletri nell'armadio.»

«Tu hai passato la maggior parte della vita in mezzo ai criminali. Credo che il tuo campione sia distorto.»

«Sono d'accordo con Morrie.» Quoth mi tirò con sé sul sedile posteriore. La sua voce era un po' incerta. «Dobbiamo lasciare che se ne occupi la polizia.»

«Ma come possiamo? Hanno preso in custodia Heathcliff! E noi non abbiamo un celebrante! Volevo che ci sposasse Iwan! Non mi sembrano le circostanze giuste per sposarci.»

Il panico mi strinse il petto. Avevo dato per scontato che il giorno 20 avrei sposato i tre uomini dei miei sogni. Ma ora...

«Heathcliff sta rispondendo alle domande. E sono sicuro che Iwan avrebbe voluto che andassimo avanti con il matrimonio.»

«Ma ci è voluta un'eternità per trovare qualcuno che accettasse di celebrare la nostra cerimonia.» Sposarsi in quattro non era legale nel Regno Unito, pertanto la nostra cerimonia non poteva essere legalizzata, però a noi l'idea piaceva lo stesso. «Mi dispiace, so che non è la cosa più importante in questo momento. Povero Iwan. Mi sento così impotente. Voi non avete notato nulla di strano durante i preparativi? Qualche indizio su chi possa aver preso di mira Iwan, o noi?»

Si protrasse un altro lungo silenzio che mi fece stringere il petto, poi Morrie rispose: «No, siamo scioccati quanto te. Ma non preoccuparti, ti porteremo a casa e ti aiuteremo a dimenticare tutto... almeno per il tempo di un paio di orgasmi.»

19

MINA

Quella sera Heathcliff non tornò, perché rimase alla stazione di polizia.

La mattina seguente mi svegliai in un groviglio di membra, ma quando tastai il letto intorno alle sagome di Morrie e Quoth che dormivano, trovai un'enorme e fredda distesa nel posto dove normalmente dormiva il mio scontroso antieroe.

Ancora vuoto.

Fui travolta da un'ondata di panico. Mi avvolsi nella vestaglia di Heathcliff e annusai a fondo il suo profumo fresco, muschiato e torboso, l'aroma che ancora rimaneva da tutto il tempo che aveva trascorso nella brughiera. Andai di nascosto in salotto e crollai sulla sua poltrona accanto al fuoco spento. Con una smorfia, estrassi da sotto il sedere una bottiglia di whisky.

Heathcliff, ti prego, fa' che vada tutto bene. Ti prego, torna a casa da me.

Sapevo che Heathcliff non era un assassino; non *quella* versione di lui, per lo meno. Il mio Heathcliff era molto più di ciò che era nel libro. Era passionale, sincero e leale, e si preoccupava profondamente delle persone, degli animali e della natura. E, per qualche motivo, anche dell'organizzazione di matrimoni.

Ma a causa del suo misterioso passato e del modo in cui si comportava (e probabilmente anche per il suo retaggio, perché – siamo onesti – i pregiudizi inconsci esistono), la gente del villaggio avrebbe sempre pensato il peggio di lui. Se Hayes e Wilson erano convinti che avesse ucciso Iwan, non si sarebbero preoccupati di cercare il vero assassino. Era già successo. Avevo dovuto…

«Smetti di pensare a quello che stai pensando» mi rimproverò Morrie mentre mi metteva tra le mani il mio tè del mattino.

«Come fai a sapere a cosa sto pensando?» Sorseggiai il mio tè. Era perfetto. Ovvio.

«Perché so come funziona la tua mente, mia coraggiosa e determinata signora. Ma noi non possiamo fare nulla.»

«Invece, possiamo fare *molto*. Possiamo tornare sulla scena del crimine e cercare indizi che sono sfuggiti alla polizia. Potrei parlare con Jo e chiederle informazioni sul corpo, e scovare qualche indizio, e tu potresti scavare nel passato di Iwan e…»

«Mina, non faremo nulla di tutto ciò. Noi ci sposeremo.»

«Non possiamo sposarci se Heathcliff è in prigione e il nostro celebrante è morto!»

Morrie fece un sospiro. «Quoth andrà alla stazione di polizia e vedrà cosa riesce a scoprire. Vero?»

Ovvio, mi disse Quoth svolazzando intorno alla stanza. *Ormai conosco tutti i modi più subdoli per entrare in caserma. E spesso Hayes ha una ciotola di noccioline sulla scrivania.*

Morrie aprì la finestra della cucina e Quoth si tuffò fuori. Dopo aver chiuso la finestra, il genio del crimine disse: «Perché non lavori al tuo libro? Ti farà dimenticare Heathcliff. Ti posso anche aiutare. Quali modifiche vuoi apportare?»

Io feci una smorfia di dolore

«Bellezza, perché sei così determinata a credere che la tua storia non vada bene così com'è?» Morrie si inginocchiò davanti a me, e con le mani mi sfiorò le cosce in un modo che mi fece arrossire. «È per questo che hai detto a quella ragazza che avresti trovato la sua anatra ribelle, perché non vuoi...»

«James Pond! Ma certo!» Gli strizzai una spalla. «Se non posso lavorare per risolvere l'omicidio di Iwan e scagionare Heathcliff, almeno posso trovare l'anatra di Maisie.»

Se riesco a fare anche una sola cosa per bene, almeno saprò di non essere inutile.

«Se è quello che vuoi davvero, ti aiuterò.»

«In realtà io vorrei cercare l'assassino di Iwan, ma voi siete tutti terribilmente ostinati.» Emisi un verso di disappunto. «Quindi scopriremo cosa è successo a James Pond. Ieri, prima che arrivasse la telefonata di Quoth, hai detto che avevi una cosa da mostrarmi.»

Morrie mi spiegò di aver trovato un'impronta che corrispondeva a quella trovata accanto al recinto di James Pond... a casa di Wayne Bryant. «Penso che dobbiamo andare a fare qualche domanda a Wayne.»

20

MINA

Dopo che Oscar ebbe mangiato i suoi croccantini, gli misi la pettorina, chiusi il negozio e insieme a lui e a Morrie mi diressi verso il parchetto del villaggio. Mentre camminavamo, Morrie mi spiegò che la sera prima, quando era fuori per i loro affari legati al matrimonio, aveva trovato *un'altra* impronta nel cimitero della chiesa, vicino al capanno del custode.

Quale affare vi avrà mai portati nel cimitero della chiesa nel cuore della notte?

Mi morsi la lingua, perché Heathcliff era in prigione e Morrie avrebbe semplicemente detto che non poteva dirmi nulla senza avere l'okay del wedding planner. Però non mi piaceva, proprio per niente.

«Andiamo a dare un'occhiata.» Aprii il cancello e diressi Oscar verso il cimitero invaso dalla vegetazione, ricordando che non molto tempo prima avevamo risolto gli omicidi di Fiona, la ragazza di Jo, e di un'altra ragazza di nome Jenna, che erano state uccise nel cimitero. I nostri passi scricchiolarono sulla macchia di terreno carbonizzato nel luogo in cui Dorothy Ingram e il suo gruppo di Difesa contro l'Immoralità, l'Adulterio, la Bestialità, Lucifero e l'Occulto avevano cercato di bruciare dei libri rari e mi avevano anche puntato una pistola alla testa.

Quella donna non mi piaceva *affatto*.

Morrie guidò me e Oscar verso il capanno del custode. Si chinò per esaminare il terreno. «L'impronta era proprio qui... interessante.»

«Cosa c'è di interessante?»

«Ora non c'è più, naturalmente, ma vedo *nuove* impronte, lo stesso disegno a spina di pesce. Wayne è passato di qui, e non da solo. Qualcun altro ha camminato qui, con una scarpa piccola a punta, dal tacco quadrato. Una donna. Bellezza, queste impronte sono recenti. *Molto* recenti. Nel senso che devono essere state fatte non più di mezz'ora fa.»

Mi batteva forte il cuore. «Riesci a seguirle?»

«Per fortuna ieri sera ha piovuto, quindi il terreno è umido. Anche se non è una buona notizia per le mie Brioni. Tu aspettami qui.» Morrie si fece strada calpestando il fango fino al sagrato della chiesa, quindi tornò da me. «Ti offro le mie deduzioni basate sulle lezioni che il mio ex mi ha dato sullo studio delle impronte. Wayne ha scavalcato la recinzione di quella fila di case a schiera dietro la chiesa, e questa donna è entrata nel cimitero dal parco pubblico. Poi, entrambi sono andati alla casetta del custode.» Abbassò la voce a un sussurro. «Le loro impronte entrano, ma non escono.»

Morrie cercò di sbirciare dalle finestre, ma disse che non vedeva nulla, se non un mucchio di coperte. Scosse la serratura. Mentre si accingeva a scassinarla, appoggiai l'orecchio alla porta e sentii qualcuno che si muoveva dentro. Una voce sussurrò: «Ooooh, sì, tesoro, proprio lì...»

«Morrie» lo chiamai ridendo. «Lì dentro ci sono due persone che stanno facendo *sesso*.»

«*Non mi dire.*» Morrie appoggiò l'orecchio alla porta. «Oh, hai ragione. Che delizioso sacrilegio. Dammi un momento con la serratura... ah!»

La porta si aprì. Io, Morrie e Oscar ci precipitammo dentro.

«Argh!»

«Cosa pensate di fare?»

«Bau bau bau!»

Un oggetto mi sfrecciò di fianco all'orecchio.

Morrie scoppiò a ridere. «Oh, bellezza, questo ti piacerà. Sotto la pila di coperte nell'angolo ci sono due persone molto rosse e molto nude. Wayne Bryant... e Dorothy Ingram.»

21

MINA

«Cosa?»

Non potevo crederci. La sola idea era *assurda*.

Dorothy Ingram non avrebbe mai avuto una relazione segreta con nessuno. Ero abbastanza sicura che pensasse che l'atto sessuale in sé fosse immorale e che dovesse essere compiuto solo per procreare. E Wayne era sposato con la bella e paziente Nora. Perché mai avrebbe dovuto tradirla... con *Dorothy?*

Ma Morrie rideva così tanto che temetti si sarebbe strozzato, quindi doveva essere vero.

«Quindi è questo il grande segreto che hai tenuto nascosto a tutti, Dorothy?» le chiese Morrie tra un singhiozzo e l'altro. «Hai raccontato che ti saresti presa cura di tua sorella a Grimdale per giustificare la tua assenza, e nel frattempo tu e Wayne ve la siete svignata di nascosto per l'*affondo* decisivo.»

Non potei fare a meno di ridere a quella battuta.

«E scostati dalla mia camicia, idiota» disse di scatto Dorothy Ingram al suo amante mentre entrambi cercavano in tutti i modi di nascondersi.

«Beh, forse se tu mi togliessi i tuoi artigli dal braccio e mi rimuovessi questo dolore così atroce giusto il tempo necessario per aiutarti...»

«Oh, ma non dovete preoccuparvi dei vestiti» dissi. «Sono cieca, quindi non posso vedervi, e nella sua vita il qui presente Morrie ha visto cose molto più oscene di un paio di persone che scopano nel capanno del custode.»

«Non stavamo *scopando*» gridò Dorothy. «Come osi... tu...»

«Ha ragione, Dor» intervenne Wayne. «Stavamo scopando come conigli, e ora Mina Wilde conosce il nostro segreto, e lo spiattellerà a tutto il villaggio con sommo gusto. Probabilmente lo metterà anche nell'introduzione del suo libro, e si assicurerà che ce ne sia una copia per chiunque al momento della presentazione...»

«Ho cancellato la presentazione» replicai, sentendomi male a quelle parole. «E non capisco perché ce l'hai tanto con me, quando *sei tu* quello che tradisce sua moglie.»

«Cosa volete, per mantenere il riserbo?» chiese Dorothy, gelida.

«Non tanto. Mina vuole solo chiederti una cosa, e pretende una risposta sincera.» Morrie mi diede un colpetto sul braccio. «Vai, bellezza.»

«Abbiamo trovato la tua impronta nel giardino di Maisie Collins» la informai. «Proprio accanto al posto dove qualcuno ha fatto un buco in una gabbia e ha portato via la sua anatra pluripremiata, James Pond. Voi non ne sapete nulla, vero?»

«Allora è per questo che non sento più quell'incessante starnazzare a tutte le ore?» borbottò Wayne. «No, non ho preso io l'anatra di Maisie. Io passo dai giardini sul retro per incontrarmi qui con Dorothy, in modo che nessuno mi veda per strada. Immagino sia per questo che avete trovato la mia impronta. Ci vediamo qui da... da settimane ormai.»

«Ah.» Gli credevo. Beh, per forza: li avevamo trovati lì, nudi.

Ed effettivamente avevano fatto tutto di nascosto. Un gossip che nemmeno la signora Ellis era riuscita a scoprire.

Ma se il se-*qua*-stratore non era Wayne, eravamo di nuovo al punto di partenza.

«E il suo gatto?» chiesi a Wayne. Morrie aveva detto che nel giardino di Wayne non aveva trovato resti di anatre, però io sapevo dai racconti di mia nonna che spesso i gatti lasciavano le loro prede in giro, per esibirle agli altri gatti. «Sembra che gli piacciano gli uccelli, ed è grande e robusto. Potrebbe riuscire ad aprire una gabbia, se fosse abbastanza determinato. L'ha mai visto con delle piume di anatra?»

«Hercules? No, ma non è che io segua ogni suo singolo movimento, giusto? È un gatto. Va e viene a suo piacimento...»

Proprio in quell'istante, sentii un battito d'ali sul tetto, seguito da alcuni passi all'esterno.

Mina, Mina, mi disse Quoth dentro la testa. *Heathcliff è uscito di prigione! Hanno scoperto che gli sms non provenivano dal suo telefono, ma qualcuno aveva fatto credere che fosse così...*

«Che succede qui?» Sentii la voce di Heathcliff rimbombare alle mie spalle.

Mi buttai addosso a lui, colpendo con forza il solido muro di muscoli che era il suo petto. Lui gridò sorpreso, ma le sue braccia mi circondarono, poi mi sollevò il mento e premette la bocca sulla mia.

Il mondo intero si bloccò, tutte le preoccupazioni e le paure degli ultimi giorni diventarono un ronzio insignificante molto, molto lontano, mentre le labbra di Heathcliff si piazzavano nel modo giusto sulle mie. Con una mano mi strinse i capelli e portò l'altra lungo la curva del mio fondoschiena. Sapeva di luoghi selvaggi e di pensieri oscuri e vogliosi, e nell'istante in cui mi separò le labbra e fece scorrere la lingua sulla mia, emisi un suono che era dissoluto come quello che avevamo sentito arrivare da Dorothy e Wayne.

Per giorni mi ero preoccupata di non essere all'altezza, ma il modo in cui Heathcliff mi baciò mi fece capire che non dovevo preoccuparmi di essere altro, che ero tutto ciò che lui voleva, così com'ero.

«Mi sei mancata» bofonchiò Heathcliff sulle mie labbra.

«Ehi, c'è Heathcliff» disse Morrie.

«Evviva» brontolò Wayne.

«Ricordati di tenere un po' di dolcezza anche per me, ragazzone.»

«Cra» aggiunse Quoth dal suo trespolo sul tetto.

«Bau?» Oscar mi girò intorno ai piedi.

Interruppi il bacio per affondare il viso nella sua spalla. Il suo profumo torboso e speziato aveva un leggero retrogusto del cemento sporco delle celle: un odore che purtroppo mi era fin troppo familiare a causa dei nostri numerosi contatti con il dipartimento di polizia di Argleton. «Sono davvero felice che tu sia tornato.»

«Che ci fanno Wayne e Dorothy seminudi, nel capanno del custode?» chiese Heathcliff sbirciando alle mie spalle.

«Ottima domanda, amico mio» replicò Morrie. «Una domanda che merita una risposta dettagliata. Ma ora dovremmo occuparci di quell'urgente questione segreta, vero?»

Tre secondi di silenzio.

Il dubbio mi rodeva lo stomaco.

«Sì» rispose pacato Heathcliff. «Quoth, perché non riaccompagni tu a casa Mina? Io e Morrie dobbiamo sbrigare alcune faccende.»

«Cra.»

Un attimo dopo, sentii gli artigli di Quoth affondare con delicatezza nella mia spalla. Gli lisciai le piume. Non volevo lasciare Heathcliff, ma lui stava già andando verso Morrie. Il dubbio dentro di me divenne un grido. Perché mi tenevano ancora dei segreti?

Ma non avevo intenzione di parlarne davanti a Dorothy e Wayne. Inoltre, avevo avuto la risposta che cercavo. Wayne non era il nostro se-*qua*-stratore. Ora dovevo rivedere tutto da una nuova prospettiva.

«D'accordo, andiamo a casa. Con voi ci vediamo dopo.» Poi lanciai a Morrie quella che speravo fosse un'occhiata di sfida. «Noi abbiamo parecchie cose di cui parlare.»

Mina, tutto bene? mi chiese Quoth mentre attraversavo di corsa la piazza.

«No, per niente. Qualcuno ha ucciso Iwan e ha cercato di incastrare Heathcliff, e voi tre mi state nascondendo delle cose. Non arruffarti tutto. Non ti costringerò a dirmelo, rischiando di farti incorrere nell'ira di Heathcliff. Comunque sia, per qualche motivo, mi vogliono fuori dai piedi. Bene, *d'accordo*. Ho un altro caso da risolvere e un'altra strada da esplorare. Dobbiamo interrogare Hercules e conosco l'agente giusto per questo compito.»

«Fammi capire bene» disse mia nonna incrociando le eleganti caviglie davanti al fuoco e passandosi le dita tra i capelli neri e setosi. «Vuoi che io, una ninfa, una vera e propria *mezza dea*, vada in giro per il quartiere a caccia di un gattaccio randagio?»

«A giudicare da tutte quelle grida sotto la nostra finestra e dalla cucciolata di gattini tra i piedi, a te *piacciono* i gatti randagi.»

«Ehm, chiedo scusa, ma io sono già impegnata.» Grimalkin indicò il gingillo rosso brillante appeso al suo nuovo collare prezioso, che diventava un girocollo quando si trasformava. «E poi, cosa ci guadagnerei?»

«Non puoi farlo per pura generosità?»

«Sono un gatto, tesoro. Non ho cuore.»

Con un sospiro, aprii la borsa e misi sul tavolo accanto a lei una scatoletta di salmone sminuzzato di ottima qualità. Mia nonna non fece una piega, allora aggiunsi una seconda scatoletta.

Lei sospirò. «Va bene. Ma che non diventi un'abitudine. Devo mantenere la mia dignità.»

Detto ciò, Grimalkin si rimpiccioli dentro i suoi vestiti e l'abito sartoriale e gli stivali con il tacco a spillo si accartocciarono a terra, al di sotto dei quali uscì un'elegante gatta nera.

Un attimo dopo, la campanellina sulla gattaiola suonò. Quoth, ripresa la sua forma umana, si avvicinò alla finestra per guardare. «Eccola. Scommetto che non le ci vorrà molto per arrivare in fondo a questa storia.»

«Lo spero.» Sprofondai nella poltrona di Heathcliff, sentendomi molto piccola. Fino a quel punto ero stata un completo fallimento nel localizzare James Pond. Maisie era ancora preoccupata da morire. L'avevo invitata al nostro matrimonio nella speranza di tirarla un po' su, ma sapevo di averla delusa.

Però se Grimalkin ci avesse aiutato a scoprire cos'era successo, forse avrei potuto dimostrare di essere ancora una persona utile, creativa e intelligente, e liberarmi di quella maledetta sensazione di terrore alla bocca dello stomaco.

22

HEATHCLIFF

Morrie e io guardammo Mina che attraversava a grandi passi il cimitero, con Oscar al suo fianco e Quoth sulla spalla. Percepivo che era infastidita da tutta quella storia del nostro segreto, ma mi rifiutavo di coinvolgerla nella caccia al sabotatore.

Quando furono abbastanza distanti da non poterci sentire, ci girammo l'uno verso l'altro. Morrie aveva gli angoli della bocca tesi nel suo solito sorriso malvagio.

Wayne cercò di spingere la porta per uscire, ma io glielo impedii.

Mi scrocchiai le nocche.

«Ora che siamo soli» disse Morrie, «voi due dovete confessare alcune cose.»

«Noi non dobbiamo fare proprio nulla per te.» Wayne lanciò un'occhiataccia a entrambi, che però fu rovinata dal tremore delle sue dita nel momento in cui afferrò il polso di Dorothy e cercò di farmi spostare buttandosi di peso addosso a me. Mi colpì il petto e rimbalzò, andando a finire su una pila di attrezzi da giardinaggio. Io non sentii quasi nulla.

«Ho passato la notte in prigione. Non sono in vena di

scherzare» ringhiai. «Qualcuno ha sabotato il nostro matrimonio: ha intercettato le consegne dei copri-sedia, ha distrutto la torta nuziale e ha lasciato dei biglietti minatori indirizzati a Mina. Chiunque abbia fatto tutto ciò, ha anche ucciso Iwan e ha lasciato lo stesso tipo di biglietto sul suo corpo. E noi vogliamo sapere cosa ne sapete voi due al riguardo.»

«Niente!» gridò Wayne.

«Vi ho già detto che non ho nulla a che fare con tutto questo!» esclamò Dorothy.

«Allora perché sei andata in macchina fino a un capanno nascosto, ai margini della tenuta Lachlan proprio quando è avvenuto l'omicidio, per poi tornartene indietro in fretta e furia? Siete entrambi coinvolti vero? Tu odi Mina e faresti di tutto per distruggere la sua felicità, anche uccidere un uomo innocente...»

«Noi non c'entriamo nulla con la morte di Iwan» sbottò Dorothy. «Diglielo, Wayne. Non sopporto più questa cosa!»

Si buttò a terra, sulle coperte, e si prese il viso tra le mani.

Wayne si alzò, si ripulì un taglio sul braccio causato da un rastrello appeso in modo maldestro, e si avvicinò a lei. Le accarezzò le spalle, gli occhi che cercavano i miei. Non aveva più voglia di lottare. Sembrava rassegnato e molto, molto spaventato.

Bene.

«Dovete capire. Io amo la mia Nora, ma è così presa dal suo circolo di lavoro a maglia e dagli impegni con le amiche, che mi sembra di non contare più nulla per lei. Ho pensato di trovare un hobby tutto mio, così mi sono iscritto alla DIABLO.»

«Per favore, non chiamarla così» lo rimproverò Dorothy. «Siamo la Difesa contro l'Immoralità, l'Adulterio, la Bestialità, Lucifero e l'Occulto.»

«E una cosa tira l'altra, e io e Dorothy...» Wayne deglutì.

«Beh, lo sapete. Come ho detto, io e Dorothy veniamo in questo capanno ogni volta che ne abbiamo la possibilità. Dico a Nora che vado a caccia e, a chiunque glielo chieda, Dorothy dice che sta badando a sua sorella. Nessuno ha capito la verità fino a ora, anche se in realtà siete andati vicini a beccarci, due sere fa.»

«Erano loro, *sotto* le coperte!» Gli occhi di Morrie brillarono. «Ovvio!»

«Dopo quella volta, abbiamo deciso di incontrarci in un altro posto» spiegò Dorothy. «Wayne va a caccia nei boschi della tenuta dei Lachlan. Sì, per tenere sotto controllo il numero dei cervi. C'è un piccolo capanno che usa se si ferma per la notte. Mi ha dato la chiave e anche quella per il cancello sulla strada. Siamo andati a provarlo ieri mattina. Abbiamo saputo da Mabel che avevate una consegna importante alla Lachlan Hall, così abbiamo pensato che non sareste stati nei paraggi a tormentarci.»

«Sono arrivato io al capanno per primo» intervenne Wayne. «Avevo lasciato a casa il mio furgone da lavoro (era troppo facile che qualcuno mi individuasse) e avevo preso l'utilitaria di Nora. Volevo organizzare una cosina romantica per Dorothy. Avevo candele, belle lenzuola, un piccolo piatto di formaggio...»

Dorothy diventò paonazza. Era davvero *toccata* da tutte le sue premure. Non sospettavo che il cuore vigliacco di Dorothy Ingram potesse provare passione. Mi resi conto che forse l'avevamo giudicata male.

Scossi la testa. Una volta quella donna aveva puntato una pistola alla testa di Mina. Non avrei mai e poi mai provato dispiacere per lei.

«Ma poi, quando ho aperto la porta» proseguì Wayne, «ho visto che il capanno era occupato.»

«Cosa?»

«Ci viveva qualcuno. Non era dentro, ma c'erano cose sparse ovunque. C'era una pila di vestiti: pantaloni neri e camicie bianche, di taglie diverse, e una piramide di scatole della pasticceria di Oliver. Su una parete qualcuno aveva attaccato con lo scotch la foto dell'annuncio del vostro matrimonio che era apparso sulla Gazzetta e ci aveva tirato delle freccette. E, cosa strana, sul letto c'era una pila di riviste tutte tagliuzzate.»

Mi si raggelò il sangue.

Morrie mi guardò. «Le uniformi dei camerieri. Le consegne rubate di fronte alla porta di casa della gente.»

«È lui» ringhiò. «È il sabotatore.»

«Non è un cacciatore» spiegò Wayne. «Questa settimana Cynthia non voleva nessun cacciatore là, dato che c'erano sia la conferenza che il matrimonio. Ecco perché io e Dorothy pensavamo che nessuno ci avrebbe disturbati. Chiunque si trovasse lì era entrato abusivamente e, a giudicare dalla freccetta che spuntava dalla testa di Mina, ho pensato che fosse qualcuno un po' fuori di testa. Non volevo che Dorothy gli si avvicinasse, così sono tornato di corsa alla macchina e ho provato a chiamarla. Naturalmente nel bosco c'è poco segnale, così ho dovuto aspettare che arrivasse. L'ho presa e le ho detto che dovevamo andarcene, e così abbiamo fatto.»

Guardai Morrie. Ascoltando quella storia stava ricomponendo il puzzle nella sua mente e mettendo tutti i pezzi al loro posto. Annuì quando lo confrontò con le informazioni che avevamo. Tutto combaciava con ciò che Quoth aveva osservato quel giorno: l'auto che non avevamo riconosciuto parcheggiata accanto al capanno, la conversazione che aveva ascoltato in cui Dorothy sembrava tutta agitata. Era vero che non aveva visto Wayne né sentito la sua voce, ma Dorothy parlava sempre a voce piuttosto alta e Quoth era nascosto tra i cespugli, quindi non aveva una visione chiara dell'intero posto.

Se Dorothy e Wayne erano entrambi al capanno... non potevano certo essere stati loro a uccidere Iwan.

«Non lo direte a nessuno, vero?» chiese Dorothy con un filo di voce.

«Non tocca a noi raccontare nulla» ribattei secco. «Però se fossi in te, Wayne, ne parlerei con tua moglie. Non si merita questo.»

«E se dovesse venire da me in qualità di potenziale cliente che vuole vendicarsi del marito traditore...» il viso di Morrie si illuminò con un ghigno diabolico, «sarò ben felice di accontentarla.»

Li lasciammo tremanti nel capanno e tornammo verso il parco. Morrie picchiettò sul telefono. Passammo davanti a Grimalkin diretta verso la chiesa, l'estremità della coda alta e arcuata come un periscopio.

«Che cosa stai combinando adesso?» La fulminai con lo sguardo, ma lei storse il naso e passò oltre tranquilla, ignorandoci completamente.

Morrie non alzò nemmeno gli occhi dal cellulare. Fulminai anche lui. «Cosa stai facendo? Non è il momento di giocare a *Crushing His Candy*.»

«Si chiama *Candy Crush,* e non ci gioco più. Mi faceva venire voglia di cose dolci in continuazione, e io devo mantenere una linea perfetta per le foto del matrimonio. Sto scrivendo a Jo» mi spiegò. «Perché ha una macchina. Beh, un carro armato della Seconda guerra mondiale travestito da auto. Andremo a dare un'occhiata a quel capanno.»

Jo si fermò davanti al Rose & Wimple con il suo carro armato della Seconda guerra. Morrie e io ci infilammo dentro e lei girò il veicolo con mezzo miliardo di manovre nella strada a senso unico, uscendo da dove era entrata. Morrie insistette per sedersi al centro. Si accomodò con le lunghe gambe divaricate, lasciandomi giusto quindici centimetri di spazio, e iniziò ad accarezzare in modo lascivo l'asta del cambio.

«Se quello che mi ha detto Morrie è vero, dovremmo chiamare subito Hayes» disse Jo sporgendosi sul volante per scrutare la strada.

«Però non l'hai chiamato.» Morrie mi diede una gomitata sulle costole.

«Se qualcuno sta cercando Mina, e ha già ucciso una volta, allora sarà meglio se diamo prima una controllatina, per verificare che non ci sia nulla di... ultraterreno.»

Jo stava ancora elaborando il fatto che la Libreria Nevermore fosse magica, che la sua migliore amica fosse la figlia di Omero e noi tre personaggi di fantasia portati in vita. Stava gestendo quelle informazioni meglio di quanto avrebbe fatto la maggior parte delle persone, ma del resto Jo ne aveva viste di tutti i colori nel suo lavoro.

Jo seguì le istruzioni di Morrie. Tra sobbalzi e rumori strani, uscimmo dal villaggio e abbandonammo la strada prima di arrivare al viale principale della Lachlan Hall, per poi imboccare la strada sterrata che portava nel bosco. Dopo circa un chilometro, arrivammo al cancello che Quoth ci aveva descritto. Morrie allungò una mano e aprì la mia portiera, facendomi rotolare fuori. Lui saltò giù dopo di me, facendo tintinnare un portachiavi tra le lunghe dita.

«Le ho rubate dalla tasca della camicia di Wayne mentre si affannava a rimettersi i boxer» sorrise. «Sapevo che mi sarebbero tornate utili.»

Morrie aprì il cancello e io saltai sul pianale del camioncino di Jo, che proseguì a sobbalzi lungo il sentiero incolto. Mi aggrappai ben stretto al bordo. L'aria profumava della pioggia del giorno prima: fresca e frizzante. Il tipico posto in cui mi sentivo a casa.

No, non solo qui. In una certa libreria c'era una sedia accanto al caminetto, e una donna dagli occhi vivaci e irritanti accoccolata a me, che mi dava quella stessa sensazione di casa.

E l'indomani l'avrei sposata.

Ci apparve il capanno: una tozza struttura ad A in rovere grezzo, come quelli usati dai cacciatori per nascondersi, o per macellare la cacciagione. Non c'erano altre auto, ma nel fango che si stava seccando davanti a noi scorsi le tracce degli pneumatici di due veicoli. Dorothy e Wayne.

Se era arrivato qualcun altro fin lì, vi era giunto a piedi.

Saltai giù dal pianale e feci il giro della costruzione. Morrie si avvicinò alla porta d'ingresso e la aprì. Io mi preparai, nel caso in cui l'assassino avesse cercato di fuggire dalla finestra posteriore, che era aperta.

Ma non apparve nessuno. Jo entrò, dietro Morrie.

«Heathcliff, sarà meglio che tu veda questo.»

Salii le scale due gradini alla volta e mi feci strada all'interno. Il capanno era esattamente come descritto da Wayne: la montagna di uniformi bianche e nere accatastate in un angolo accanto al fuoco, mosche che veneravano la piramide di scatole bianche da pasticceria, riviste tagliate per creare quei sinistri bigliettini che avevamo trovato, la parete ricoperta di ritagli della Gazzetta di Argleton. Articoli, fotografie e pubblicità appuntati intorno a un'unica immagine centrale.

Il volto sorridente di Mina, con una freccetta dalla punta rossa proprio al centro della fronte.

Fui pervaso dalla rabbia, come un orso selvaggio che si sveglia dal suo letargo invernale e scopre che la sua caverna è stata invasa. Il sangue accelerò il suo flusso nelle vene, e tutto il corpo mi ribollì, fino a quando non fui più un uomo che aveva il controllo sulla propria persona, ma una bestia che agiva per puro istinto. Digrignai i denti. Desideravo solo una cosa: mutilare, ferire, uccidere quel mostro che voleva fare del male alla mia Mina.

Una mano si posò sulla mia spalla. Mi girai di scatto, brandendo un pugno. Morrie si abbassò appena in tempo per evitare che la testa gli venisse staccata dal collo.

«Risparmia le forze, amico. L'assassino non è qui.» Morrie fece un cenno con il capo in direzione delle confezioni di cibo. «A giudicare dai vermi, direi che non è più tornato dal giorno in cui sono arrivati Dorothy e Wayne, e ha capito di essere stato scoperto. Non si è nemmeno preoccupato di rimuovere dalla parete tutti i dettagli riferiti a Mina.»

Guardai di nuovo i ritagli di giornale appesi alla parete. In qualche modo riguardavano tutti Mina. I criminali che aveva aiutato a mettere dentro, la gara di lettura per bambini che aveva organizzato alla Libreria Nevermore, l'annuncio del nostro matrimonio. In molte foto, la sua faccia era stata scarabocchiata con un pastello.

Quell'assassino era ossessionato da lei. Chi poteva sapere da quanto tempo stava tramando? E non eravamo minimamente vicini alla cattura.

Odio tutto questo.

Mi sento così impotente.

Aprii la bocca per dire qualcosa, ma ne uscì solo un ruggito selvaggio.

Jo fece un passo verso di me. «Heathcliff, forse...»

Lanciai una sedia contro il muro. Si frantumò in mille pezzi, e il rumore del legno mi perforò il cranio. Però non mi aiutò a sentirmi meglio. Feci per afferrare un'altra sedia, ma Jo me lo impedì.

«Distruggere tutto non ci aiuterà a trovare le prove. Chiamo Hayes e Wilson» disse. «Voi due tornate in paese e andate dagli invitati del mondo dell'editoria che arrivano da fuori città.

Lasciate che mi occupi io della situazione. Heathcliff, hai la mia parola. Ho intenzione di mettere a soqquadro il capanno. Passerò ogni momento libero che ho per controllare fino al minimo dettaglio. All'assassino sarà pure sfuggito qualcosa. Un capello, un'unghia. Troveremo una traccia che ci permetta di identificarlo.»

Mentre aspettavamo l'arrivo dei detective e del resto della squadra di Jo, noi tre rimanemmo in un silenzio di tomba. Sapevamo tutti che, anche se la squadra di Jo avesse finito di raccogliere le prove quel giorno stesso, l'esame della Scientifica e i risultati dei test avrebbero richiesto del tempo. Di cui non disponevamo.

Il matrimonio era alle porte e non avevamo idea di chi fosse l'assassino o di quale fosse il passo successivo nel suo piano.

23

QUOTH

Io e Mina eravamo alla Nevermore Gallery: io stavo appendendo dei nuovi acquerelli e lei era seduta su uno sgabello ad ascoltare un audiolibro. All'improvviso, la gattaiola sbatté e Grimalkin saltò dentro, con la coda dritta e un'aria piuttosto soddisfatta.

«Allora?» Posai il quadro di anatre accanto al ruscello del King's Copse e misi in pausa il libro di Mina. «Hai trovato Hercules?»

Grimalkin si mise a sedere sul tappeto, dandoci le spalle, e si leccò una zampa.

«Nonna» disse Mina.

Lap, lap, lap.

Mina sospirò. Prese la borsetta accanto allo sgabello, tirò fuori una scatoletta e la lanciò sul pavimento. «Apritela tu, nonna.»

Lei mutò forma. La sua pelliccia nera si ritrasse sotto pelle, le sue gambe snelle si allungarono, le ossa scricchiolarono prendendo nuove direzioni e la sua elegante figura felina si trasformò in un'umana ancora più elegante, e piuttosto nuda.

Mi voltai proprio nel momento in cui infilò un lungo dito

nella linguetta della lattina di salmone. «Questo non è quello con il pepe al limone» brontolò, rivolta a Mina. Sentii il rumore della lattina che veniva aperta. «Lo sai che a me piace quello.»

«Tu dicci cosa hai visto, Grimalkin.»

«Umani, sempre impazienti.» Si mise a masticare, agitando allegramente la bocca. «Dovete proprio imparare a rallentare, a sentire il profumo delle rose...»

«Non costringermi ad accendere l'aspirapolvere.»

«Va bene, va bene. Non è Hercules il gatto che state cercando. Mi ha detto che aveva adocchiato quell'anatra da mesi, ma una volta, quando si è avvicinato troppo, James Pond gli ha morso la coda attraverso le maglie della gabbia, così ha deciso che non ne valeva la pena.»

Mina sospirò di nuovo. «E se ci fosse un altro gatto? Magari quel bel tipo che si aggira nei paraggi...»

La voce di Grimalkin si fece glaciale. «Il mio Minnaloushe non è il tuo se-*qua*-stratore. Gli avrei sentito l'odore dell'anatra nell'alito e avrei preteso di sapere perché non l'avesse condivisa con me. Mi sono presa la libertà di chiedere in giro, seguendo le tracce olfattive lasciate dalla vostra cena ambulante, ma nessuno dei gatti del quartiere ne rivendica l'uccisione. Il signor Muffins ha detto che deve essere successo qualcosa alle anatre locali, perché vedeva sempre una famigliola di bipedi accanto al ruscello del Kings' Copse, ma sembra che sia scomparsa. Ha detto che potreste provare a parlare con quelle che vivono nello stagno della tenuta dei Lachlan, che magari potrebbero raccontarvi cosa sta succedendo. Ora, a meno che non abbiate altri lavori manuali a cui volete sottopormi, ho un appuntamento sexy con questo salmone.»

Grimalkin fece un rumore di fusa, mentre leccava la lattina. Io presi la mano di Mina e la condussi nello studio d'arte, in modo che non dovesse assistere alla scena in cui sua nonna, nuda, demoliva la ricompensa che aveva ricevuto. Non appena

chiusi alle nostre spalle la parete divisoria dello studio, Mina si
buttò sul divano imbrattato di vernice.

«È inutile» esclamò affondando il viso in un cuscino. «Non
ho più idee. Credo che James Pond sia sparito per sempre. Non
riesco a trovare nemmeno una maledettissima anatra.»

Mi inginocchiai accanto a lei e le tracciai con le dita delle
spirali sulla schiena, cosa che di solito la tranquillizzava. «Mina,
che c'è che non va? Non sembri te stessa. Non è da te
arrenderti.»

«Che scelta ho? Ho escluso i miei sospettati principali e
presto gli invitati del matrimonio si riverseranno alla
Nevermore. Non ho più tempo. Devo ammetterlo, Quoth,
pensavo di essere brava a risolvere i misteri, ma credo di essere
stata solo fortunata, finora. Ma sì, pensaci: con Angus Donahue
non avevo capito niente finché non mi ha messo la sciarpa al
collo, e con Brenda Winstone ho sentito solo per puro caso
l'odore del cadavere di suo marito nell'armadio della
biancheria... Sono assolutamente pessima a fare la detective.
Sono pessima in *tutto*.»

Le sue spalle iniziarono a sussultare e il mio cuore si
trasformò in piombo. Però sapevo che in realtà non si trattava di
James Pond. Mina era arrabbiata per la presentazione del suo
libro.

La donna bella e determinata che aveva catturato la mia
anima si stava ritirando in se stessa, esattamente come avevo
fatto io in passato. Ero rimasto nascosto nella mia soffitta, a
dipingere una tela dopo l'altra, mentre fissavo fuori dalla
finestra e desideravo ardentemente essere qualcun altro, un
individuo normale, che non soffrisse di quel dolore che mi
faceva essere diverso.

Mina mi aveva insegnato che non dovevo nascondermi, che
potevo trovare un posto nel mondo dove le persone mi
amavano e mi apprezzavano per ciò che ero. Potevo essere

diverso senza isolarmi. Era stata proprio lei a incoraggiarmi a vendere le mie opere e a iscrivermi alla scuola d'arte, nonostante fosse nel bel mezzo di un momento difficile, dato che le era appena stata diagnosticata la sua malattia.

Sapevo che la mia ragazza si era impegnata davvero tanto per non sentirsi sminuita a causa della sua vista, e aver letto la mail di Jen e il fatto che nessuno dei suoi amici del mondo dell'editoria avesse aderito all'invito, l'aveva fatta sentire di nuovo diversa. A volte pensiamo che le nostre cicatrici siano guarite, ma basta una sciocchezza per farle riaprire, fresche e doloranti come appena inferte.

Mina sanguinava davanti a me, e conoscevo il modo di aiutarla. Lo conoscevo perché era esattamente lo stesso che aveva usato lei, per aiutare me.

Dovevo fare in modo che riuscisse a vedere di nuovo il suo vero essere.

«Non ricordo l'ultima volta che sei stata nel mio studio» dissi, continuando a passarle piano le dita in ampi cerchi sulla schiena, lungo le spalle e le braccia nude.

«Probabilmente prima che tu mi cacciassi via per fare tutte le tue cose segrete per il matrimonio» commentò lei con una risatina tagliente, senza nessuna allegria.

«È vero. Però ora non ho più segreti. Sto lavorando a una cosa nuova. Un capolavoro. Vorrei mostrartelo.» Le presi una mano e la tirai, incoraggiandola a mettersi seduta.

Mina si inginocchiò e si sedette sui talloni. Io mi avvicinai, passandole la punta delle dita lungo la nuca scoperta. Il mio tocco le fece venire la pelle d'oca, e rabbrividì.

Raccogliendo il suo sussulto tra le labbra, la baciai lentamente e a fondo. Cercai di usare il mio corpo per mostrarle quanto fosse bella. Quanto meritasse di essere adorata. A prescindere da quello che era successo con il suo libro, *lei* era incredibile per me.

Mina incontrò la mia lingua con la sua in una danza deliziosa e quando gemette nella mia bocca, io non riuscii a trattenere un lamento. Il mio sesso prese vita dentro i pantaloni, ma non era il momento di pensare a me. Dovevo farle vedere. Dovevo farle capire cosa vedevo in lei, cosa significava per me, per Heathcliff, per Morrie e per tutti quelli che lei aveva toccato con la sua luminosità.

Le afferrai il bordo della canottiera e gliela sollevai, esponendole la pelle chiara e la squisita curva del ventre. Interruppi il bacio solo per passarle la lingua lungo la clavicola e baciarle la curva dei seni. Lentamente le sfilai il reggiseno.

Per quanto desiderassi prenderla, mi trattenni. Le mie labbra pizzicavano, desiderose di tornare alle sue. E il suo aspetto non mi aiutava, con quegli occhi accesi ed eccitati, i capelli scompigliati e appiccicati alle guance.

«E quell'opera d'arte che volevi mostrarmi?» chiese in affanno sollevandosi sulle ginocchia per inseguire il calore del nostro bacio.

«È proprio qui.» La presi da sotto le braccia e la sollevai.

«Ehi!» strillò Mina quando la portai al cavalletto. Le posai i piedi sul pavimento e poi mi abbassai davanti a lei. Le slacciai i larghi pantaloni neri e li lasciai cadere a terra insieme alle mutandine.

Mina Wilde era davanti a me, bellissima nella sua pelle, così perfetta che dovetti mordermi un labbro per non piangere.

La mia musa. La mia fidanzata. E ora, la mia *tela*.

Feci un passo indietro, e presi a rovistare tra i pennelli per trovarne uno pulito.

«Lasciarmi qui dopo quel bacio è un giochetto sporco, alla Morrie,» protestò lei, imbronciata.

Trovai un pennello pulito e lo feci roteare in un verde smeraldo che mi ricordava i suoi occhi. Tornai da lei, mi accovacciai a terra e annusai la pelle nuda della sua gamba, osservando la pelle d'oca che le spuntava.

Mina non disse nulla, ma il suo respiro aumentò di intensità mentre trascinavo lentamente il pennello dalla caviglia fino al ginocchio, dipingendo tutto ciò che lei era per me.

«Ogni volta che mi siedo a dipingere in questo studio, ricordo la prima volta che sei venuta su da me, in soffitta. La prima volta che mi hai visto veramente. Eri così presa dalle mie opere d'arte che all'inizio non ti sei nemmeno accorta di me, che me ne stavo seduto sul letto con becco e ali, pieno di nere piume che si ritraevano nella mia schiena.»

Scandii ogni parola, facendo roteare il pennello intorno alla sua rotula e poi su per la coscia, osservando le sue gambe che tremavano al passaggio del mio tocco.

«E quando mi hai guardato, non ti sei spaventata, non hai urlato e non sei scappata via. Beh, sì, un po' ti sei spaventata. Però mi hai guardato come se... come se tutto nella tua vita fosse improvvisamente andato al proprio posto. Come se la mia stranezza ti avesse reso possibile relazionarti a me. E mi avesse reso più comprensibile ai tuoi occhi. Non sai da quanto tempo desideravo una cosa del genere.»

«Non hai sentito?» sbottò lei con rancore, con la voce che le tremava un po' mentre io continuavo il mio percorso con il pennello. «Io non sono una con cui ci si può relazionare.»

«Io sì.»

Asciugai il pennello dalla vernice, lo lavai e la raggiunsi di nuovo con le setole pulite. Le allargai le gambe e le passai il pennello sulle cosce nude, godendo di come rabbrividiva sotto i miei tocchi.

«Quoth, dimentichi che io ho visto i tuoi quadri. Anche adesso, il ricordo dei tuoi colori e delle tue linee è impresso nella mia mente. Sei un artista *oggettivamente* incredibile. Hai passato anni a perfezionare il tuo dono, e avevi solo bisogno di un po' di fiducia per esibire le tue opere al mondo.» La voce le tremò nell'attimo in cui le passai il pennello sul pube, facendoglielo girare intorno al clitoride. «Ma io... io non sono una scrittrice. Pensavo che fosse questo ciò che avrei dovuto fare, il percorso creativo che mi chiamava dopo che avevo chiuso con il mondo della moda, invece mi sbagliavo. Dovrei limitarmi a gestire la libreria. Dovrei accontentarmi.»

«Tu sei una scrittrice oggettivamente brava, Mina. Te lo dice uno che è nato dalla letteratura. Io non sono altro che parole su una pagina, un sogno nel sogno. So di cosa parlo. Ma in una ricerca creativa l'oggettività conta poco. So anche questo. Il mio creatore ha faticato tutta la vita per ottenere il riconoscimento del suo lavoro da parte della critica, e lo ha ricevuto solo dopo la sua morte. Nel necrologio di Poe sul New York Tribune, un critico di nome Rufus Griswold scrisse "pochi saranno addolorati" per la sua morte. E pensavo che quello sarebbe stato anche il mio destino. Nel percorso per diventare un'artista professionista, incontrerai più critici che sostenitori. Ogni critica brucia. Ogni recensione ti squarcia la pelle e ti mette a nudo gli organi, perché se ne cibino gli avvoltoi.» Le premetti addosso il pennello, bevendo quel suono delizioso che le uscì dal più profondo. «Ma se hai qualcosa da dire sul mondo, devi andare avanti nonostante le ferite aperte, perché da qualche parte c'è qualcuno che ha bisogno di sentirlo.»

«Quoth, io...»

Le tremavano le gambe ogni volta che muovevo il pennello a stuzzicarle la fessura, per poi girarlo intorno al clitoride.

«Tu dici che il mio lavoro è *oggettivamente* buono. Però io non vedo come. Non ho mai visto i miei quadri come qualcosa di speciale o di valido. Invece tu sì, Mina. Tutto ciò che ho creato da allora è stato grazie a te. A volte serve che qualcun altro ci mostri davvero la bellezza delle nostre creazioni. Forse tu non vedi la bellezza nelle tue parole, ma io sì. Proprio come le mie opere d'arte: ci vuole qualcun altro per aiutarci a vedere.»

Lei scosse la testa. «Non credo sia la stessa cosa.»

«Cosa posso fare per convincerti?» le chiesi, facendo roteare con lentezza il pennello sulle sue mutandine bagnate.

Emise un respiro tremante. «*Quoth*.»

«Mina.»

Pronunciai il suo nome come una preghiera, avvicinandomi in modo che le mie parole le cadessero tra le gambe.

«Sai quanto sei bella?»

Lei rabbrividì quando le baciai il pube.

«Non solo il corpo. Ma la tua anima. Il modo in cui vedi le persone per quello che sono veramente. È questo, che fa di te una ottima detective, libraia e scrittrice, e un'amica ancora migliore. Tu metti le persone a loro agio, e le fai sentire amate e interessanti. Stare vicino a te è come essere immersi nella luce del sole.»

Deglutì a fatica e, dato che non rispose, le passai la lingua sul clitoride e mi godetti il brivido delle sue cosce intorno a me. «Vedi? Sei bellissima.»

Era più dolce della torta nuziale che il sabotatore aveva distrutto, ma non volevo semplicemente sentire che mi veniva sulla lingua. Volevo *tutta* quella bellissima donna di cui mi ero innamorato. Desideravo che sapesse quanto era straordinaria e quanto meritava di essere adorata.

Se le mie parole non la convincevano, forse lo avrebbero fatto le mie azioni.

Mina mi posò le mani sulla testa. Le sue dita si aggrovigliarono tra i miei capelli, e li liberarono dal nastro che li legava. Io le strinsi le labbra sul clitoride voglioso, succhiandolo, prima di tornare a bagnarlo con la punta della lingua.

I suoi piccoli gemiti riempivano l'aria e lei continuava a

muovere il bacino per assecondare la mia lingua. Ma non avevo ancora intenzione di farla venire.

Allontanai le labbra, posandole una scia di baci sulla coscia e poi mi tirai indietro.

«Dimmi che sai di essere fantastica. Dimmi che le tue parole sono di grande valore.»

«Quoth» sussurrò.

«Dimmelo, o non ti farò venire» dissi ridendo. E le baciai il retro del ginocchio, i polpacci... ovunque, tranne dove voleva lei.

Cavoli, già prima avevo l'uccello che mi faceva male, ora si era fatto terribilmente duro nei pantaloni, e implorava di affondare dentro di lei.

Ma dovevo andarci piano. Volevo che capisse la bellezza di essere un'artista e di esporsi al mondo, nuda e vulnerabile.

«Quoth...»

«Dillo.»

«Sono incredibile» mormorò.

«No, non vale. Devi dirlo più forte. Gridalo» le ordinai, fissandola. I suoi bei capezzoli rosa mi puntavano e volevo assaggiarli.

Però mi trattenni, e mi aggrappai alle sue ginocchia.

«Dillo, Mina.»

«Sono incredibile» disse con una risatina prima di inclinare la testa all'indietro. «Ma questo è ridicolo.»

«No.» Le passai di nuovo le labbra sul clitoride. «Non è affatto ridicolo. Di' anche il resto.»

«Sono fantastica! Sono fantastica e le mie parole sono di grande valore!» urlò mentre le succhiavo il clitoride.

A quel punto esplose, e crollò in avanti con le mani che mi stringevano le spalle e le ginocchia che mi perforavano. Mi strinse la testa tra le gambe e inseguì il suo piacere. Sentii la sua dolcezza sulla lingua e avrei voluto non mangiare o bere mai più altro. Lei mi saziava in un modo che il cibo non avrebbe mai potuto fare.

«Vedi? Non è stato così difficile.» Mi alzai e le presi le labbra tra le mie.

La avvolsi con le braccia, e la strinsi forte, desiderando avvicinarmi ancora di più a lei, strisciarle sotto la pelle e scacciare tutte le cattive sensazioni e i dubbi che aveva su se stessa.

Mina mi baciò con disperazione, sembrava implorarmi, e mi tirò i bottoni della camicia, costringendomi a spogliarmi per premere il suo corpo nudo contro il mio. La nostra pelle sfrigolava e bruciava nei punti in cui ci toccavamo: file di formiche rosse che ballavano la conga sui nostri corpi.

La afferrai per la vita e la adagiai sul tavolo, senza mai interrompere il bacio. Vagavo con le mani sul suo corpo, le mie dita che si muovevano sui suoi capezzoli finché lei non mi morse la lingua per il desiderio.

Quando raggiunsi il limite e pensai che il mio corpo sarebbe imploso per la voglia di lei, mi tirai indietro e avvicinai il sesso alla sua fessura. La stuzzicai con la punta mentre lei si spingeva contro di me, cercando di tirarmi dentro.

«Dimmi che sai di essere bella, dentro e fuori.»

«Quoth» esclamò di nuovo, con una risata. «Tu stai frequentando troppo Morrie.»

«Dimmelo, ti prego» la implorai, il sesso che sussultava per il bisogno di lei. Lei sollevò il bacino, cercando di farmi cedere, ma io resistetti. «Dimmelo, Mina. Mi stai facendo a pezzi.»

«Sono bella dentro e fuori, e lo sei anche tu.» E poi emise un respiro profondo e io le scivolai dentro.

Era incredibile stare lì, avvolto dal suo calore. Si aggrappò alla mia schiena mentre io mi spingevo a fondo, rivendicando le sue labbra in un bacio affamato.

«Sei bellissima, Mina. Non solo i tuoi occhi, i tuoi capelli e la tua mente, ma anche la tua anima» le sussurrai appoggiato alle labbra, prima di lasciarle una scia di baci dalla punta del naso fino alla guancia, e quindi lungo il collo.

Il battito di Mina accelerava, a gara con il mio. Le sue mani si agitavano sul tavolo, facendo cadere a terra pennelli e tavolozze.

Le afferrai il viso e incontrai il suo sguardo acceso. «Dico sul serio, Mina. Tu sei stupenda. Meriti di essere adorata e di mostrare la tua anima nuda al mondo intero.»

Una lacrima le scese da un occhio e io gliela asciugai. «Non piangere, ti prego. Non voglio farti piangere.»

La sentii irrigidirsi, il suo petto che ansimava forte. «Non piango perché sono triste; è per come mi fai sentire. È...» sospirò, poi chiuse lentamente gli occhi e li riaprì. «Bellissimo, credo.»

«Non esiste bellezza squisita senza qualche stranezza nelle proporzioni» commentai, serio. «Me l'ha detto qualcuno.»

Mina rise, ma sentii che era senza fiato quando mi strinse i fianchi e i nostri bacini combaciarono alla perfezione.

«Sei meravigliosa» sussurrai ancora, spingendo con forza e assaporando il modo in cui il suo corpo si adattava al mio.

«Me-ra-vi-glio-sa.» Sottolineai ogni sillaba con una spinta, con lei che emetteva piccoli mugolii.

Mina mi strinse con forza i fianchi, il suo corpo che si contorceva, e poi esplose, con il mio nome sulle labbra. Non ci volle molto perché la seguissi anche io, riversandomi dentro di lei con una ferocia che mi disegnò dei puntini rossi all'interno del campo visivo.

Alcuni pennelli caddero dal tavolo nell'attimo in cui crollai sul suo petto, stringendola a me. Non volevo lasciarla andare. Rimanemmo in silenzio per un po', lì sdraiati, i nostri cuori che battevano all'unisono e il respiro dell'uno che sfiorava le labbra dell'altra, baciandole.

Studiai i suoi occhi. Gli occhi di Mina erano ancora una finestra sulla sua anima, e in quel momento la sua anima era più in pace di quanto non lo fosse da molto tempo. Forse non ero riuscito a convincerla del tutto che il suo lavoro era prezioso quanto lei, ma almeno era un inizio...

Mi ricordai di una cosa. «Perché non chiediamo a Marjorie?»

«La tua insegnante di arte?» Mina batté le palpebre, cercando di seguire i miei pensieri. «E cosa le dovremmo chiedere?»

«Lei ha due anatre domestiche. Con tutti i preparativi per il matrimonio, me ne ero completamente dimenticato. Forse potrebbe darci qualche informazione su James Pond.»

«Ma è perfetto.» Il volto di Mina si illuminò, la sua mente già presa da un'altra potenziale pista. «Andiamo subito a parlarle!»

Risistemammo lo studio e ci ripulimmo. Chiamai un Uber mentre Mina si spazzolava i lunghi capelli e si rendeva *presentabile*: cosa semplicemente ridicola, non solo perché lei era sempre splendida, ma anche perché anche Marjorie era cieca. Ma sapevo che Mina la ammirava, per come l'aveva aiutata con i vari aggiustamenti quando aveva iniziato a perdere in fretta la vista.

Scesi al piano di sotto per aspettare l'auto. Dopo aver aperto la porta del negozio, notai qualcosa appuntato sulla porta. Un biglietto.

Lo dispiegai e il cuore iniziò a battermi a mille dopo che ebbi riconosciuto le stesse lettere degli altri:

COME FAI A SPOSARTI SENZA CELEBRANTE?
HAI DISTRUTTO LA MIA UNICA POSSIBILITÀ DI ESSERE
FELICE. NON TI PERMETTERÒ DI ARRIVARE AL TUO
LIETO FINE.

24

QUOTH

«È già arrivata la macchina?» chiese Mina arrivandomi alle spalle.

Con il cuore in gola, ripiegai la lettera e me la infilai in tasca. Il responsabile della morte di Iwan e del sabotaggio del matrimonio non aveva finito. E ora che avevamo scoperto che Wayne e Dorothy Ingram si frequentavano e che entrambi avevano un alibi per l'omicidio di Iwan, non avevamo la più pallida idea di chi potesse essere.

«Quoth?» Mina storse la bocca. «C'è qualcosa che non va?»

Mi morsi la lingua fino a sentire il sapore del sangue. Volevo dirglielo. Non mi piaceva che non sapesse cosa stava succedendo. Ma prima dovevo parlare con Heathcliff e Morrie, nel caso avessero trovato qualcosa al capanno che avrebbe potuto aiutarli a risolvere il caso senza tanto clamore.

«Quoth?»

«Non è niente. Sono solo emozionato per domani.» La presi sottobraccio, nella speranza che non percepisse il mio tremito. «La macchina ci aspetta in fondo alla strada.»

Salii davanti. Mina si sistemò dietro e posizionò Oscar nel

vano piedi. L'autista era nuovo, e quando vide il cane fece una smorfia, che per fortuna Mina non vide. Però, evidentemente, conosceva la legge sul trasporto degli animali di servizio e partì senza discussioni, per poi depositarci fuori dalla scuola d'arte dieci minuti dopo.

Andammo un po' in giro tra i vivaci studi d'arte. C'erano studenti che lavoravano in modo febbrile per terminare i loro lavori di fine trimestre. Il posto puzzava di fumi di vernice e di saldatura, odori che mi fecero sentire subito a casa. La radio trasmetteva a tutto volume altre deprimenti notizie sulla fuga da Crixley e sull'imminente catastrofe climatica.

Bussai da Marjorie e mi annunciai, visto che non avevamo un appuntamento. Lei spalancò subito la porta, il volto acceso da un enorme sorriso. Aveva in mano una pistola per colla a caldo da cui scendevano a terra grosse gocce trasparenti. «Allan? Mina? Sono sorpresa di vedervi qui. Non vi sposate domani? Oh no, non avrò sbagliato la data, vero? Non ditemi che mi sono persa il matrimonio. Sono così presa dal mio ultimo progetto che il più delle volte mi dimentico di mangiare.»

«No, no. Hai capito bene. Il matrimonio è domani.» Al pensiero mi sentii uno svolazzo nel petto.

«Ma forse siamo invischiati in un altro mistero» disse Mina con un pizzico di imbarazzo. «E pensiamo che tu ci possa aiutare. Quoth ha detto che tieni delle anatre come animali domestici, giusto?»

«Vero!» Marjorie si illuminò. «Gli uccelli sono incredibilmente intelligenti, soprattutto le anatre. Alcuni ricercatori pensano che possano essere intelligenti come i cani. Mi chiedo se un giorno potremo avere anatre guida, oltre ai cani guida. Nel frattempo, Waddles e Lily mi danno molta gioia. Entrate, entrate. Volevate sapere qualcosa sulle anatre?»

Marjorie ci accompagnò nel suo rumoroso ufficio. Ogni

angolo della stanza era pieno di scacciapensieri a vento costruiti in metallo da lei, che tintinnavano in continuazione per la brezza frizzante che entrava dalla finestra aperta. Guidai Mina oltre l'ultima creazione di Marjorie: un'enorme scultura a vento fatta di lattine di alluminio riciclate e di altri rifiuti, appesa a una struttura al centro della stanza. Mondrian sollevò la testa da sotto la scrivania, ci guardò con uno sguardo impassibile, e riprese a dormire.

Ci accomodammo su un divano sul quale erano disseminate pagine scritte in Braille e scatole piene di rifiuti. Mina le spiegò a che punto era arrivata con il caso fino a quel momento, e come tutte le sue piste si fossero risolte in un nulla di fatto. La guardai con stupore. Per tutti gli altri, quel caso era una sciocchezza, ma Mina prendeva la scomparsa di James Pond con la stessa serietà con la quale aveva affrontato qualsiasi caso di omicidio a cui avessimo lavorato.

Sentivo il biglietto che mi bruciava in tasca.

Com'era possibile che qualcuno volesse farle del male? Come si poteva pensare a negare a quella donna speciale tutto ciò che desiderava?

Marjorie si picchiettò sul mento. «Sapete, non credo affatto che James Pond sia stato se-*qua*-strato.»

«Ah, no?»

«Avete detto che il filo è stato tagliato in modo rozzo e storto? Se fosse stato tagliato con un paio di pinze, i tagli sarebbero stati lisci, giusto?»

«È quello che ha detto Morrie, ma io ho pensato che dipendesse dalla poca abilità della persona che ha praticato il taglio. Io probabilmente lo taglierei così!» spiegò Mina con una risata.

«Non credo affatto che l'abbia tagliato una persona. James Pond è un maschio. Di solito le persone non tengono un'anatra maschio come animale domestico, se non ci sono altre anatre, perché sebbene alcuni di loro siano adorabili, possono diventare aggressivi e cercare di dominare il loro umano, soprattutto se non hanno femmine intorno per l'accoppiamento.» Marjorie si sfregò le mani. Immaginai le piacesse far parte di uno dei nostri misteri. «Credo che James Pond abbia tagliato da solo il recinto, per scappare via.»

«Ha tagliato la rete di metallo?»

«All'interno del becco le anatre hanno dei *denti* affilati. Non si tratta di denti veri e propri, perché le anatre non producono smalto, ma di sporgenze simili a un pettine, chiamate lamelle, che usano per filtrare ciò che mangiano. Se il filo era sottile e lui era abbastanza determinato, può averlo fatto.»

«Maisie ha detto che James non aveva mai tentato la fuga prima.»

«Potrebbe essere un tentativo di affermare il proprio dominio, ma più probabilmente direi che James sta cercando una fidanzata. Vagherà in lungo e in largo alla ricerca di una femmina con cui accoppiarsi. Controllerei gli stagni locali, i rifugi per uccelli, o qualsiasi altro luogo frequentato da anatre. L'accoppiamento delle anatre può essere piuttosto violento, quindi potreste anche trovare delle aree sporche, terriccio gettato in giro, alberi danneggiati, e via dicendo.»

«Grazie, Marjorie. Ci guarderemo.» Mina si alzò. «Bene, ci vediamo al matrimonio.»

«E la presentazione del tuo libro? Ho un invito anche per quella, se non sbaglio. Sono così orgogliosa di te, Mina. Non vedo l'ora di leggerlo. Spero che tu ne faccia presto anche una versione audio. Posso far leggere a voce alta ad Alexa la versione ebook, ma non è la stessa cosa.»

«Oh, in realtà...» Il volto di Mina si incupì all'istante. «Evidentemente non hai visto il mio annuncio. Ho deciso di annullare l'evento...»

«Ah, sì. In effetti, ho ricevuto l'annuncio. Ma speravo di convincerti che hai commesso un errore.» La voce di Marjorie si fece severa, ricordandomi di quando mi rimproverava perché nel mio lavoro non mi spingevo oltre i confini della forma e del colore. «Mina, siediti. Credo che dobbiamo parlare, da artista ad artista.»

25

MINA

Dalla sua voce capii che Marjorie faceva sul serio.

Mi sedetti.

Guardai Quoth, sperando di comunicargli con la mia espressione che se era stato lui ad architettare tutto ciò in un modo o nell'altro, lo avrei sventrato. Ma il mio corvo continuava a tenere la mia mano sul suo grembo, totalmente rilassato.

Marjorie avvicinò la sedia a me. Puzzava di colla a caldo e di prodotti chimici per acquaforte. Nella finestra alle sue spalle, una delle sue sculture metalliche tattili suonava, colpita dalla brezza del tardo pomeriggio.

«Posso chiederti perché hai annullato la presentazione? E perché sei *così* ossessionata dalla ricerca di questo James Pond? Ha qualcosa a che fare con il matrimonio?» La sua voce si addolcì. «O con il libro?»

Io trattenni il fiato. Marjorie se ne accorse, perché mi diede qualche colpetto sul ginocchio. Strinsi la mano di Quoth così forte che lo sentii sospirare.

Chiusi gli occhi. Lì, al cospetto di quei due artisti che

avevano superato tante difficoltà per esporre il loro lavoro al mondo, mi sentivo davvero *stupida*.

«Mina, che succede?»

«È solo che...» Mi mancò il fiato. «Ho invitato alla presentazione del mio libro tutti questi famosi recensori e persone di cultura che ho conosciuto grazie alla Nevermore, e nessuno di loro verrà. Ho inviato delle copie ARC a vari recensori, e nessuno ha accettato di leggermi. *Nessuno.* So che tutti i miei amici sarebbero venuti comunque, ma questo peggiora solo le cose. Non volevo fallire davanti a tutti.»

«Oh, Mina, ma non capisci che mettere in scena un'opera d'arte non è mai un fallimento?»

Scossi la testa. «Un'editor, Jen Whately, mi ha detto che forse poteva anche essere interessata al mio libro, ma dubitava che i lettori si sarebbero immedesimati nella mia eroina cieca. È una cosa troppo di nicchia, o...»

Marjorie sbuffò. «E lasciami indovinare, ora hai dei ripensamenti per la pubblicazione? Stai pensando di riscrivere quel personaggio come una persona normo-vedente? O magari di stracciare il manoscritto e di infilarti in un buco e non scrivere mai più una parola?»

«Più o meno» ammisi.

Quoth mi strinse la mano. «Mina, perché non me l'hai detto?»

«Perché mi vergogno.» Anche solo a parlarne, adesso, mi sentivo le guance in fiamme. «Ho visto quanto tu ti sei impegnato per superare la tua timidezza ed esporre al pubblico i tuoi lavori, e adesso sono qui che cerco di fare altrettanto, ma all'ultimo mi voglio ritirare. Mi sento in imbarazzo perché nessuna di queste persone ha motivo di mentirmi, e quindi immagino che il mio libro sarà un fallimento. So che dovrei accettarlo, se voglio diventare una scrittrice, ma io sento solo di non essere abbastanza brava. Dopo tutto questo tempo, e il lavoro enorme che ho fatto, la mia cecità mi fa sentire inadeguata.»

«Tu pensi che avrei potuto fare una di queste cose senza di te?» mi sussurrò Quoth. «È quello che cercavo di dirti prima, Mina. Tutto ciò che sono riuscito a realizzare con la mia arte è stato merito *tuo*.»

«Posso darti un consiglio, da artista a artista?» mi chiese Marjorie.

Mi strinsi nelle spalle. «Certo.»

«Se vuoi essere una creativa e diffondere il tuo lavoro nel mondo, devi accettare il fatto che la tua opera smetta di appartenere a te e appartenga al mondo. Le persone svilupperanno opinioni al riguardo, molte delle quali saranno sbagliate, crudeli e stupide. Alcune di loro saranno crudeli e *corrette*, e di solito sono quelle che fanno più male. Quando ho fatto domanda per varie scuole d'arte, il direttore di un istituto in particolare mi ha invitata a un incontro. Pensavo che mi avrebbe offerto un posto in un programma prestigioso ed ero fuori di me dall'eccitazione. Invece ho scoperto che in realtà voleva convincermi *personalmente* ad abbandonare la carriera di artista. Mi disse che lo studio dell'arte era pericoloso, che io ero un rischio per la salute e la sicurezza, soprattutto se volevo lavorare con il metallo. Disse che avrebbero dovuto apportare così tanti cambiamenti per accogliermi che avrei mandato in bancarotta l'intero programma. Ricordo che riuscii a resistere finché non mi congedò, e poi scoppiai a piangere. Ma decisi che non avrei mai permesso a persone come quella di impedirmi di realizzare la mia arte, e continuai a fare domanda a varie scuole finché non trovai questo posto. Qui non solo mi hanno *accettata*: mi hanno *accolta*. Erano entusiasti del mio lavoro e della mia prospettiva. Mi hanno chiesto come poter rendere lo studio più sicuro per me, e in che modo aiutarmi a realizzare la mia visione artistica.

«Ogni tanto ci si scontra con persone che non capiscono cosa stai facendo, o perché. Forse nel mondo della moda non ti sei mai scontrata con questo problema perché eri giovane e all'inizio del tuo percorso, o forse perché non eri emotivamente coinvolta nei pezzi che creavi. Ma ora, poiché scrivere è come conficcarsi una penna nel cuore e usare il proprio sangue come inchiostro, quando ti trovi davanti a un rifiuto, lo senti come un rifiuto della *tua persona*.»

Le lacrime che ero riuscita ad arginare per tutto il giorno finalmente mi scesero lungo le guance. Annuii, ma ricordai che Marjorie non mi vedeva. «Sì» mormorai, stringendo la mano di Quoth.

«La verità è che questa editor forse ha ragione: le case editrici potrebbero non essere interessate a libri come il tuo. Il mondo è spesso più felice di fingere che le persone come me e te non esistano. Invece noi esistiamo, e di sicuro ci sono persone in giro che hanno bisogno delle tue storie. Sono quelle che dovrebbero venire alla tua presentazione. Non sprecare nemmeno un salatino per la gente che non crede in te. Piuttosto, rivolgiti direttamente al tuo pubblico.»

La sentii picchiettare sui tasti del suo dispositivo Perkins. Poi tirò fuori un foglio di carta Braille e me lo porse.

«Se in futuro dovessi cambiare idea sulla presentazione, eccoti i numeri di un paio di miei amici. Chiamali. Ti aiuteranno loro a spargere la voce nella nostra comunità. Alla gente la tua storia interesserà, Mina. Sei una ragazza brillante con un'incredibile visione creativa. Non vorrei che rinunciassi a questo tuo sogno.»

«Marjorie, io...» Non riuscii a dire altro perché mi cadevano le lacrime sul foglio.

«Che ne dici?» Quoth mi strinse la mano. «Prenderesti in considerazione l'idea di dare un'altra possibilità al lancio del libro?»

«Forse» mormorai tra i singhiozzi. «Sì, credo di sì. Adesso è troppo vicino al matrimonio per poterlo fare, ma magari tra qualche settimana.» Mi rivolsi a Marjorie. «Verrai se riusciamo a rimettere in piedi la presentazione? Potrei aver bisogno di qualcuno che mi tenga i capelli quando vomito.»

«Non me lo perderei per nulla al mondo» disse lei, con voce squillante.

«Allora ti terremo da parte tutti i salatini alla salsiccia possibili» le promisi.

«È quello che volevo sentirti dire.» Mi diede un'ultima stretta al ginocchio. «Ora smetti di preoccuparti per James Pond e per il tuo libro, e vai a sposarti!»

Messaggio inviato agli invitati alla presentazione del libro dall'e-mail della Libreria Nevermore

URGENTE: LA PRESENTAZIONE DEL LIBRO DI MINA È RICONFERMATA! E SARÀ UNA SORPRESA!

Potrebbe non esserci nessun catering, e nemmeno delle copie del libro in vendita, ma se vi presenterete alla Libreria Nevermore la sera dopo il matrimonio, Mina leggerà un estratto del suo libro, risponderà alle domande e ci sarà un DJ set incredibile.

Ci vediamo lì!

Non ditelo a Mina, perché è una sorpresa.

Ci vediamo domani al matrimonio!

26

MINA

I tre uomini dormivano pacifici. Heathcliff mi stringeva tra le braccia, vicina al suo petto, e il suo respiro caldo mi solleticava il collo. Dall'altra parte, Morrie russava, con un braccio appoggiato protettivo su entrambi. Quoth era appollaiato in cima alla scultura metallica da parete che stava appesa sopra il letto, e di tanto in tanto emetteva un piccolo *cra* durante i suoi sogni da uccello.

Anche se ero stanca morta, non riuscivo a dormire.

Appena finito con Marjorie, Quoth si era precipitato a occuparsi di alcuni dettagli dell'ultimo minuto. Segreti, ovviamente. Io non avevo provato neppure a obiettare, perché ero ormai entrata in modalità matrimonio. Avevo impacchettato l'abito e i trucchi in modo che Heathcliff li trasportasse nella suite nuziale della Lachlan Hall. Avevo un appuntamento con l'estetista per le unghie: brillantini rossi, perché se le avvicinavo molto al viso con la luce giusta, riuscivo a vedere il luccichio. E avevo ripassato i passi di danza e mi ero esercitata ad accogliere i nostri ospiti che arrivavano da fuori. L'intero piano inferiore della Libreria Nevermore era un mare di materassi e brandine per far dormire i nostri amici accorsi da ogni dove, solo per il grande giorno.

Ogni volta che chiudevo gli occhi, mi ricordavo che il giorno dopo avrei percorso la navata al suono di una versione per violoncello di *Nothing Else Matters* dei Metallica, per andare a sposare tre uomini di cui avevo piena fiducia e che sapevo mi avrebbero sempre coperto le spalle.

Uomini che occupavano decisamente troppo spazio nel letto, con quelle braccia pesanti, mente mi respiravano nelle orecchie.

Uff.

No, non si poteva dormire. Tanto valeva bere qualcosa e andare a leggere un po', accanto al fuoco che si stava ormai spegnendo.

Dopo un po' di tentativi, riuscii a sfilarmi da sotto Heathcliff e Morrie. Presi il telefono dal caricatore sul comò e mi diressi verso il bagno. Una cosa positiva del diventare ciechi è che non serve più accendere la luce nel cuore della notte.

Feci i miei bisogni e mi lavai le mani, notando con una sensazione di eccitazione nel petto che i costosi prodotti da bagno di Morrie erano spariti dal lavandino. Li aveva portati alla Lachlan Hall, dove ci saremmo preparati l'indomani.

Uscii dal bagno. Il mio piede urtò qualcosa sul pavimento. Dal rumore sembrava un pezzo di carta.

Quoth deve aver perso di nuovo una pagina del suo album da disegno. Lo fa sempre.

Mi chinai per raccoglierlo e le mie dita sfiorarono una carta antica e spessa, che riconoscevo, e un sigillo di ceralacca.

Una lettera.

Una lettera che era caduta sul tappeto *proprio* fuori dalla stanza che viaggiava nel tempo.

Poteva essere di una sola persona.

Corsi in camera da letto e accesi la luce. «Svegliatevi!» urlai.

Quoth scosse le ali, facendo volare piume dappertutto. «Craaaaa?»

«Chi è là?» Heathcliff per poco non schiacciò Morrie tuffandosi per afferrare la lunga spada che teneva nell'angolo. «Se sei il sabotatore venuto a fare del male a Mina, dovrai prima vedertela con me.»

«Il sabotatore?» chiesi.

Si strofinò gli occhi. «Io... oh, un brutto sogno. Lascia perdere. Perché sei sveglia? C'è qualcosa che non va?»

«È tutto a posto.» Sollevai la busta. «Almeno, credo. Mio padre ha mandato una lettera. Pensavo che avremmo potuto leggerla insieme.»

Heathcliff me la strappò dalle mani. I tre si accoccolarono intorno a me e Oscar saltò sul letto e si sistemò sulle mie ginocchia. Heathcliff ruppe il sigillo e iniziò a leggere.

Mia amata Mina,

so che non ti aspettavi di sentirmi ancora, ma un padre non può ignorare la figlia nel giorno del suo matrimonio.

Voglio che tu sappia che sono molto orgoglioso di te. Sei tutto ciò che avrei potuto desiderare in una figlia: coraggiosa, saggia, gentile e leale. È stato un onore essere tuo padre da lontano e percepire le increspature delle tue gesta che seguivano le mie orme nel tempo e nello spazio.

Sei speciale, Mina Wilde. Che tutti i tuoi sogni si realizzino.

Vi ho fatto un regalo di nozze. So che non potete permettervi una luna di miele, ma se tu e i tuoi mariti aprirete questa porta alle 10:17 precise del giorno 22, vivrete un'esperienza indimenticabile.

Ti voglio bene. Papà.

«Papà ci ha regalato una luna di miele? Ci andiamo, vero?»

Afferrai la lettera, desiderosa di toccare quell'oggetto che era stato toccato da mio padre, ansiosa di approfondire il mio legame con lui.

«Non ricordate le calamità che ci sono capitate l'ultima volta che abbiamo usato quella stanza?» commentò Heathcliff incrociando le braccia.

«Una piccola calamità non ha mai fatto male a nessuno» ribatté Morrie. «Magari ci porta sulla spiaggia di un'isola tropicale, con alberi pieni di magiche noci di cocco alcoliche.»

«Beh, dato che non abbiamo modo di permetterci una luna di miele, io dico che dovremmo andare» commentò Quoth.

«O magari una sontuosa camera d'albergo con lenzuola di cotone egiziano da 400 fili.» Morrie si sfregò le dita. «Oppure a bordo dell'Orient Express, proprio nel bel mezzo di uno sconcertante omicidio...»

«È improbabile che finiremo su un treno o su una spiaggia» gli ricordai, «perché la stanza ci porterà solo al negozio, nei vari periodi storici. Ma penso che potrebbe comunque essere divertente.»

«Se verremo tutti mangiati dai dinosauri, darò la colpa a te.» Heathcliff si infilò di nuovo a letto.

«Giusto.»

«Porterò la spada.» Heathcliff mi tirò contro di sé, rimboccando le coperte intorno a noi. «Non sappiamo cosa potremmo trovare dall'altra parte.»

Mi baciò la testa. Io allungai la mano e toccai il mio telefono, che mi lesse l'ora. Le 3:15. «Ehi, oggi ci sposiamo! È il giorno del nostro matrimonio!»

«Lo so, ed è per questo che ci godremo la pace e la tranquillità finché ce l'abbiamo.» Heathcliff mi strofinò il naso sul collo. «Oggi ho passato troppo tempo a sedare le discussioni tra Sherlock e David Winter. E Lydia arriverà con il primo treno, che gli antichi dei ci proteggano. Quindi perché non chiudi quei tuoi begli occhi e cerchi di dormire un po'?»

«Solo se mi dici cosa intendevi prima, a proposito di un sabotatore?»

«Oh, quello. Come ho detto, è stato un brutto sogno.» Mi strinse di più a sé. «Dormi, donna. Non cercare di sfilarti da qui, ora. Più tardi, oggi, diventerai mia moglie.»

27

HEATHCLIFF

Mi alzai di scatto, con la mente offuscata da incubi di sculture insanguinate, scatole infestate da vermi e lettere ritagliate dal giornale. Morrie giaceva rannicchiato contro il mio petto, uno dei suoi zigomi perfetti incisi da una piega da cuscino, e un'adorabile bava che gli pendeva dall'angolo della bocca.

Dov'è Mina? Afferrai le lenzuola, cercando di tornare alla realtà.

L'orologio sul comodino segnava le 5:45 del mattino.

Il matrimonio. *Il matrimonio.*

Quel giorno ci saremmo sposati con Mina.

E non avevamo ancora catturato l'assassino, né capito chi fosse o perché stesse dandole la caccia.

Percepii qualcosa muoversi dietro di me. «Perché sei sveglio? Il sole non si è ancora alzato...» Morrie si mise a sedere di scatto, gli occhi spalancati. «Oggi ci sposiamo.»

«Sì» bofonchiai.

Balzò in piedi, buttando all'aria le coperte. «Ma hai capito? Ci *sposiamo*. Cosa fai ancora qua? Abbiamo un sacco di impegni e poco tempo. Spero che tu abbia pagato la bolletta dell'acqua

185

questo mese, perché ho intenzione di fare la doccia per almeno novantasette minuti. Voglio essere perfetto per la mia sposa.»

«Non abbiamo ancora preso l'assassino» sussurrai, non sapendo dove fosse Mina.

Gli occhi di ghiaccio di Morrie si socchiusero. «No, ma è difficile che riesca a farla franca in una stanza piena di gente, no? Hai rafforzato la security e, nel caso te ne fossi dimenticato, ci saremo anche *noi*. Non permetteremo che le accada nulla di male.»

Aveva ragione. Se solo fossi riuscito a liberarmi di quella fastidiosa preoccupazione che mi attanagliava il petto. Di solito il whisky faceva bene, ma quel giorno avevo bisogno di essere sobrio. Volevo essere lucido se l'assassino si fosse presentato e...

...e desideravo troppo arrivare al momento in cui avrei baciato la mia *sposa*.

Andai in cucina per accendere la macchina del caffè e trovai Quoth già lì, con tre tazze fumanti di pura perfezione, nera come la pece, allineate lungo il bancone della cucina. Le trangugiai tutte e tre. Quoth inarcò un sopracciglio, ma non disse nulla. Invece, posò una quarta tazza davanti a me e mescolò la sua tisana.

«Dov'è Mina?»

«Jo è già venuta a prenderla. Hanno l'appuntamento con la parrucchiera.»

«Prima ancora che faccia giorno?»

«A quanto pare, Mina ha in programma qualcosa di strambo.» L'arancione intorno agli occhi di Quoth era quasi scomparso. «Pensi che dovremmo annullare il...»

«No.»

«Ma se l'assassino cerca di...»

«Non farà niente.»

Avrei voluto essere tanto sicuro quanto sembravo. Hayes e Wilson avevano garantito la presenza della polizia. Inoltre, la nostra amica Jo aveva coinvolto le signore del suo cineclub in una sorta di squadra di security non ufficiale, e per un aspirante assassino non c'è niente di più terrificante di un esercito di lesbiche incazzate.

A proposito di Jo... controllai il cellulare. Vicino alla piccola icona dei messaggi c'era un 171. Un messaggio in più del giorno prima. Cercai il suo numero e premetti *chiama*.

Lei rispose sbuffando. «Ti ho mandato un messaggio. Tu non rispondi mai ai messaggi?»

«No» replicai scocciato. «Sei fortunata se ti chiamo. Il mio metodo di comunicazione preferito è il nulla. In seconda posizione, lettere molto esplicite.»

«Prendo nota. Sono contenta di questo trattamento speciale. Volevo solo riferirti che la nostra ragazza è sana e salva qui, alla Lachlan Hall. Due agenti stanno pattugliando la tenuta. Mina non li ha visti. Per quanto ne sa lei, va tutto bene. Stiamo finendo di fare colazione e poi inizierà ad agghindarsi. Non devi preoccuparti, Heathcliff. Andrà tutto bene. Non lasceremo che questo bastardo vi rovini la giornata. Cerca di rilassarti e di concentrarti sul fatto che stai per sposarti...»

BANG. TUMP. CRASH.

Strizzai gli occhi. «Devo andare. Ci vediamo dopo.»

«Ci vediamo...»

Gettai il telefono in cima alla pila di cose che dovevo portare alla Lachlan Hall, afferrai la spada e mi precipitai al piano di sotto, seguito da Morrie.

«Oooh, ehi!» Victor Frankenstein mi minacciò agitando un pugno perché gli stavo calpestando la brandina. «Mi hai pestato una mano. Le dita mi servono per... fare delle cose!»

In tutto il piano terra, la gente iniziava a muoversi nelle varie brandine. Socrate stava ripiegando il suo chitone, intento a sviscerare l'idea di assoluzione morale, fissando la fotocamera del telefono per i suoi milioni di fan adoranti. Il cavaliere senza testa era seduto in un angolo, e stava annuendo paziente con il tronco, mentre Lancillotto gli spiegava la sua filosofia per la cura e la custodia dei nobili destrieri.

Seguii i rumori di un battibecco sempre più intenso nel bagno dei clienti e trovai David Winter, lo studioso di Jane Austen, nonché appassionato di numismatica e fine spadaccino, che aveva strappato di mano a Sherlock uno spazzolino da denti e lo teneva trionfalmente in bilico sulla tazza del water.

«Che succede?» gridai, agitando la spada.

«Mi ha rubato lo spazzolino da denti!» gridò Sherlock.

«Smettila di stressarmi quando sono in bagno.» David teneva lo spazzolino con due dita per l'estremità del manico e lo faceva oscillare sulla tazza. «Questo è il mio spazzolino, ma per fortuna io ne ho uno di riserva. E tu?»

«Non *osare*. Quello è il *mio* spazzolino. Lo riconosco perché compero sempre lo stesso, di Star Trek...»

«Non riesco a credere che siamo stati insieme.» Morrie sgranò gli occhi e scomparve di nuovo al piano di sopra. Tornò un attimo dopo con uno spazzolino nuovo di zecca, dall'aspetto costoso, ancora sigillato nella sua confezione. Lo lanciò a Sherlock. «Tieni. Non vorrei mai che alitassi addosso alla mia nuova moglie. Ora, volete smetterla di litigare?»

«Te ne sono grato.» Sherlock si passò una mano tra i capelli spettinati. «Dammi dodici minuti e mezzo per completare la mia toilette e sarò pronto a partire. E... Morrie?»

Morrie sollevò un sopracciglio.

Io serrai le dita intorno all'elsa della spada.

«Ti trovo bene.» Sherlock gli fece un mezzo sorriso che non mi sembrò del tutto innocente. «Voglio dire, sembri felice.»

«Vero?» Morrie gli sorrise radioso. «Meglio che ti sbrighi, ti restano solo otto minuti e diciassette secondi. Con il resto di voi...» Lanciò un'occhiata ai nostri ospiti. «Ci vediamo alla location quando siete pronti. Socrate ha il compito di chiamare un Uber, e non dimenticate di chiudere a chiave prima di uscire.»

Morrie e Quoth prenotarono gli Uber e io portai giù i bagagli. Socrate continuava a inciampare nell'orlo del suo lenzuolo e David e Sherlock litigarono di nuovo facendo a gara su chi avesse la fascia dello smoking più alta.

«Ti ricordano qualcuno?» mi chiese Morrie mentre salivamo a bordo, per fortuna senza altri invitati.

«Mi ricordano persone che vorrei non dover più rivedere.»

«Sono *noi due*, sciocco.» I suoi occhi blu si accesero. «Non mi stupirei se stasera li trovassimo a sbaciucchiarsi sulla pista da ballo.»

«Risparmiami.»

Praticamente, non guardai nemmeno la strada. Mi fissai le mani per tutto il tempo, nel vano tentativo di sciogliere i nodi che sentivo nello stomaco.

Sei solo nervoso perché vuoi che sia tutto perfetto per Mina.

Quando arrivammo alla Lachlan Hall fummo fermati da un agente in uniforme. Sapevo che la presenza della polizia aveva lo scopo di rassicurarci, però mi fece venire i brividi. Non avevo un rapporto esattamente idilliaco con la polizia locale, con tutta quella storia che mi avevano tenuto in prigione per una notte intera mentre dimostravano che non sapevo mandare messaggi.

Le ruote scricchiolarono sulla ghiaia una volta giunti nel parcheggio. C'erano già diverse auto di ospiti e del personale. Mi si strinse il petto nel vedere Cynthia che correva verso di noi.

«Cosa c'è che non va adesso?» gridai mentre sbattevo la portiera dell'auto, mancando di poco la faccia di Morrie.

«Niente. Va tutto bene.» Aveva la voce che tremava.

«*Cynthia.*»

«No, non è niente. Abbiamo avuto un po' di problemi con le decorazioni e penso che qualcuno possa aver fatto bracconaggio nella nostra proprietà. Tutti gli uccelli sono scomparsi dallo stagno.» Evidentemente colse la mia espressione, perché all'improvviso mi rivolse un sorriso radioso. «Ma stiamo sistemando tutto! Non preoccuparti. Questo matrimonio andrà alla perfezione. Il personale sta offrendo ai vostri ospiti cibo e cocktail nel Salotto Giallo. Vi accompagno alla vostra suite.»

Cynthia ci condusse su per lo sfarzoso scalone e attraverso i corridoi tortuosi fino a una suite che si affacciava sul laghetto, ormai vuoto. «Questa sera dormirete nella suite nuziale» spiegò. «È in fondo al corridoio. Ma vi ho riservato questa stanza per i preparativi. Tutti gli articoli da bagno di Morrie sono sistemati nella doccia. I vostri abiti sono stati stirati stamattina e sono appesi vicino alla finestra, e vi farò arrivare degli stuzzichini e un po' di bollicine...»

«Cosa è successo alle decorazioni?» le chiesi infuriato.

«Niente, niente.» Il suo volto si rabbuiò. «Beh, stamattina siamo andati per appendere i personaggi della Bella e la Bestia e sembra che alcuni di loro siano stati... accoltellati.»

«Accoltellati?» Quoth rimase basito.

«No, tranquilli! C'è il mio personale che sta facendo le riparazioni necessarie. Se non serve altro, devo scappare. Ho un matrimonio da portare a termine!»

Cynthia corse alla porta, e poi la chiuse con un gran colpo.

Quoth si accasciò sulla poltrona, con i capelli che gli ricadevano sul viso. «Che facciamo?»

Morrie gli diede qualche pacca sulla spalla. «Sono sicuro che le decorazioni saranno una meraviglia.»

«Non mi importa niente delle decorazioni! A me interessa che l'assassino non sia qui, da qualche parte nella proprietà. Si è già avvicinato abbastanza da combinare un sacco di guai. Mina è *qui*.» Mi fulminò con lo sguardo. «E non sa nemmeno di essere in pericolo.»

Mi lasciai cadere sulla sedia di fronte e mi presi la testa tra le mani. «Vuoi che ti dia ragione? Va bene. Hai ragione, uccellino.

Avremmo dovuto dirglielo. Non volevo che si sentisse spaventata il giorno del suo matrimonio, però almeno avrebbe saputo a cosa andava incontro. Se vuoi che lo faccia, ora mi precipito nella suite nuziale e glielo dico.»

«Cosa facciamo?» Gli occhi di Quoth si riempirono di lacrime.

«Ormai ci siamo» commentò Morrie in tono allegro mentre controllava la sua acqua di colonia. «Ho appena mandato un messaggio a Hayes per fargli sapere cos'è successo e lui dice che manderà altri agenti. Mi sono raccomandato con Jo di essere molto vigile e ora c'è anche Lydia, con Mina e Jo. L'assassino può anche essere subdolo, ma per arrivare alla nostra ragazza dovrebbe confrontarsi con Lydia, e sono sicuro che non riuscirebbe a sopportarla. È protetta al massimo. Non guadagneremmo nulla, irrompendo lì dentro e dicendole tutto.»

«Però riusciremmo a vederla.» Quoth si alzò e prese il suo vestito dalla rastrelliera. Cominciò a spogliarsi: sembrava un pollo arrabbiato. «Così sapremmo che sta bene.»

«Ecco. La vedremmo. Vedere la sposa prima del matrimonio porta male. Non abbiamo bisogno di altra sfortuna. Non può andare storto nient'altro in questo matrimonio.»

«Non parlerei troppo presto.» Quoth fece una smorfia nel tirare fuori i nostri gilet dal sacco degli indumenti.

Rimasi a bocca aperta.

Come è possibile?

Tutti e tre i gilet presentavano un enorme buco. Sembrava che qualcosa fosse entrato da una parte del tessuto per poi uscire dall'altra.

«Io... non capisco.» Gli occhi blu di Morrie si spensero. «Come...»

«Ecco.» Strappai il mio abito dalla gruccia e lo gettai nel cestino. «Mi arrendo. Io voglio solo vedere Mina.»

«Aspetta. Credo di poter risolvere questo problema.» Quoth rovistò nei cassetti del comò, e gracchiò in trionfo quando trovò un kit da cucito. Prese un paio di forbici e iniziò a tagliare il gilet.

Morrie e io lo guardammo, basiti, mentre pezzi di seta preziosa volavano dappertutto.

«Ta-dah!» Quoth sollevò la sua creazione con un sorriso radioso. Dal pannello posteriore aveva ritagliato la forma di un gilet.

Sembrava che Morrie cercasse di non ridere. «Non so che scuola di sartoria tu abbia frequentato, uccellino, ma quello è solo mezzo gilet.»

«Esatto.» Quoth annuì. «La metà anteriore. La metà *importante*. Ora incolliamo questi gilet alle camicie e ci mettiamo sopra le giacche. Se non ce le togliamo, nessuno saprà che ai nostri gilet manca la schiena.»

«Quindi ci sposeremo con dei gilet finti, incollati alle camicie?» Morrie sembrava esterrefatto.

«Assolutamente!» Recuperai la mia camicia. «Andremo all'altare con la nostra Mina, qualunque cosa accada.»

Morrie si chinò e baciò Quoth sulle labbra. «Tu, uccellino, sei un genio.»

«Lo so. Sbrighiamoci prima che vada storto qualcosa. Heathcliff, vai in doccia. Sai che Morrie ci metterà una vita.»

Dopo un lavaggio energico, mi infilai la camicia e tesi le braccia a Quoth che appuntava e incollava. Feci una smorfia perché la colla calda mi scottò la pelle, ma Mina valeva qualsiasi dolore. Una volta finito il supplizio, mi sistemai per bene la giacca e mi passai le dita sporche di gel tra i capelli indisciplinati.

«Sei esattamente come ti vorrebbe.» Avvolto in un asciugamano che pareva la mummia più sexy d'Egitto, Morrie uscì dal vapore del bagno e mi baciò la sommità del capo.

«Sembri pronto a dare fuoco al mondo per lei, e sarai maledettamente bello mentre lo fai.»

«Bene.»

Una volta che ebbe finito di sistemarsi e prepararsi, e che Quoth gli ebbe incollato il gilet, Morrie mi prese sottobraccio. Dopo un attimo di esitazione, Quoth mi prese l'altro braccio e insieme uscimmo dalla nostra stanza e scendemmo le scale.

«Dovremmo fare un salto da Jo» disse Morrie. «Voglio essere sicuro che Mina...»

«Eccola!» Indicai la balaustra, dove Mina sembrava un'enorme meringa bianca, e agitava le braccia verso sua madre, che aveva in mano una scatola di tazzine da caffè di plastica con le nostre iniziali, in una posa terribilmente compiaciuta.

«Dovremmo prendere l'altra scala.» Morrie mi tirò indietro. «Porta sfortuna...»

«Mina!»

Il mio cuore si frantumò in mille pezzi e la mia vista si riempì di sangue: la mia amata Mina era crollata a terra.

28

MINA

«Mamma, è un pensiero molto gentile, ma non so se abbiamo il tempo di sistemare queste tazze da caffè *molto graziose* a ogni posto...»

Non erano affatto molto graziose. Secondo Jo e Bree, erano di un verde raccapricciante e la H del monogramma era tutta storta. Ma ormai ero in modalità sopravvivenza e il fotografo mi aspettava in giardino già da cinque minuti per alcuni scatti con Jo, Bree e Lydia. Come se non bastasse, ero ancora stressata per quello che Heathcliff aveva urlato quella mattina al risveglio, a proposito del *sabotatore*.

«Oh, tesoro, non preoccuparti. Faccio io un salto in sala da pranzo mentre tu fai le foto. Le sistemo io. Devo già tornarci, perché vedo che Cynthia ha dimenticato di stendere i tovaglioli. Le ho mostrato che se li pieghi nel senso della lunghezza, non si vedono i segni delle bruciature...»

«Bau bau!»

Quel giorno Oscar stava facendo il bravo ragazzo, ma l'intera casa era un alveare di stimoli per lui, e il personale di sala che ci passava davanti per portare le minuscole polpette da cocktail ai primi ospiti era un'ulteriore distrazione. Tirava il guinzaglio, cosa che normalmente non sarebbe stata un problema, peccato, però, che con i miei diciassette strati di seta e tulle inciampai nel vestito, caddi sulla sua imbracatura e finii lunga distesa in modo poco aggraziato sul pavimento dell'atrio.

Oh. Ahia.

«Mina, tesoro, stai bene... argh!»

Mi voltai verso mia madre, ma prima che riuscissi ad alzarmi in piedi, qualcosa mi colpì con la forza di un tir, facendomi scivolare sulle gonne e mandandomi all'altra estremità dell'atrio. Rimasi senza aria nei polmoni.

Ansimai e mi portai le mani al ventre, con il peso che mi era piombato addosso che faceva di tutto per rimettermi in piedi e districarsi dalle mie ampie gonne.

«Mina, Mina.» La voce di Heathcliff era furiosa. «Sei ferita? Stai bene? Dove si trova? Dov'è nascosto quel demonio?»

Mi strofinai il sedere ammaccato. «Sto bene, a parte uno sposo pazzo che mi ha travolta. Cosa stai facendo?»

«Stai bene?» Mi passò le mani sul vestito per spolverarmi. «Non ti ha fatto male?»

«Nessuno mi ha fatto niente. Sono solo inciampata. Gli abiti lunghi fino ai piedi e le imbracature per cani guida non vanno esattamente d'accordo. Cosa ci fai qui? Porta sfortuna vedere la sposa prima del matrimonio.»

«Ti ho vista cadere. Ho pensato...» Si interruppe quando Morrie e Quoth gli arrivarono alle spalle. Quoth emise un suono disperato e Morrie non disse nemmeno una delle sue battute, il che mi insospettì all'istante.

«Beh?» scattai. «Cosa pensavate di fare?»

L'espressione colpevole e infelice sul suo volto mi sconvolse. *Ecco cosa mi stava nascondendo.* «Ma cosa succede? Negli ultimi giorni vi state comportando in modo strano, voi tre. Avete dei segreti, e non solo sul matrimonio.»

«Qualcuno sta cercando di sabotare il matrimonio!» gridò Quoth. «Volevo dirtelo, ma questi due me l'hanno impedito.»

«Eri troppo stressata per la presentazione del libro, e non volevamo che ti preoccupassi» disse Morrie.

«Pensavamo di poterlo catturare» borbottò Heathcliff.

«No, aspetta, cosa intendete per sabotare il matrimonio?»

«Qualcuno ha distrutto la torta nuziale, tagliato in mille pezzi le fodere delle sedie, infilzato le decorazioni che Quoth aveva preparato, lasciato biglietti minatori indirizzati a te e...»

«Ha ucciso Iwan, vero?» Barcollai all'indietro, con lo stomaco in subbuglio. *Ditemi che non è vero!*

Ma il loro silenzio confermò le mie paure.

«C'è in giro qualcuno che ha ucciso il nostro celebrante e non me l'avete *detto*? Tutti i nostri amici e famigliari sono qui oggi, tutti quelli a cui teniamo, e voi li avete esposti al pericolo.»

«Hayes ha agenti che circondano la proprietà, e poliziotti sotto copertura tra la folla. Lui e Wilson sono qui, non dimenticarlo. Sei tu che mi hai costretto a invitarli. Stanno controllando tutti gli ospiti all'ingresso. Anche Jo ha la sua troupe di critiche cinematografiche lesbiche che sorvegliano tutto e tutti, e Lydia e i suoi soldati sono pronti a gettarsi nella mischia» borbottò Heathcliff. «Ti promettiamo che questa canaglia non rovinerà il nostro giorno speciale.»

«Forse no, ma non avremmo dovuto correre il rischio. Non posso credere che non vi siate fidati a dirmelo.»

Qualcuno cercò di prendermi la mano, ma io mi ritrassi. Come potevano? Dopo quello che avevamo passato insieme, gli omicidi che avevo risolto e i guai da cui avevo tirato fuori tutti, ora credevano che non fossi in grado di gestire quella cosa.

Non mi ritengono capace.

«Mina, cosa vuoi fare?» mi chiese Quoth con una voce incerta. «Se non vuoi sposarci, ti capiamo.»

«No, *non* capiamo un bel niente» replicò Heathcliff. «Mina è nostra e noi siamo suoi, e nessun maledettissimo sabotatore ci impedirà di farla diventare nostra moglie.»

Ma continuavano a tornarmi in mente le parole della lettera di Jen. Ripensavo a quanto mi avessero colpito e a come Heathcliff, Morrie e Quoth fossero intervenuti per rassicurarmi che lei non sapeva quello che diceva. Ma ne erano convinti? Oppure pensavano che ora che non ci vedevo avrebbero dovuto proteggermi loro dalle cose brutte, invece che lavorare insieme per risolverle?

Forse non ero alla loro altezza?

«Mina?» sentii la voce di Quoth.

No, non essere sciocca. Pensi così solo perché sei ancora nervosa per la presentazione del libro. Questi sono Heathcliff, Morrie e Quoth. Avete fatto molta strada insieme, e ne avete passate tante. Vuoi sposarli. Tutti vi meritate questo giorno.

Mi ricordai che quando avevo incontrato Iwan per la prima volta mi aveva raccontato dei suoi primi giorni di impegno nella campagna per i matrimoni omosessuali, durante i quali tutti gli dicevano che non sarebbe mai stato possibile in questo Paese. Erano sicurissimi che le cose non sarebbero potute cambiare, invece era successo. Ripensai a tutto quello che mi aveva detto Marjorie, e alla sua raccomandazione di non rinunciare nemmeno a un salatino per chi non credeva in me.

Chiunque fosse quell'orribile sabotatore, non potevo permettergli di rovinare quel giorno speciale. Tesi una mano tremante ai ragazzi e loro, uno dopo l'altro, misero i loro palmi sopra il mio.

«Facciamolo» dissi raggiante. «Sposiamoci.»

«Sei pronta?» mi chiese Bree mentre lei e Jo si mettevano in fila con me e Oscar davanti alle porte del salone. Tutti i nostri ospiti erano dentro, e il quartetto di violoncelli stava valorosamente provando una cover della mia canzone preferita dei Misfits che sarebbe stata *spassosissima,* se il mio stomaco non fosse stato un groviglio di nervi.

«Pronta come non mai. Aspetta, hai dato un'occhiata in giro?» Afferrai il braccio di Jo che stava aprendo leggermente la porta. «Riesci a vedere qualcuno che non dovrebbe esserci? Si sa qualcosa del capanno? Cosa hai scoperto dall'autopsia di Iwan?»

«Mina, ti prego, non preoccuparti. La mia squadra al laboratorio sta esaminando le prove del capanno. Avremo i risultati nei prossimi giorni o giù di lì. E sei circondata da persone che ti proteggono. Per una volta, lascia che i tuoi amici e la polizia si prendano cura di te e goditi il tuo giorno speciale.»

«Ma...»

«Niente ma.» Jo mi premette un dito sulle labbra. «Chiudi il becco. È la tua musica, e sta iniziando. Andiamo.»

Andiamo? Potrebbe esserci un assassino, e lei dice di andare?

Jo mi diede una leggera spinta per farmi varcare la porta e io costrinsi i piedi a muoversi e le dita a fare i loro segnali a Oscar.

Jo e Bree si avviarono lungo la navata, la musica si alzò e tutti si misero in piedi mentre io entravo. Il vestito sembrava pesare un milione di tonnellate. Mi tremavano le mani. Facevo fatica a mantenere la presa sull'imbracatura di Oscar, tutta ornata di nastri.

Doveva essere il giorno più felice della mia vita, eppure non riuscivo a smettere di pensare al povero Iwan.

Era morto perché il sabotatore pensava che io non meritassi di sposarmi.

Tutte le persone a cui tenevo al mondo erano lì, in quel

momento, e tra meraviglie e stupori si asciugavano gli occhi con fazzoletti ricamati con delle H storte.

E se l'assassino avesse cercato di far loro del male?

Smettila. Morrie ha ragione. Nessun assassino sarebbe così stupido da provare a fare qualcosa con così tante persone intorno. Hayes ha uomini appostati dappertutto. Non permetterà che accada nulla di male.

Ma non mi sentivo al sicuro. Ero completamente persa e sola. I ragazzi mi avevano tenuta all'oscuro di tutto. Io avrei potuto aiutarli a cercare degli indizi. Come nel caso dei biglietti minatori. Invece non li avevo nemmeno visti. E magari il sabotatore si era anche tradito, senza che i ragazzi se ne fossero accorti...

Pensavano che non sarei riuscita a gestire la cosa. Avevano scelto di proteggermi, invece di lasciare che li aiutassi a risolvere quel mistero.

Credevano che fossi diversa perché avevo perso la vista.

Inadeguata.

Non pronta a sposarli.

Il pensiero fu uno schiaffo in faccia e mi fece inciampare sul vestito, ma riuscii a raddrizzarmi prima di cadere del tutto.

La musica andava in crescendo, e mi urlava nella testa.

Non sono pronta a sposarli.

Se Heathcliff, Morrie e Quoth non credevano in me abbastanza da fidarsi, allora ciò che ci legava era tutto una bugia. Dovevo parlare con loro, da sola, e capire come stavano davvero le cose. Altrimenti, ogni parola pronunciata nelle nostre promesse sarebbe stata una bugia.

Ma cosa potevo fare? Ormai ero quasi all'altare. Sentivo mia madre che singhiozzava, altre persone che si soffiavano il naso e facevano commenti sommessi su quanto fosse bello il mio vestito. Il corsetto era così stretto che non riuscivo a respirare.

Tempismo impeccabile, come sempre, Mina.

Avevo gli occhi pieni di lacrime, ma non erano lacrime di felicità. Afferrai l'imbracatura di Oscar con tanta forza che la mia mano cominciò ad avere dei crampi.

Cosa faccio?

Raggiungemmo l'arco, illuminato su entrambi i lati da alti candelabri scintillanti. La sala aveva un aspetto straordinario, con la luce tremolante delle candele e le lampade posizionate in modo strategico, che deliziavano i miei occhi e mi permettevano di vedere i contorni di ciò che mi circondava.

È perfetto. Heathcliff ha fatto tutto questo per me.

Ma in quel momento non interessava. Ciò che importava era che Heathcliff non si era fidato abbastanza di me da dirmi che avevo un assassino alle calcagna. Avremmo dovuto risolvere insieme quel caso, come avevamo sempre fatto. Invece mi avevano lasciata fuori, e il criminale era ancora a piede libero...

«Mina.» Heathcliff scese dalla pedana e intrecciò la mano alla mia. Le sue labbra mi sfiorarono la fronte da sopra il velo, ma invece di provare il solito brivido d'amore, desideravo solo fuggire.

Heathcliff iniziò a tirarmi, perché lo seguissi su per i gradini.

«Aspetta» mugolai. «Fermati, ti prego.»

«Fermarmi?» Sembrava confuso. «Che c'è che non va?»

«Non credo di volerlo fare» sussurrai, consapevole delle centinaia di occhi puntati su di noi. «Non dopo quello che mi hai detto oggi. Qualcuno mi stava minacciando di morte e tu non hai nemmeno pensato che io lo dovessi sapere. Non è così che si inizia un matrimonio alla pari.»

«Mina...» la voce di Heathcliff si incrinò. «Non ho mai avuto intenzione di ferirti o di farti sentire inadeguata. Io volevo proteggerti...»

«Non sono la protagonista frignona di un romanzo gotico che ha bisogno di essere protetta!» mormorai tra i denti, con la rabbia e il dolore che mi salivano dentro. «Pensavo che fossimo alla pari. Ma forse erano solo stronzate. In fin dei conti, voi tre mi vedete proprio come mi vedono tutti quei recensori, come una persona da compatire.»

Ops. Avevo alzato la voce più di quanto mi rendessi conto. Gli ospiti, a disagio sulle sedie, mormorarono tra di loro. Mia madre sibilò qualcosa alla band, che alzò il volume della musica per coprire la nostra discussione.

«Cosa possiamo fare?» chiese Quoth. Lui e Morrie mi circondarono. «Come facciamo a dimostrarti che non ti compatiamo? Mina, tu sei tutto il nostro mondo. Per favore...»

Le sue parole furono interrotte da un forte *CRASH*.

Gli ospiti urlarono. Le luci della sala si spensero. Mi girai di scatto, con il cuore in gola.

Una delle sculture deve essere caduta, ma come...

«L'assassino di Iwan è qui!» urlò qualcuno.

«Non siamo ridicoli. È stata la statua che ha tranciato il cavo dell'illuminazione» gridò Cynthia. «La mia squadra riparerà tutto subito. Aspettate...»

SMASH.

«Mantenete tutti la calma» disse la voce di Hayes al di sopra del caos. «Non è l'assassino. È solo quell'infernale...»

«*QUA!*»

Cosa?

«*QUA! QUA! QUA!*»

Prima che riuscissi a orientarmi, una fila di anatre bianche e nere corse via dal caos che si era scatenato vicino alla porta, e si diresse lungo il corridoio, proprio verso di me. Ed erano seguite da un rumorosissimo e giallo...

«James Pond!»

È qui. L'abbiamo trovato!

Ora tutto aveva senso. Era scappato dalla gabbia per andare in cerca di una fidanzata. Dopo aver scoperto che giù al ruscello del Kings Copse non c'erano anatre, doveva essere venuto alla tenuta Lachlan per rimorchiare nello stagno di Cynthia, ma nessuna delle bipedi locali sembrava particolarmente interessata a essere la sua ragazza. Le anatre salirono sulla pedana e poi si dispersero in tutte le direzioni, e...

«James, no!» Maisie lo rincorse. Quando si tuffò per prenderlo, lui sbatté le ali e scappò, sgusciando via sotto le sue braccia e rovesciando il candelabro alla mia sinistra.

Percepii al rallentatore la luce della candela che tremolava mentre il piedistallo si rovesciava...

...sul mio vestito.

Urlai e feci un balzo indietro, ma probabilmente il volo aveva fatto spegnere le candele, perché non sentii alcun calore. Almeno il mio bel vestito era al sicuro.

«Ehm, bellezza...» Morrie si incupì e si buttò in ginocchio, iniziando a strattonarmi le gonne. Per un solo, terrificante momento, pensai che mi avrebbe calmato come solo lui sapeva fare, infilandosi sotto il mio vestito e usando la lingua per farmi urlare davanti a tutti.

Invece *poi* percepii l'odore di bruciato.

Il panico mi invase il petto, ma non potevo fare nulla. Mentre la gente urlava e si disperdeva per la stanza, Morrie usò la giacca per soffocare le fiamme. Dopo che si fu alzato, vidi che aveva il gilet solo sul davanti. La schiena era una semplice camicia. *Ma che cavolo stava succedendo?*

«Tutto bene, bellezza» mi disse, gettando via la giacca e prendendomi tra le braccia.

Io mi chinai a cercare l'abbassamento del vestito. Solo che non c'era più. Le mie mani trovarono un bordo bruciacchiato.

Il mio bellissimo vestito. Era completamente rovinato.

E non solo il vestito... intorno a me, gli ospiti correvano, si nascondevano sotto le sedie o si rifugiavano nel salotto scivolando sopra il cibo rovinato. In quel caos le anatre si scatenarono, strappando le decorazioni e facendo cadere la gente, nel tentativo di sfuggire all'arrapato James Pond.

«James, no, stai lontano dal catering. James, via! Quello non è cibo per anatre...»

CRASH.

«QUA QUA QUA!»

Heathcliff afferrò il papero per il collo e lo sollevò da terra. «Hai fatto abbastanza disastri qui» urlò. «Speravo che ci fosse anatra nel menu della cena.»

«QUA!» James colpì con le ali la faccia di Heathcliff.

«No, ti prego! Non voleva.» Maisie accorse, strattonando il braccio di Heathcliff. «Ti prego, è il mio bambino.»

«Mina?» Heathcliff si voltò verso di me, con voce malferma.

«Lascialo andare» sussurrai. «Non puniremo James perché è quello che è.»

«Dateci quindici minuti e sistemeremo tutto» esclamò Morrie, con la voce piena di fiducia. «E torneremo al matrimonio.»

«No.»

Non appena quella parola mi uscì dalla bocca, percepii la verità che conteneva.

Il nostro matrimonio era segnato.

E io non ero pronta.

«Mina, aspetta!»

Ma non aspettai. Dovevo uscire da lì.

Girai sui tacchi, afferrai il guinzaglio di Oscar e, asciugandomi le lacrime, gli diedi istruzioni. «Oscar, via di qui.»

29

MINA

Un silenzio inquietante scese sulla sala mentre Oscar si faceva strada tra le sculture rotte e le sedie rovesciate, verso le porte principali del salone. Nemmeno mia madre mi seguì, cosa di cui le sarei stata eternamente grata.

Avevo bisogno di spazio. Dovevo *pensare*.

Oscar ritrovò la strada attraverso il labirinto di stanze della Lachlan Hall fino al grande ingresso. Io uscii. Una brezza frizzante mi fece venire la pelle d'oca sulle spalle nude e il velo mi si appiccicò alle guance bagnate di lacrime mentre scendevo i gradini di marmo.

Due autisti fumavano appoggiati al cofano di una limousine. Non appena io e Oscar ci avvicinammo, scattarono in piedi.

«Avete finito, signora? Siamo qui per portarvi al posto per le foto. Solo che...» Sentivo che mi stava squadrando. «Dove sono i suoi mariti? E le damigelle? E la madre della sposa?»

«Perché ha il vestito che puzza di bruciato?» chiese l'altro autista, una donna, con la voce roca di sigaretta.

«Non viene nessun altro. Ci sono solo io.» Mi passai una

mano sulle guance, con l'unico risultato di rendere il velo ancora più appiccicoso. «Portatemi in paese. Vi prego.»

Nessuno dei due si mosse.

Mi misi una mano su un fianco. «Avete davvero intenzione di negare qualcosa a una sposa il giorno del suo matrimonio?»

«Bau» aggiunse Oscar.

«Se la mette così.» La donna si fece avanti e mi aprì la portiera. «Salga, signora.»

Raccolsi tra le braccia il vestito rovinato, e praticamente mi tuffai nella limousine. Sistemai Oscar ai miei piedi e crollai sul lungo sedile in pelle. C'era una bottiglia di champagne in un secchiello, vicino a una rastrelliera con dei bicchieri e a un piccolo frigorifero pieno di lattine di gin tonic di alta qualità. Afferrai una lattina, la aprii e me ne infilai altre due nella scollatura.

L'unica cosa che mi aveva mantenuta sana di mente dopo il gran disastro del mio libro era sapere che tutto nella mia relazione era perfetto. Anche se il mondo mi vedeva come una persona diversa, inferiore, in cui non era possibile immedesimarsi, per Heathcliff, Morrie e Quoth, io ero esattamente la stessa Mina di sempre.

Invece non era così, vero?

Come potevo sposarli ora?

Mi portai il bicchiere alle labbra, lottando con il velo per berne un lungo sorso. Mi sembrò di sentire un leggero *qua* dall'altra parte della limousine, ma ovviamente lo stavo solo immaginando.

«Siamo arrivati al parco del villaggio, signora» mi disse l'autista. «Vuole che la aspetti o...»

«No.» Mi lanciai fuori dalla portiera, districandomi il guinzaglio di Oscar dalle gambe e attraversai in fretta il parco.

Correvo in giro senza nemmeno guardare dove andavo, con le scarpe bianche da sposa che scivolavano sugli antichi ciottoli.

Avevo gli occhi annebbiati per le lacrime. Sapevo solo che dovevo andarmene.

È tutta colpa mia.

Avevo cercato di avere tutto. Avevo cercato di dirmi che ero la stessa persona di sempre. Invece avevo deluso tutti e messo in pericolo le persone che amavo. E ora stavo scappando dal mio matrimonio.

Non potevo tornare alla Libreria Nevermore. Non potevo stare in quell'edificio vuoto, circondato da tutti i ricordi: di loro e del luogo in cui avevo ritrovato me stessa. E non riuscivo a pensare in modo *razionale*. Dovevo capire cosa stesse facendo il mio cuore, cosa significasse quella sensazione di oppressione che sentivo nel petto.

Mi sentivo martellare contro le costole, e un dolore mi scendeva dallo stomaco (vuoto) fino a giù, lungo una gamba. Mi fermai e appoggiai le mani sulle ginocchia mentre lottavo per riprendere fiato.

Vidi che ero di fronte alla chiesa presbiteriana di Argleton.

E all'improvviso, nonostante tutti i problemi che i religiosi mi avevano causato, quella porta aperta mi sembrò il posto più invitante del mondo.

Entrai. I miei stivali ticchettavano sul pavimento lucido.

«C'è qualcuno?» chiesi, ma non ricevetti risposta.

I piedi mi portarono lungo la navata fino alla scala a chiocciola che conduceva al campanile. Il flash di un ricordo mi colse alla sprovvista. Quasi un anno prima, in fondo a quegli stessi gradini avevo trovato Ginny Button incinta, con il collo spezzato, che era stata buttata giù da qualcuno. Passai sul punto in cui era stato trovato il suo corpo. Le mie dita tremavano alla ricerca della corda di velluto che bloccava la scala. La trovai e la scavalcai.

Oscar mugolò mentre lo dirigevo verso le scale, opponendosi al mio comando. Non era da lui disobbedire, a meno che non ci fosse un pericolo che io non potevo vedere, però sulle scale non c'era alcun rischio, a parte gli antichi gradini che potevano essere scivolosi. Quel giorno aveva subito molti stimoli. Dopo un altro tentativo, si incamminò e cominciammo a salire. I miei stivali scivolavano sui gradini di pietra consunti e irregolari. Tenevo una mano stretta sull'imbracatura di Oscar e con l'altra seguivo il muro, per stabilizzarmi nella stretta curva della scala.

Immaginai che a quel punto, i ragazzi mi stessero cercando per tutto il villaggio. Forse Heathcliff si stava strappando i capelli dalla rabbia.

Non era colpa sua, niente di tutto ciò lo era. La colpa era mia perché avevo creduto che tutto sarebbe stato come sempre. Invece dovevo mettere in ordine il cuore prima di parlare di nuovo con loro. Avevo bisogno di qualche momento per riprendermi.

Arrivai in cima alle scale con il fiatone. Oscar ansimava per la fatica. Tastai i bordi della pesante porta di legno fino a trovare la maniglia. La spinsi, e nel momento in cui cedette mi sentii sollevata per la ventata di aria fresca che mi colpì.

Salii fino al tetto del campanile. Era un piccolo spazio quadrato con una stretta passerella di pietra sul bordo e un tetto appuntito di vetro e piombo. Lassù il vento era forte, mi colpiva da tre direzioni e mi appiccicava il velo sul viso.

Me lo strappai dalla testa e lo gettai oltre il bordo. Chi aveva mai detto che i veli erano una buona idea?

Mi appoggiai alla ringhiera ed estrassi uno dei gin tonic dal reggiseno. Lo aprii. Bere aiutava a pensare. Oscar mi batté su una gamba con la zampa.

«Oscar, seduto.»

Ancora una volta, non mi ascoltò. Emise quel mugolio che avevo imparato a riconoscere come il suo segnale di pericolo.

«Oscar, so che è stata una giornata difficile e che sei

sovrastimolato, ma ho bisogno che tu ricordi quello che hai imparato. Ho bisogno di pensare...»

«Ciao, Mina.»

Una voce, familiare ma per un motivo sbagliato, mi raggelò il sangue.

Non sono sola su questo tetto.

30

MINA

La voce mi travolse come un'onda d'urto. *Non avrei mai pensato di sentirla di nuovo.*

«Signora Winstone?»

«Ti ricordi di me. Sono davvero commossa.» Le scarpe di Brenda Winstone ticchettarono sulla passerella di pietra intorno al tetto. La porta di legno della tromba delle scale produsse un forte *scricchiolio* quando la chiuse. *Non bene.* «Pensavo che la grande Mina Wilde si sarebbe dimenticata delle persone a cui ha rovinato la vita.»

«È stata lei a rovinare la sua vita nel momento in cui ha deciso di uccidere suo marito e Ginny Button perché avevano una relazione.»

«La morte di Harold non è stata colpa mia. Niente di tutto questo è stata colpa mia! Mi hanno costretto loro a farlo, con la loro torrida relazione. Ginny stava per avere il figlio che avrebbe dovuto essere mio. Tutto avrebbe funzionato alla perfezione. Sarei stata la madre che avevo sempre sognato, e invece mi hanno rinchiusa con un gruppo di terrificanti psicopatici e non ho potuto vedere nemmeno l'ombra di un figlio.»

«Ma non era...»

«...all'Istituto Crixley? Certo che sì. Se sapevi dov'ero, perché non mi hai mai mandato dei fiori?» La voce di Brenda era piena di astio. «Visto che ti ricordi di me con tanto affetto.»

Certo. Ricordavo vagamente i servizi alla radio e i titoli della Gazzetta di Argleton di quella settimana su una fuga da Crixley. Se non fossi stata così distratta, avrei potuto informarmi sull'identità dell'evaso.

Se i ragazzi mi avessero detto che avevano trovato dei biglietti minatori sul matrimonio, avremmo potuto fare due più due.

Perché ovviamente Brenda Winstone non era finita in prigione. Lo sapevo. Avevo seguito il suo caso sui giornali dopo che avevamo trovato il marito, il famoso storico Harold Winstone, fatto a pezzi e nascosto nell'armadio del suo ingresso.

«Mi hai rovinato la vita e hai continuato a essere libera e a vivere con quei tuoi uomini adoranti. Non è giusto, e io credo che il mondo debba essere un luogo giusto. Così ho fatto in modo che tu non avessi il tuo lieto fine.» Brenda ridacchiò leggermente. «Mi sono divertita così tanto dal giorno in cui sono scappata. Ho vissuto in quel capanno sulla proprietà di Cynthia, e ho rubato alcune uniformi al suo staff per entrare e uscire dalla casa a mio piacimento. Mi sono anche avvicinata ai tuoi uomini un paio di volte, ma ovviamente loro erano troppo impegnati, per riconoscermi. E Cynthia non si accorge mai della servitù. Beh, ho fatto da sola. Ho intercettato quella consegna e ho tagliato le fodere delle vostre sedie, ma poi mi sono resa conto che avevate i fondi infiniti di Morrie, e tutti gli abitanti del villaggio che ti davano cose gratis perché tutti adorano la terra su cui posi i piedi, e ho capito che dovevo andarci più pesante. La mia compagna di stanza a Crixley mi ha insegnato a manomettere i telefoni, così, quando ho sentito Mabel che urlava a squarciagola al pub qualcosa su una consegna di cioccolato e sul fatto che la security aveva il giorno libero, ho attirato Iwan nella zona di carico e scarico, gli ho dato un colpetto in testa e mi sono assicurata che la colpa dell'omicidio ricadesse su Heathcliff. Pensavo che, una volta che mi fossi sbarazzata dell'unico celebrante che avrebbe accettato di sposarvi, avreste annullato tutto, che avreste capito quanto fosse sbagliato che tu potessi avere tre mariti mentre alcune di noi non ne hanno neanche uno. Invece, niente ferma Mina Wilde, vero? Quindi tuoi uomini hanno scoperto il mio capanno, così ho dovuto modificare i piani. Sapevo che non avrei potuto presenziare al matrimonio, e stamattina ho fatto fuori uno degli autisti della limousine, ho preso in prestito la sua uniforme e mi sono presentata al suo posto.»

«Era lei la donna con la voce roca?» Non era colpa delle sigarette. Era lei, che cercava di camuffare la sua voce.

«Sì. Volevo portarti in un posto tranquillo dopo la cerimonia, e disfarmi di te. Ma quando ti ho vista scappare via, ho capito che finalmente il buon Dio mi stava ascoltando. Era la mia occasione. Così ti ho riaccompagnata al villaggio, praticamente vuoto perché sono tutti alla Lachlan Hall. E ti ho seguita. Pensavo che saresti tornata alla Libreria Nevermore, invece sei venuta qui, nello stesso posto in cui io mi ero liberata di quella bagascia che cercava di sviare il mio Harold. Era un segno! Se mi libero di te, riavrò Harold e tutto tornerà a posto.»

«Brenda, aspetti...»

Vidi la sua ombra muoversi e sollevai le mani, ma è difficile bloccare un colpo se non lo si vede arrivare.

Qualcosa mi sbatté su un lato del viso, e mi mandò di schiena contro il tetto. Oscar mi strappò l'imbracatura di mano. Le antiche tegole sotto di me scricchiolarono. Sbattei un braccio sul bordo tagliente di una tegola di ardesia, e mi feci un taglio che bruciava da morire. Mi girava la testa e sentii un dolore lancinante dietro gli occhi.

Una forma scura incombeva su di me.

«Un'altra cosa che ho imparato dalla mia compagna di stanza a Crixley» disse Brenda con un sorriso. «È come sferrare un pugno.»

Oscar ringhiò alle mie spalle. Io cercai di difendermi, ma ero disorientata e cieca, ovviamente. Riuscii solo a colpirle un braccio.

Mi sentii afferrare le spalle da mani ruvide che mi tirarono su, mi fecero girare e mi mandarono a sbattere contro il parapetto di pietra. Brenda si avvicinò. «Di' addio, Mina Wilde.»

Un urlo mi uscì dalla gola mentre lei mi spingeva oltre il muretto.

31

MINA

Il tempo rallentò.

L'aria mi frusciava intorno. Le mie gambe svolazzavano e le braccia cercavano disperatamene di aggrapparsi a qualcosa. Lo scorrere del tempo si ridusse abbastanza da permettermi di contemplare la morte orribile che mi aspettava nel parcheggio della chiesa sottostante, e in simultanea un centinaio di ricordi preziosi mi affiorarono alla mente.

Heathcliff che mi trovava nascosta in un bagno dopo che una donna aveva fatto dei commenti sul fatto che io guardavo troppo da vicino il buffet della colazione. *Non lasciarti abbattere dalle persone meschine, dai loro pregiudizi e dal loro odio* aveva ringhiato, stringendo i pugni, con così tanta rabbia da farmi temere per quello che avrebbe potuto fargli. *Non prendere tutta quella rabbia per rivolgertela contro. Rischieresti di non essere più in grado di provare nessun altro sentimento. Non sei un mostro, Mina. Questa strada non fa per te. Piuttosto di trascinarti nelle tenebre con me, ti lascerei.*

Morrie che mi aveva messo una benda sugli occhi, dicendomi che ero la persona più coraggiosa che avesse mai conosciuto. *Tu temi l'oscurità. Non solo l'oscurità che potrebbe diventare il tuo mondo, ma anche l'oscurità che vedi dentro di me. Anche dentro Heathcliff e Quoth. Ma, soprattutto, temi la tua stessa oscurità.* Si era chinato in avanti, premendomi le labbra sulla fronte. Era rimasto lì per un po', il calore delle sue labbra che bruciava i miei dubbi. *Forse se impari che l'oscurità non è una cosa da temere, allora sarai in grado di liberare tutta la forza di Mina, che so essere nascosta dentro di te.*

Io che entravo nella mansarda di Quoth e vedevo un mio dipinto sul cavalletto. La donna nell'immagine aveva i miei lineamenti, ma non sembrava un disastro sexy vestita con i pantaloni a quadri presi in prestito dalla sua coinquilina, bensì l'eroina di un libro d'amore gotico, con i capelli raccolti e uno sguardo seducente. I colori tenui intorno al viso facevano risaltare i lineamenti delicati. Sulla spalla aveva un corvo, con la testa rivolta verso di lei, assolutamente in adorazione. Era la prima volta che avevo sentito di poter essere *adorata.*

Heathcliff, Morrie, Quoth, mi dispiace molto.

Volevo essere vostra moglie.

Avevo paura, ma ora non ne ho più.

Vi amo.

Mi preparai per il tonfo, il dolore, la fine di tutto. Invece, fui inghiottita da un vortice d'aria.

Un che di setoso mi toccò la pelle, e mi avvolse. E qualsiasi cosa fosse, mi portò in alto, su, più in alto, il mio corpo sballottato dall'improvviso cambio di accelerazione e di direzione.

Ho già toccato terra? Sono morta e un angelo mi sta scortando in Paradiso? Ma non ha senso, perché sono già morta una volta, e quella volta ho visto una luce intensa, e il poeta Dante...

«Mina, sei...» sentii una voce soffocata.

Non era un angelo.

Quoth.

Mi teneva avvolta in un'ala, come aveva fatto durante le prove di ballo. Premeva una guancia sulla mia. I miei piedi penzolavano sotto di noi, e lui con l'altra ala ci teneva sospesi a mezz'aria.

Il cuore continuava a martellarmi nel petto, ma nonostante l'aria fredda, un calore mi si diffuse nel corpo: il suo tipico fuoco.

In quel momento pensai che il mondo era stato creato perché noi ci potessimo trovare. Come spiegare altrimenti la sua presenza, la sua fermezza, la sua protezione?

Quoth abbassò l'ala e, oltre la punta delle piume, riuscii a scorgere la forma del campanile contro il cielo luminoso. E la voce della signora Winstone che gridava, e uno starnazzare di anatre, e Oscar che abbaiava, e Heathcliff che gridava: «L'ho presa. Voi chiamate gli sbirri.»

«Così la possono rimandare nel posto da dove è fuggita?» gridò Morrie di rimando. «Non credo proprio. Ho dei progetti per questa donna, che prevedono schegge sotto le unghie e... Non attaccarmi, stupido uccello! Non sono io il cattivo di questa storia!»

«QUA!»

Fui presa dal panico. «Morrie? Heathcliff? Sono...»

«Sono perfettamente al sicuro.» Quoth si appoggiò alla mia guancia. Sentivo le sue lacrime sulla pelle. «Hanno neutralizzato Brenda Winstone, ma credo che James Pond stia cercando di aiutarli. E come abbiamo imparato oggi, nessuno è al sicuro in presenza di un papero arrapato.»

Sentii una colluttazione, le grida di Heathcliff e altro starnazzare.

«Quoth?»

«Mina.»

«Mi dispiace...»

«Non hai nulla di cui dispiacerti. Avremmo dovuto dirti

tutto. Ma sei viva, e per me non sarai mai più preziosa di così. Torniamo a terra.»

Stavo per dirgli di no, che volevo volare ancora un po', avvolta dalla sicurezza delle sue ali e dal calore del suo abbraccio. Ma lui mi baciò la testa con una tale tenerezza che mi fece piangere. Poi mi posò sull'erba soffice del cimitero della chiesa.

Ritrasse le ali, e le mie gambe non mi ressero in piedi. Così mi prese tra le braccia. Le lacrime di Quoth si mescolarono alle mie. «Mina, mi dispiace tanto. Avremmo dovuto parlarti dei bigliettini.»

«Sì, avreste dovuto.»

Sentivo la gente gridare e il rumore di portiere di auto che sbattevano mentre il sagrato si riempiva di agenti della polizia e di invitati del matrimonio, ma a me non importava nulla. Tutto il mio mondo si era ridotto a quel bellissimo uomo che mi teneva tra le braccia.

«Non è che pensassimo che non potessi farcela. È il contrario: sapevamo che saresti entrata immediatamente in modalità detective. Ti saresti buttata a capofitto nel mistero per capire chi avesse lasciato i biglietti, invece noi abbiamo pensato che questa volta meritavi che ci pensasse qualcun altro. Volevamo solo cercare di fare un regalo alla donna che già ci aveva dato tutto.»

Si accoccolò contro di me, i suoi capelli che ricadevano su di noi come una tenda.

«Se mi aveste coinvolta, avremmo capito tutto molto prima. Spero che abbiate imparato la lezione» gli sussurrai appoggiata alla spalla. «Ma mi dispiace di essere scappata via. Ero agitata per la presentazione del libro e mi sono sentita inadeguata. Dopo aver capito che voi non vi fidavate di me, per gestire il fatto che qualcuno mi dava la caccia, mi sono sentita come quando Jen mi ha detto che i lettori non si sarebbero immedesimati nei miei libri. Ho reagito in modo eccessivo. E mi sono sentita malissimo a non fare niente, sapendo che questa persona aveva già ucciso, e che tutti i nostri amici erano in pericolo. Non dovevo farlo, ma sono scappata invece di parlare con te.»

«Ah, a proposito della presentazione del libro...» mi fece un gran sorriso. «È tutto pronto.»

Provai un tuffo al cuore. «È... cosa?»

«È questo, che stavo facendo ieri. Ho chiamato le persone che ci ha suggerito Marjorie. Sono influencer del mondo della cecità e della disabilità. Hanno degli account enormi sui social e si battono per dare visibilità alla disabilità, e verranno a dare copertura al tuo libro. Ma, in più, si porteranno dietro dei follower! Ho chiamato un catering consigliato da Oliver, e Morrie mi ha aiutato a corrompere il tipografo per fare una tiratura all'ultimo minuto. Quattro scatoloni. Spero che non ti dispiaccia, ma le tue recenti modifiche non sono state incluse. Anche se a questo punto sono convinto che tu stia solo aggiungendo e togliendo le virgole, giusto per avere una scusa.»

«Oh, Quoth, tu... non ci posso credere...»

«È il tipo di cose che un marito fa per sua moglie.» Le parole gli si bloccarono in gola. «Cioè, sempre che tu voglia ancora essere mia moglie.»

«*Nostra* moglie» lo corresse Morrie. Lui e Heathcliff ci corsero addosso, stritolandomi in un abbraccio furioso.

«Mina, mi dispiace tanto. È colpa mia, tutta colpa mia» disse Heathcliff con voce strozzata. Premette una guancia sul mio viso, e la sentii bagnata di lacrime. «Ti prego, non lasciarmi nell'abisso senza di te. Passerò il resto della vita a farmi perdonare, se solo vorrai prendere di nuovo in considerazione l'idea di sposarci...»

Le lacrime ormai mi scorrevano libere sulle guance. «Certo che voglio ancora sposarvi. Ma la festa è rovinata...»

«Non *tutta* la festa» disse Morrie sfidando la sorte. «Solo le parti che sono state mangiate dall'anatra.»

«Scommetto che possiamo fare qualcosa per... argh!» Heathcliff si allontanò con un balzo. «Tenetemi lontana quella bestia!»

«QUA?»

«Ma quello è James Pond!» esclamai. «Immagino si sia nascosto nella limousine.»

«QUA QUA.»

James si stava allontanando zampettando. Mi liberai dai miei fidanzati e lo seguii.

«Mina, non credo che dovresti andare in giro da sola.» Quoth mi seguì di corsa. «Sta arrivando un'ambulanza per controllarti. Hai un brutto taglio sul braccio e...»

«QUA.»

Seguii James dietro una fila di lapidi ricoperte di vegetazione. «Ha qualcosa in bocca. Devo solo... Quoth, aiutami!»

«QUAAA!»

Il mio uccellino si slanciò in avanti proprio mentre James Pond si avventava su di me, e lo intrappolò sotto il suo peso. Premette leggermente la schiena di James a terra, in modo che non si muovesse, e gli estrasse l'oggetto dal becco. «Questo è un pezzo di tessuto dei nostri gilet. Quindi è stato James a bucarli. E scommetto che sei stato tu a distruggere la torta nuziale.»

«Brenda non ha rivendicato nessuna di queste cose» dissi, rabbrividendo al ricordo dell'incontro con la donna sul tetto. «Ha detto di aver fatto a pezzi le fodere delle sedie, di aver manomesso il telefono di Heathcliff e di aver ucciso Iwan. E oggi ha finto di essere l'autista della limousine per accompagnarmi in un posto segreto dopo la cerimonia e... e...»

«Tranquilla» disse furioso Heathcliff. «Tornerà da dove è venuta, stavolta con dei lucchetti più grossi.»

«Almeno questo spiega perché la torta era tutta spalmata in giro per la cucina di Oliver» ragionò Morrie.

Indicai le impressionanti zampe palmate di James. «Probabilmente si è portato dentro qualche pulzella pennuta e le ha dato la caccia. James, brutto bastardo arrapato!»

Le parole successive di Quoth furono interrotte dal rumore delle sirene di un'ambulanza e di altre auto della polizia che entravano nel parcheggio. Quoth mi mise un braccio sulle spalle e mi condusse verso l'ambulanza. Mi caricarono su una barella e cominciarono a disinfettarmi il taglio sul braccio, che mi aveva sporcato di sangue tutta la parte davanti del vestito, e poi controllarono che non ci fossero altre ferite.

«Fatevi da parte» disse Maisie alla folla di giornalisti che cercavano di raggiungerci. «Mina è mia amica e parlerà solo con me. Mina, stai bene?»

«Sto bene» le risposi. «Grazie ai miei ragazzi. Mi hanno salvata. Ma fai attenzione se ti avvicini a quelle lapidi, perché c'è un certo papero giallo, arrapato da morire, che vuole che tu lo sappia.»

«James Pond?» Maisie lasciò cadere il registratore da reporter sull'erba e corse verso di lui. «Pensavo di averti perso! Ti ho cercato ovunque alla Lachlan Hall. Come hai fatto a tornare al villaggio?»

«QUA!»

«Non posso credere che tu l'abbia trovato. Ero così certa che non l'avrei mai più rivisto, e poi si è presentato alla Lachlan Hall, però nel caos l'ho perso di nuovo e ho pensato che fosse stato calpestato...» E se lo strinse al petto.

«Credo che James Pond volesse trovare una fidanzata» dissi. «Per questo ha tagliato la gabbia e ha terrorizzato l'intero villaggio e cercato di rovinare il mio matrimonio.»

«Il tuo matrimonio!» Maisie si alzò di colpo. «Oh, Mina, mi dispiace tanto. Avrebbe dovuto essere ora, e invece...»

«Oh, ma ci sposiamo lo stesso» proruppe una voce profonda alle mie spalle. Heathcliff.

«Non possiamo» dissi. «Alla Lachlan Hall è tutto rovinato. Tutte le decorazioni di Quoth, il cibo...»

«Chi lo dice?» Heathcliff sussurrò di rimando. «Tu vuoi ancora sposarci?»

«Certo, ma...»

«Allora fatti controllare dai paramedici e poi parla con Hayes. E lascia che del resto ce ne occupiamo noi.» Heathcliff mi lasciò andare e afferrò Morrie e Quoth. «Forza, voi due. Smettetela di cincischiare. C'è un matrimonio da salvare!»

32

MINA

Hayes mi fece togliere l'abito da sposa rovinato per poterlo analizzare. Wilson mi portò una sua tuta da ginnastica perché mi cambiassi e, una volta che i paramedici mi ebbero ripulita dal sangue e dichiarata guarita, mi sedetti su una panchina del cimitero e feci a Hayes un resoconto di tutto quello che era successo sul tetto della chiesa.

Beh, quasi tutto. Tralasciai la parte del volo con Quoth e dissi a Hayes che Quoth mi aveva aiutato a scendere le scale. Se Hayes o qualcun altro aveva visto un tizio dai capelli lunghi con ali di corvo a dimensioni umane che mi afferrava a mezz'aria, nessuno disse niente.

Mettemmo ogni pezzo della storia al posto giusto: da come Brenda Winstone avesse letto l'annuncio del mio matrimonio sul giornale che le era stato permesso di leggere all'istituto di Crixley, a come fosse fuggita e avesse usato le sue conoscenze alla Lachlan Hall dato che era amica di Cynthia, per nascondersi nella tenuta e infiltrarsi tra il personale. Ricostruimmo il tentativo di incastrare Heathcliff per l'omicidio di Iwan, e come poi, quando non aveva funzionato, avesse deciso di rapirmi al termine della cerimonia. Capimmo anche che le varie attività di James Pond avevano confuso Heathcliff, Morrie e Quoth facendo credere loro che tutti gli incidenti fossero collegati. E infine, ci rendemmo conto che Morrie aveva controllato tutti i criminali che avevo fatto mettere dentro, ma si era dimenticato di Brenda perché lei era finita a Crixley, e non in prigione.

«Mi dispiace tanto, Mina.» Hayes ripose il taccuino. Sembrava sconsolato. «Ho fallito nel mio compito di proteggerti.»

«Va tutto bene.»

«Invece no. So che non siamo sempre stati d'accordo sul modo in cui ti sei inserita negli affari della polizia, ma voglio che tu sappia che ammiro il modo in cui difendi le persone e cerchi di vedere tutti i lati di una storia. Sai, se mai ti stancassi di fare la libraia, saresti un ottimo detective privato.»

Gli sorrisi. «Grazie. È importante, per me.»

«Non dire alla sergente Wilson che ti ho detto così.»

«Ho sentito il mio nome.» Wilson si avvicinò a noi. «Hai finito con Mina?»

Hayes mi diede una pacca affettuosa sul ginocchio. «Credo di avere tutto ciò che mi serve. Ora sei libera, a differenza di Brenda Winstone, che non sarà più sottoposta a una sicurezza così blanda. Quando l'abbiamo portata via, urlava di averti spinta giù dal tetto e di avere visto un gigantesco uomo-uccello accorrere in tuo aiuto. È più disturbata di quanto pensassimo.»

«Grazie, ispettore.» Mi alzai, stringendo il guinzaglio di Oscar. Le mie membra stanche erano pronte per tornare a casa, alla Nevermore, a fare una lunga doccia.

«Non così in fretta, Wilde» sibilò Wilson.

«Ma l'ispettore Hayes ha detto che ha finito con me...»

«Può darsi, ma io sono stata mandata con istruzioni piuttosto precise di portarti al Rose & Wimple per il matrimonio.»

Perplessa, permisi a Wilson di prendermi sottobraccio. Notai che mi stava guidando attraverso stradine secondarie. Passammo davanti alla casa di Maisie e girammo l'angolo per arrivare al pub attraverso l'ingresso posteriore vicino alle vecchie stalle, invece di seguire il percorso molto più rapido che passava per il parco del villaggio.

Wilson mi portò al piano di sopra, dove trovai Jo e Bree super eccitate, ancora con i loro abiti da damigella addosso, miracolosamente sopravvissuti alla carneficina, per quanto non li vedessi abbastanza bene da poterli giudicare.

«Siamo qui per vestirti» annunciò Bree con orgoglio.

«Ma, non capisco. Il mio abito da sposa è tutto rovinato...»

«Vieni.» Jo mi afferrò la mano e mi trascinò dentro. «Non ci crederai *mai*.»

Mi portarono nella piccola stanza d'albergo. Tutte le luci erano accese e per aiutarmi a vedere erano state portate un paio di lampade supplementari. Riuscivo a distinguere la forma di un manichino da sarto al centro della stanza, e qualcuno che ci stava lavorando. Una voce familiare brontolava di materiali scadenti e di scadenze ravvicinate.

Una voce che non avrei mai pensato di sentire di nuovo.

Marcus Ribald.

Il famigerato stilista newyorkese che mi aveva licenziata dallo stage dopo che la mia amica Ashley gli aveva parlato della mia diagnosi di retinite pigmentosa.

Cosa ci fa qui?

«Mina?» Jo mi strinse il braccio. «Stai bene? Sei impallidita.»

«Mina, eccoti qua!» La figura si precipitò verso di me e Marcus si chinò per posarmi un bacio sulle guance. Ero troppo stordita per muovermi. «È arrivata la sposa in persona! Giusto in tempo, perché sto dando gli ultimi ritocchi al tuo vestito.»

«Il mio... vestito?»

Mi prese per mano e mi guidò verso il manichino. «Mina, so che sei un po' sorpresa di vedermi. La verità è che anch'io sono sorpreso di essere qui.»

«Ma... ma... ma... *come?*»

«Stavo andando a Crookshollow per un incontro di lavoro su un'imminente mostra di moda quando la mia auto è stata spinta fuori strada e qualcuno ha ordinato al mio autista di tornare a piedi verso la civiltà. Il tuo fidanzato ha preso la guida al posto suo, dopo essersi presentato come James Moriarty, e mi ha spiegato che avremmo fatto una deviazione così che ti avrei potuto aiutare con l'abito da sposa.»

«Lui... cosa?» Non riuscivo a capire.

Marcus Ribald mi aveva salvato l'abito da sposa?

Hayes mi aveva *mentito* sul fatto di averlo preso per portarlo alla scientifica?

«In quel breve ma terrificante viaggio in macchina, Morrie e io siamo diventati subito amici.» La voce di Marcus tremò un po'. *In effetti, essere 'amico' di Morrie può diventare un affare un tantino pericoloso.* «Mi ha fatto capire che ho sbagliato a lasciarti andare via dal tirocinio. Tu avevi davvero talento, però ho visto che centinaia di persone di talento sono state triturate e poi sputate fuori da questo mondo, e nessuna di loro aveva anche una disabilità da affrontare. Pensavo che non saresti stata in grado di gestire il carico di lavoro.»

«Avrei voluto avere la possibilità di provare a rimanere a galla, o anche di affondare, unicamente per meriti miei» replicai. Jo mi strinse la mano.

«In effetti, avrei dovuto darti tale possibilità. Mi dispiace davvero.»

Era una situazione *surreale.* Tutte le notti passate a piangere per quello che aveva fatto quell'uomo, per come mi aveva scelta tra centinaia di candidati per il mio talento, salvo poi liquidarmi senza pensarci troppo, una volta scoperto che *non ero all'altezza.*

E ora invece era *lì*, e io avevo sognato a lungo tutte le parole che avrei voluto dirgli.

Invece non gli dissi niente. Non volevo sgridarlo né fargliela pagare, più di quanto avesse già fatto Morrie. Mi sentivo... serena.

Sei tu che ci hai perso, Marcus. Non io.

Marcus mi strinse un braccio. «Se decidi di continuare con il mondo della moda, mi piacerebbe riaverti con noi.»

Gli sorrisi. «Grazie, ma in realtà sono molto contenta di come sono andate le cose.»

«Oh, bene!» esclamò sollevato. «Morrie sarà *molto* felice di sentirlo. Ora, posso prenderti la mano e mostrarti il tuo vestito?»

Annuii. Marcus guidò le mie dita sull'indumento.

«Questa sfida ha messo alla prova tutte le mie capacità. L'abbassamento era rovinato, c'era un enorme buco su ognuno degli strati della gonna e alcune antiestetiche macchie riconducibili a un'anatra; così ho fatto una tintura veloce, ho accorciato l'orlo e ho dato al corsetto un tocco un po' heavy metal, e penso che con le Docs rosse che i tuoi amici insistono che tu indossi...» Non capivo se il suo tono fosse ammirato o derisorio. «...beh, penso che funzionerà. Quell'agente di polizia ha recuperato il tuo velo dal cimitero, quindi ho tinto anche quello. E so per certo che se c'è qualcuno che può indossare un abito da sposa nero, quella è Mina Wilde.»

«Assolutamente!» esclamò Bree. «Mina, tu sei *nata* per indossare questo vestito.»

Passai le mani sulla gonna, ammirando il modo in cui Marcus aveva trasformato il disastro compiuto dal fuoco in una caratteristica del vestito. La gonna ora era fatta di pannelli di diversa lunghezza, con le estremità irregolari e sfilacciate, completamente punk rock. Aveva aggiunto al corsetto punte e borchie, e aveva creato dei polsini coordinati.

Quell'abito era qualcosa che avrebbero indossato Amy Lee o Simone Simons in una clip musicale.

Ecco perché Marcus Ribald era un *genio* della moda.

Mi si formò un nodo in gola.

«Lo adoro.»

«E fai bene.» Marcus si chinò verso di me e mi baciò entrambe le guance. «Ora indossalo e vai, prima che il tuo fidanzato torni e metta in atto una delle sue minacce creative.»

Sorridendo, ricambiai il bacio di Marcus. Lui sgattaiolò via dalla stanza e si chiuse la porta alle spalle. Mi tolsi gli abiti, praticamente ballando per la felicità, e Jo e Bree mi allacciarono il corsetto. Non riuscivo a smettere di toccare tutte le borchie e i chiodi, e l'orlo stracciato era troppo cool. Quel vestito mi donava molto di più di quello bianco da principessa che avevo prima.

«Non vedo l'ora che tu veda cos'altro hanno fatto i ragazzi» commentò Bree mentre mi allacciava le vecchie Docs rosse e scrostate. «Non so come abbiano fatto a sbrigare tutto in un paio d'ore.»

«Io lo so.» A Jo mancò la voce. «Non c'è niente che quegli uomini non farebbero per te, Mina.»

Finirono di allacciarmi l'abito, quindi Jo si mise al lavoro sul mio trucco, cancellando il look glam che la truccatrice di Cynthia mi aveva messo quella mattina, e sostituendolo con un eyeliner pesante, un rossetto rosso intenso e brillantini che avevano preso dalla mia scorta personale. Bree mi raccolse i capelli e mi fissò il velo nero con un pettine che Marcus aveva fatto decorare con altri chiodi e borchie.

«Eccoti pronta» esclamò Jo facendo un passo indietro. «Ora dobbiamo solo aspettare che...»

Bussarono alla porta.

«Eccola qui. Pronte, signore!»

«Mina, eccoti qui!» Mia madre irruppe nella stanza.

«Dobbiamo portarti al piano di sotto... Oh, no, cos'è successo al tuo bellissimo vestito?»

«Ciao, mamma.» Feci una piroetta. «Non ti piace?»

«Immagino che dovrà andare bene.» Si avvicinò e mi baciò la guancia. «Sembra che tu stia per sposare un vampiro, però sei *bellissima*.»

«Grazie, mamma.» Mi sentii percorsa da un brivido di affetto per lei. Mia madre mi faceva impazzire, ma mi aveva anche cresciuta da sola e, anche se non mi capiva, mi aveva sempre sostenuta e si era sempre assicurata che fossi circondata da amore. «Mi accompagni tu all'altare? So che prima ho detto che volevo andarci da sola, ma ho cambiato idea. Non so nemmeno se c'è un altare, ma...»

«Ne sarei onorata, tesoro.» La voce le si incrinò. «E, ovvio che c'è un altare. I tuoi ragazzi si sono superati. Forza! Ci sono già tutti!»

«Aspetta, le mie damigelle!»

«Siamo pronte.» Jo si diede un'ultima ripassata di rossetto sulle labbra e si lisciò il davanti del vestito (che, a un'analisi più attenta, si rivelò essere stato a sua volta sottoposto al trattamento Marcus Ribald: ora era tagliato e borchiato ad arte). Bree si infilò un pacchetto di fazzoletti nel reggiseno e salutò con un cenno della mano il fantasma di un vecchio gestore di pub che a quanto pareva si trovava in un angolo della stanza, quindi ci mettemmo in posa e scattammo un rapido selfie.

Mia madre mi prese sottobraccio e praticamente trascinò me e Oscar giù per gli stretti gradini, fino all'altro ingresso del pub. Stava calando il crepuscolo e con la poca luce ci vedevo ancora meno. Per fortuna, il vestito non strisciava a terra e non inciampavo più. Quando ci avvicinammo al parchetto sentii distintamente il rumore di persone che si muovevano qua e là e di un quartetto di violoncelli che scaldava gli strumenti.

Maisie corse verso di noi e mia madre le disse che eravamo

pronte. Un attimo dopo, la musica cambiò e partì la mia canzone d'ingresso. Strinsi forte il braccio di mia madre mentre aspettavamo dietro l'angolo e intanto Jo e Bree si preparavano a iniziare la loro lenta camminata e...

Il parco mi apparve davanti e sbattei le palpebre. «Oh, wow, ma è *meraviglioso*.»

Jo mi passò un braccio intorno al collo e mi tirò a sé. «Sei una donna fortunata, Mina Wilde. Se mi piacesse il cazzo, sarei follemente gelosa.»

L'intero parco era illuminato da ghirlande luminose. Ogni vetrina, ogni panchina, ciascun lampione e tavolo del giardino del Rose & Wimple erano stati bordati con lucine a intermittenza. Al centro, un arco fatto di lanterne cinesi dai colori vivaci dominava la scena. Ovunque guardassi, i miei occhi si deliziavano di colori e di scintillii. Era come un mondo magico e segreto, creato per essere apprezzato solo da me.

Al segnale, Jo e Bree partirono, con gli abiti che sfioravano l'erba e che facevano stupire la folla per il lavoro di Marcus.

«Ma come hanno fatto a...»

«Heathcliff è andato da tutte le persone del villaggio e ha preteso che ognuno gli consegnasse le luci che aveva. Ricordi quel negozio di articoli elettrici a Grimdale che è fallito l'anno scorso e che ha messo tutto in vendita a metà prezzo, provocando un blocco della superstrada per sei ore? Ebbene, da quella vendita, tutti avevano in casa decine di ghirlande luminose, che prendevano polvere negli armadi, e quando Heathcliff ti guarda in *quel modo* nessuno osa dirgli di no. Così ognuno ha portato le proprie luci e Quoth ha preso le lanterne rimaste dal Festival Cinese e ha sistemato tutto.»

Oh, Quoth.

Ovvio che era stato Quoth. Ogni cosa era stata fatta con l'occhio di un artista. Ero stretta con forza al braccio di mia madre, e intanto i miei occhi vagavano sugli edifici intorno alla piazza, che avevano i profili, le porte, le finestre e ogni altro dettaglio, tutti segnati da fili di luci. Per quella sera potevo vedere di nuovo il villaggio, che era più magico che mai.

«Sei pronta?» Mia madre mi strinse la mano, con voce roca per l'emozione.

«Mamma, stai piangendo?»

«Voglio solo che tu sappia che sono molto orgogliosa di te.» Le parole le si bloccarono in gola. «Non solo perché stai per sposarti, ma per tutto quello che hai realizzato. Al tuo ritorno da New York con la diagnosi, non sapevo cosa fare. Avevo tanta paura per te. Ma avrei dovuto sapere che ti saresti rimessa in piedi. Sei sempre così creativa e piena di risorse.»

Feci un gran sorriso, sentendo un groppo chiudere anche la mia gola. «Chissà da chi ho preso?»

«Beh, tuo padre era un poeta...»

«No, mamma, l'ho preso da te, la donna creativa, ambiziosa, esasperante che mi ha cresciuto.» La abbracciai. «C'è una cosa che voglio sappia anche tu. Sono orgogliosa di essere tua figlia.»

«Oh, Mina.»

La musica tornò a farsi sentire, e quello era il segnale. Con mia madre che mi stringeva una mano e Oscar che tirava delicatamente il guinzaglio nell'altra, feci il mio primo passo verso l'altare.

33

MINA

Mi aspettavo che il tempo si bloccasse, che la mia mente si affannasse su un milione di domande chiedendomi se avessi preso la decisione giusta, se fossi troppo giovane, se avremmo dovuto aspettare e celebrare il nostro matrimonio perfetto alla Lachlan Hall.

Ma quello *era* il matrimonio perfetto, perché i miei tre uomini l'avevano realizzato per me, e c'erano tutte le persone che amavo.

Era *impossibile,* eppure eravamo lì...

Perché da quando avevo varcato la porta della Libreria Nevermore la mia vita era stata toccata dalla magia, quindi il giorno del mio matrimonio non sarebbe potuto essere diverso.

I miei piedi si muovevano da soli, e praticamente correvo lungo il corridoio tra le sedie. Non sentivo nemmeno i *click* dei fotografi o ciò che la gente diceva del mio vestito. Volevo solo arrivare da loro. Volevo essere tra le loro braccia.

Volevo diventare la loro *moglie.*

Arrivata all'arco, le tre figure sfocate che stavano sotto le luci si trasformarono in tre uomini impossibili, che riconobbi.

Heathcliff, Morrie e Quoth mi stavano aspettando.

Morrie si avvicinò e mi prese la mano, liberandomi dal guinzaglio di Oscar. Si sporse e sussurrò qualcosa all'orecchio di mia madre che la fece ridacchiare.

«Prenditi cura di lei, James» lo ammonì lei. «Sarai anche un mascalzone, ma se le fai del male, ti incido le mie iniziali sulle palle.»

«Per quanto la prospettiva sia terrificante, non credo che dovrà mettere in pratica le sue minacce» replicò Morrie. «Mina è più preziosa per me di un intero impero criminale. Ehi, bellezza, ce l'hai fatta.»

«*Noi* ce l'abbiamo fatta.» Il cuore mi batteva forte. Morrie mi tirò a sé, il suo corpo snello e caldo contro il mio, mentre mi dava un bacio morbido e dolce sulla sommità del capo. Chiusi gli occhi e cercai di rallentare il battito per adattarlo a quello del suo cuore.

Dopo le disavventure che avevamo vissuto, compreso sconfiggere un assassino che aveva cercato di tenerci separati, ce l'avevamo fatta.

Le lunghe dita di Morrie si chiusero intorno alle mie. «Vedo che hai un vestito nuovo.»

«Mmm.» Mi appoggiai alla sua spalla mentre lui conduceva me e Oscar su per i due bassi gradini della piattaforma che di solito veniva utilizzata per la consegna dei premi alla festa del paese. «Grazie a te e alla tua nuova amicizia con il mio vecchio capo.»

«Ehi, sarà anche una viscida donnola che non riconoscerebbe una cosa buona nemmeno se gliela si sbattesse in testa come fosse un pesce scivoloso, ma quell'uomo ha *stile*.» Morrie mi passò le dita sulle borchie del corsetto. «Mi chiedo se mi farebbe un vestito per la luna di miele. Magari uno che resista ai morsi di dinosauri...»

«Credo che farebbe qualsiasi cosa tu gli chieda, visto che è *terrorizzato* da te.»

«Da me?» chiese lui con tono innocente. «Ma se sono un gattino innocuo! Ecco Heathcliff.»

Morrie mise la mia mano nel grande palmo ruvido di Heathcliff. Le sue dita si chiusero intorno alle mie e un nodo mi salì in gola.

«Non posso credere che tu abbia fatto tutto questo per me» sussurrai, stringendo la presa. La sua mano nella mia rimetteva ogni cosa al proprio posto.

Mi sfiorò la fronte con le labbra, poi mi afferrò il viso e si appoggiò a me. La sua barba mi sfiorò la pelle. «Lo rifarei cento volte» sussurrò. «Mi vestirei con abiti sciocchi, imparerei a ballare e discuterei con Oliver sulle decorazioni delle torte per il resto dei miei giorni, se questo ti facesse sorridere.»

«Per la fortuna di tutti, è abbastanza facile accontentarmi. Tu mi fai brillare anche solo per quello che sei.»

Lui sorrise, lo sentii perché le sue labbra si mossero sulla mia pelle. Un raro, meraviglioso sorriso alla Heathcliff. Un'espressione che sembrava un raggio di sole che mi toccava.

Heathcliff fece un passo indietro ed ecco il mio Quoth, i capelli neri spazzolati fino a farli diventare lucenti, tirati indietro sui lati e legati con un nastro che brillava con i colori cangianti delle sue piume.

«Sei bellissima» sussurrò. Mi prese per mano e mi fece roteare passandomi sotto il suo braccio. «Non posso credere che tu sia mia. Questo è un sogno che nessun essere mortale ha mai realizzato. Come ho fatto a essere così fortunato ad amare ed essere amato da te?»

«Eri il mio uccello d'ebano che inducevi sorrisi nelle mie meste fantasie, visto che stiamo citando il tuo creatore» gli dissi mentre mi stringeva al petto. «Sei sempre stato accanto a me, e mi hai capita anche quando ero io stessa a non capirmi per prima. Hai promesso di vegliare su di me e hai mantenuto la tua promessa, anche se ciò ti ha fatto a pezzi.»

Gli baciai la punta del naso. «Sono troppo felice di essere tua moglie.»

«Bene!» Pax, il fidanzato di Bree e nostro nuovo celebrante, ci separò. «Diamo inizio a questa cerimonia, prima che gli dei ci maledicano con un'altra anatra malvagia.»

Pensavo che sarei stata così emozionata da piangere tutto il tempo, dato che ero solita farlo, se troppo commossa. Ma non quel giorno, dato che stavo per sposare i miei tre migliori amici. Sorrisi radiosa per tutto il tempo della terribile poesia sull'amore che Edward, il fidanzato di Bree, declamò. Risi quando Heathcliff giurò di dirmi finalmente dove teneva la sua scorta segreta di cioccolato e Morrie giurò di farmi vincere a scacchi, di tanto in tanto. Nel momento in cui i tre mi infilarono l'anello al dito, la faccia mi faceva male a forza di sorridere.

Tutto il mio corpo riluceva di ardore nell'attimo in cui ognuno di loro mi prese tra le braccia e mi baciò fino a farmi ubriacare di felicità.

Mio lettore, li sposai davvero.

34

QUOTH

Una volta terminata la cerimonia, tutti gli abitanti del villaggio si affollarono intorno a noi per abbracciarci. Quando la signora Ellis e le sue amiche ebbero finito con noi, puzzavamo di lana d'agnello e di giacinti, e avevamo tutti gli organi spappolati e fuori posto.

Mentre Lydia Bennet sbraitava ordini alla squadra che doveva trasformare il parco per il ricevimento, noi quattro sgattaiolammo alla Libreria Nevermore, dove Hayes aveva organizzato un servizio fotografico. La nostra fotografa ufficiale se n'era andata dopo che James Pond le aveva rotto l'obiettivo con il becco, ma avevamo scoperto che Hayes, nei momenti in cui non era impegnato a risolvere crimini e non arrestava Mina o Heathcliff per cose che non avevano fatto, era un fotografo dilettante. Fotografava soprattutto la natura, ma era convinto di poter fare dei ritratti di matrimonio decenti. Ci mettemmo in posa appoggiati alle librerie e facemmo anche degli scatti a Mina che leggeva sulla vecchia poltrona di pelle con noi tre che incombevamo dietro di lei, da bravi malvagi. Poi, nel cimitero, scattammo un po' di foto di gruppo sciocchine insieme a Bree,

237

Jo, la madre di Mina e la signora Ellis perché... Beh, perché andava fatto, ovvio.

Alla fine del servizio fotografico, tornammo sul prato proprio mentre Lydia finiva di disporre i tavoli in file ordinate e Richard portava vassoi pieni di salatini alla salsiccia, fish and chips, mini hot dog e panini ripieni di pancia di maialino. Qualcuno aveva anche preparato un *piatto Quoth*, con tutti i miei cibi preferiti: noci, mix di cereali, bacche secche e bocconcini di carne. Cynthia portò alcuni vassoi di antipasti sfiziosi che riuscì a salvare dalle grinfie di James Pond, e in un angolo un tavolo era così carico di cheesecake che per poco non crollò.

«Ma quelle cheesecake sono tantissime!» esclamò Mina mentre Morrie leggeva a voce alta tutti i gusti. «Potrebbe essere una scorta che dura una vita.»

«A quanto pare, nessuno ha vinto quella gara radiofonica, così Smooth Loamshire ha deciso di devolvere la fornitura a vita di cheesecake a una causa meritevole» spiegò Morrie con un sorriso, riempiendo di cibo un piatto per Mina.

«Oh, davvero? Per puro spirito di gentilezza?» Lo guardai scettico. «Non saranno stati spinti da un certo Napoleone del crimine con un debole per i dolci?»

«Non preoccuparti, uccellino, ho fatto tutto *in modo non violento*.» Morrie si leccò della cheesecake dalle dita. «Mmh, deliziosa.»

Mina mi trascinò dove la band del pub si stava preparando.

«Qualche richiesta per il primo ballo?» chiese Oliver. Era lui il batterista.

«Oh, diavolo, sì.» Mi afferrò per la vita e gli sussurrò una canzone all'orecchio.

Quando la band intonò le prime battute di *People are Strange* dei Doors, tutti i presenti si scatenarono. Mina mi abbracciò, con gli occhi verdi che riflettevano le luci degli addobbi, e io la feci girare sulla pista da ballo improvvisata. Nel suo sguardo scorgevo le acque magiche del Meles.

Intorno a noi, i nostri amici applaudivano ed esultavano. Feci abbassare Mina all'indietro tenendola per i fianchi, e risi perché inciampò nei miei piedi mentre risaliva. Sentivo le ali che mi prudevano sulla pelle, ma non le dispiegai.

Per la prima volta, non volevo nascondermi.

Perché avrei dovuto?

Mina Wilde era mia *moglie*.

Non c'era nulla di più strano e meraviglioso.

Avrei voluto dipingermelo sulla pelle, cantarlo in un microfono, gridarlo dal tetto più alto (beh, considerando che il tetto più alto del villaggio era il campanile dove avevo salvato Mina appena in tempo, forse era meglio di no).

Non riuscivo a credere alla mia fortuna.

«Quoth...» Mina mi strinse forte nel momento in cui la band passò a una cover dei Jethro Tull. «Mi piace ballare con te, ma se devo mettermi in imbarazzo per il resto della serata, ho bisogno di un drink e di un altro po' di cheesecake.»

«Una cosa che non manca a questo matrimonio è la cheesecake.» La presi sottobraccio. Ci muovemmo tra la folla per andare al tavolo dei dolci. Ogni pochi passi, qualcuno ci fermava per farci gli auguri, oppure ci bloccavamo perché Mina voleva dare un'occhiata ai vassoi di mini pasticci di carne alla Guinness, al fish and chips, e alle bancarelle allestite dalla gente del paese. C'era il club di maglia della signora Ellis, ed era in corso una scommessa su una gara di maglia tra due ottuagenarie, che sembrava sul punto di sfociare in lite violenta. Una lunga fila di persone chiedeva a gran voce a Sylvia Blume di leggere loro la fortuna. In un angolo, la madre di Mina aveva sistemato una bancarella con le sue macchine per ricamare monogrammi e stava aiutando un gruppo di bambini a creare dei fazzoletti stilosi. Era persino riuscita a programmare la macchina per ricamare il rapido schizzo di un corvo che le avevo fornito.

Trovammo Heathcliff e Morrie al tavolo dei dolci, a chiacchierare con Sherlock e David Winter, le cui mani intrecciate suggerivano che la Grande Battaglia degli Spazzolini era stata risolta.

«Questa è esattamente la mia idea di banchetto nuziale.» Delle gocce di sugo di carne scesero sul mento di Heathcliff mentre mordeva un panino. Morrie si mise di fronte a lui e lo pulì. Heathcliff gli diede un'occhiataccia, ma non gli spezzò le dita.

«Devo ammettere che hai fatto un lavoro straordinario, Lord Lamentoso» commentò Morrie. «Peccato che tu non abbia seguito la tua vocazione di organizzatore di eventi. La prossima volta che la Lega dei Malvagi della Letteratura convocherà la nostra cena annuale per le premiazioni, dovresti organizzarla tu.»

«La Lega di che?» chiese Mina.

«Shhh.» Morrie le posò un dito sulle labbra. «Dimentica quello che ho detto, bellezza.»

«Non è proprio il matrimonio che avevo programmato» replicò Heathcliff. «Ma credo sia ancora più bello.»

«Non potrei essere più d'accordo.» Mina si accoccolò sotto la mia ascella mentre guardavamo l'ispettore Hayes e Victor Frankenstein che allestivano dei fuochi d'artificio nel parchetto. «Stasera mi sento davvero amata e sostenuta da tutti. Non riesco a credere che tu sia riuscito a convincere l'intero villaggio a organizzare tutto questo così in fretta.»

«Ma tu sei amata da queste parti, bellezza» disse Morrie. «E non solo da noi. Tu tocchi l'anima delle persone. Le fai sentire speciali, interessanti e degne di amore e rispetto. So che è tristemente sentimentale da parte mia dirlo, ma tu ispiri la gente a fare meglio e a essere migliore. Credo che persino una fenice sarebbe invidiosa del modo in cui sei risorta dalla tua rovina, per creare questa vita meravigliosa.»

Non avrei potuto dirlo meglio.

Mina rimase in silenzio. Pensavo che stesse meditando su quelle parole, ma poi replicò: «Non credo che tutto questo sia per me.»

Morrie le toccò una spalla. «Suvvia, ora sei la moglie di James Moriarty, non voglio sentire falsa modestia.»

Mi strinse forte. «Voglio dire, i nostri amici non hanno fatto questo solo per me. Voi tre dovete guardare in faccia la realtà: da queste parti siete amati quanto me.»

«Ritira subito quello che hai detto» gridò Heathcliff, ma i suoi occhi scuri brillavano. Persino lo scontroso e solitario Heathcliff aveva trovato il suo posto nel mondo, e tutto grazie alla straordinaria donna seduta sulle mie ginocchia, che si stava infilando tra quelle magnifiche labbra la sesta fetta di pancetta della serata.

Quando Mina era tornata ad Argleton un anno prima, aveva lo spirito ferito e stava cercando il suo posto. Anche noi eravamo alla ricerca del nostro.

Lei ci aveva scrutati dentro e ci aveva dimostrato che valeva la pena faticare per rimettere insieme i nostri cuori spezzati. Ci aveva fatto capire che in questo mondo folle e selvaggio c'è sempre qualcuno di perfetto per ognuno di noi, e che tutte le parole dei più grandi scrittori mai esistiti non avrebbero mai potuto catturare la *giustezza* dello stare con lei.

E io avevo trovato il mio posto nel mondo.

Questo corvo aveva trovato *casa*.

35

MINA

«Non è bellissima, nostra moglie?» chiese Quoth, facendo scivolare le mani sulle mie cosce, per scostare il tessuto del mio vestito nero.

Nostra moglie.

Non mi sarei mai stancata di sentire quelle parole uscire dalle sue labbra.

Non sapevo che fosse così tardi. Avevamo ballato, mangiato, bevuto, riso e cantato ogni terribile cover rock che la band ci aveva proposto, finché non era arrivato il sindaco a dirci che dovevamo chiudere tutto o sarebbe stato costretto a emettere un avviso per la polizia, dato che Hayes non sembrava in condizione di farlo da sé. Avevo iniziato ad aiutare mia madre a smontare le decorazioni, ma Heathcliff mi aveva presa in braccio e mi aveva riportata alla Libreria Nevermore, gli altri due che gli correvano dietro.

Quoth aveva lasciato la porta aperta e Morrie ci aveva preceduti, accendendo luci e lampade in modo che Heathcliff non inciampasse, mentre con la sua voce ricca e fittizia mi narrava tutte le cose che voleva farmi, ora che ero sua moglie.

Quoth ci aveva seguito, conducendo Oscar e mettendolo a letto con dei croccantini.

Heathcliff mi aveva portata su per le due rampe di scale come se fossi una piuma e mi aveva adagiata sul nostro letto. Non mi ero nemmeno accorta del momento in cui eravamo passati dal non toccarci al toccarci. Ma la magia era densa nell'aria mentre loro tre convergevano su di me, la stella al centro del loro universo. I loro profumi si mescolavano, il loro tocco era fuoco e acqua, vita e morte.

Era tutto e niente, era lasciarmi alle spalle il mio vecchio io, liberarmi della pelle di una Mina che non mi stava più bene, e diventare nuova tra le loro braccia. Era aver varcato la soglia di casa per ritrovarmi accanto a un fuoco caldo. *Il loro fuoco.*

In quel momento, Morrie mi posò sulle labbra baci morbidi e riverenti come preghiere. Heathcliff mi slacciò il corsetto con un'urgenza che vibrava nell'aria. Quando i miei seni furono esposti me li strinse, e le sue dita ruvide mi accarezzarono i capezzoli fino a farmi gridare.

Quoth mi slacciò la gonna e me la abbassò, insieme alle mutandine. Prima che riuscissi a prendere fiato, si tuffò tra le mie gambe e la sua lingua trovò il punto esatto che mi faceva impazzire.

I miei tre mariti mi abbracciavano, baciavano, adoravano, le loro lingue e le loro mani che trovavano nuovi modi per scrivere il loro amore per me.

Mi tremavano già le gambe. Sotto la lingua esperta di Quoth, il piacere si avvicinava a grandi passi mentre io spingevo il bacino verso la sua bocca in attesa.

Il primo orgasmo giunse forte e rapido, un sollievo da tutta quella tensione, dopo una notte in cui mi ero strusciata addosso a loro sulla pista da ballo, dopo tutti i tocchi rubati e i baci sempre più intensi a favore delle macchine fotografiche dei nostri amici.

Morrie colse i miei gemiti strozzati e Quoth immerse la lingua tra le mie cosce, bevendo ogni atomo del mio orgasmo finché non crollai.

Poi allungai una mano verso Heathcliff, che mi lambiva i capezzoli con la lingua. Con le dita gli sfiorai il colletto della camicia e la cucitura dove Quoth aveva incollato il finto gilet dopo che James Pond aveva mangiato la seta.

«Toglietevi queste ridicole camicie» sussurrai. «Se io sono nuda, è giusto che lo siano anche i miei mariti.»

I miei mariti.

Non mi stancherò mai di dirlo.

E non mi sarei mai stancata di notti come quella, noi quattro insieme, a evocare la magia e a scacciare i nostri demoni.

Mai tre uomini si spogliarono così in fretta. Morrie non si fermò nemmeno a piegare i vestiti. La fibbia della sua cintura fece un inconfondibile *clang* nel colpire il muro, seguita poco dopo dai pantaloni e dai calzini. Il letto gemette quando i tre vi salirono e strisciarono verso di me come uomini che si avventurano in una *catabasi*.

Avvolsi un braccio al collo di Morrie e l'altro intorno a Heathcliff, e mi appoggiai alla testiera del letto, rilassando le spalle nell'assaporare tutto il piacere e l'amore che mi circondavano.

«Ce l'abbiamo fatta» disse Morrie, la voce piena di meraviglia. «C'è voluto molto tempo, un'eternità, ma ti abbiamo fatta nostra.»

«Penso di essere sempre stata vostra» replicai. «Ho aspettato questo momento per tutta la vita.»

«Allora sarà meglio che l'attesa ne sia valsa la pena» gridò Heathcliff. Il suo corpo vibrava di un'energia inquieta, mentre combatteva tra il bisogno di controllo e la sua parte ferina e pericolosa, quella che prevaleva in un certo antieroe selvaggio nato nella brughiera.

Ero quasi dilaniata dal bisogno di sapere quale delle due parti di lui fosse mia quella sera. Aprii le gambe e la sua mano vi si infilò in mezzo, giocando con me, stuzzicandomi, facendomi gemere contro le labbra di Quoth.

Morrie mi strinse i fianchi con le dita per poi sollevarmi e farmi ricadere sulla sua erezione, in stile cowgirl. Ero così pronta che mi scivolò subito dentro, riempiendomi a fondo.

«Cavalcami, moglie» ordinò Morrie, stringendomi con le dita.

Io obbedii, perché nessuno può rifiutarsi di obbedire a James Moriarty quando parla con la lingua di un diavolo. Mi gettai i capelli all'indietro e lo cavalcai, strusciandomi su di lui e costringendolo a emettere animaleschi suoni gutturali.

Mani mi esploravano e io mi spingevo su Morrie che mi strizzava i capezzoli, mi disegnava cerchi sulla schiena, e mi stringeva le natiche. All'improvviso, sentii un petto ampio e muscoloso che mi premeva sulla schiena e la punta morbida e calda di un sesso che mi accarezzava le labbra.

«Moglie» sussurrò Quoth, e avvertii il suo brivido nel momento in cui aprii le labbra per accoglierlo.

Aveva un sapore terribilmente dolce il mio uccello... mio marito. Dolce come una infinita scorta di cheesecake. Lo presi in profondità con un gemito, e gli passai la lingua intorno alla punta prima di stringere le labbra sulla sua erezione.

Le dita di Quoth si aggrovigliarono nei miei capelli e i suoni che uscivano dalle sue labbra erano tutt'altro che dolci e innocenti.

Dietro di me, Heathcliff ringhiava appoggiato alla mia pelle, e con i denti mi raschiò una spalla mentre si spalmava il lubrificante sulle dita. Sotto di me, Morrie si contorceva per il piacere.

«Non vedo l'ora di sentirti venire quando saremo tutti e tre dentro di te, moglie» disse, appoggiandosi all'indietro ai cuscini e mettendosi le mani dietro la testa, come se si stesse godendo lo spettacolo.

Ansimai, incerta su come rispondere. Avrei potuto sopportare più di quello che mi stavano dando ora?

«Se morirò di piacere la prima notte di nozze, tu, Heathcliff e Quoth sarete responsabili del mio omicidio.»

Morrie ridacchiò. «Io dico che ne sarà valsa la pena.»

Cercai di concentrarmi e prendere per intero l'erezione di Quoth in bocca, mentre Heathcliff mi infilò dentro un dito, lavorando lentamente, al fine di rilassarmi e prepararmi. Morrie rallentò le spinte. Quella parte gli piaceva.

«Sei pronta?» chiese Heathcliff, il suo alito che mi sfiorava il collo.

«Sono pronta, marito.»

«Ogni volta che dici quella parola, mi sento scoppiare» borbottò prima di spingersi in avanti.

Anche se l'avevamo fatto diverse volte, non ero mai stata del tutto preparata a quella fantastica sensazione di tutti e tre dentro di me, al sentirmi così dilatata, calda, accolta. L'erezione di Heathcliff era ben posizionata dentro il mio sesso, e premeva contro Morrie attraverso la sottile parete che li separava. Le mie labbra si strinsero intorno a Quoth, trascinandolo più a fondo, così a fondo che per poco non mi venne da vomitare, ma volevo da lui tanto quanto volevo dagli altri. Ero avida, di tutti e tre.

Heathcliff e Morrie cominciarono a muoversi. Avevano trovato un ritmo tutto loro nel quale loro due si scopavano a vicenda e al contempo scopavano me: ero il loro modo per connettersi. Le mie unghie affondarono nelle spalle di Morrie. Non riuscivo a muovermi, non riuscivo a pensare. Non potevo fare altro che abbandonarmi, mentre loro mi penetravano.

Tutto in me si accese. Potevo descrivere solo così quel

piacere che mi sfrigolava dentro ed esplodeva attraverso la mia pelle.

Non sapevo più dove finisse il mio corpo e cominciasse il loro; eravamo collegati, un tutt'uno.

L'orgasmo questa volta giunse più lento. Luci verdi e arancioni mi si accesero davanti agli occhi. Ma una volta che mi trovai lì, i tre mi ci tennero e si presero cura di me, sussurrando il mio nome e adorandomi.

Persi il conto del numero di volte in cui raggiunsi l'apice. Ebbi l'impressione di un lungo, lento, continuo orgasmo; un piacere che si infrangeva come le onde contro la riva: incessante, ritmico ed eterno. Solo quando Heathcliff diede l'ultima spinta, con un gemito gutturale che fece tremare il letto, capii che era finita, che Morrie si era ammosciato dentro di me, e che il sapore che sentivo sulla mia lingua era il piacere di Quoth.

Gli uomini si indaffararono intorno a me, ciascuno posandomi leggeri baci sulla pelle. Heathcliff mi strinse con le sue forti braccia e mi tirò giù, sul letto, facendomi stendere sul suo petto. Quoth prese un panno caldo e con dolcezza e amore mi pulì tra le gambe e lungo le cosce. Morrie mi massaggiò le piante dei piedi con le sue lunghe dita, attenuando in breve il dolore per una lunga serata di balli.

«Non so di cosa siano fatte le anime» mormorò Heathcliff. «Ma la tua e la nostra sono uguali.»

«Oh, non è giusto.» Mi accoccolai nel suo abbraccio. «L'hai letto in un libro.»

36

MINA

«Non so di cosa fossi preoccupata, cara.» La mamma mi porse un bicchiere di bollicine. «Questa presentazione è un successo assoluto. Non ci starebbe altra gente nel negozio, nemmeno a provarci.»

Non si sbagliava. La sala degli eventi era così piena che temevo che i vigili del fuoco ci avrebbero fatto chiudere, se non si fossero trovati tutti accalcati intorno al bar improvvisato che Edward aveva allestito sulla scrivania di Heathcliff, a tracannare cocktail a tema letterario: *Il corvo*, *La vendetta di Heathcliff* e *La bicchierata di Reichenbach*.

Ovunque, flash dai telefonini degli influencer del mondo della disabilità, amici di Majorie. Ogni pochi secondi venivo catturata per un'altra foto. E intorno a me, tutti avevano il mio libro infilato sotto un braccio oppure lo tenevano in mano per farmelo firmare.

Mi faceva male il viso a forza di sorridere, ma non credevo che sarei riuscita a smettere, nemmeno se ci avessi provato.

L'affluenza era stata persino superiore rispetto alla sfortunata presentazione del libro di Danny Sledge. E, soprattutto, nessuno era stato ucciso.

Ma forse la cosa migliore era proprio l'uscita del libro. Ci ero arrivata. Qualsiasi cosa fosse successa a quel punto dipendeva dal destino e dalla magia, e io ne avevo molta dalla mia parte.

«Grazie, mamma.» La abbracciai. «Non riesco a credere a quante persone siano venute, con così poco preavviso.»

«È fantastico! Diventerai una star! Venderai più di quella Ellie James Child...»

EL James? Lee Child?

A volte era meglio non chiedere.

«E finalmente potrò lasciare il nostro appartamento e trasferirmi in quella casa padronale con la piscina a forma di fagiolo che ho sempre sognato.»

«Questo non lo so» risposi io raggiante. «Ma è davvero meraviglioso sapere che i lettori vogliono libri con personaggi come me.»

«Forse per il prossimo libro potresti aggiungere qualcosa di più sul personaggio della mamma» aggiunse lei. «Magari potrebbe ereditare segretamente una fortuna! Ho davvero un sacco di idee...»

«Mina, eccoti qui!»

Mi voltai verso la voce di Maisie, grata che venisse a distogliermi dalle brillanti idee di mia madre per la trama. «Grazie mille per essere venuta! Come sta James Pond?»

«Molto meglio, ora che gli ho procurato un paio di amiche che gli fanno compagnia.» Maisie brindò sollevando il bicchiere verso il mio. «Due belle signore che ho chiamato Hot Wings e Lady Featherston. Stanley mi ha aiutato a modificare il recinto di James per farci stare tutti. È davvero adorabile. Lo sapevi che ha trasformato tutto il suo soggiorno in una voliera, per curare gli uccelli feriti?»

Io sorrisi. «Oh, perbacco, non ne avevo idea.»

«È così. Mi sento in colpa per averlo accusato di aver rapito James. E mi sento in colpa per il fatto che James Pond vi abbia rovinato il matrimonio. Non riesco a credere che un'anatra in calore possa fare tanti danni.»

«Nemmeno io. Ma non preoccuparti. James non ha rovinato nulla. A parte la morte del povero Iwan, credo davvero che alla fine tutto sia andato esattamente come doveva.»

Sorrisi, e intanto ascoltai Heathcliff che cercava di convincere Edward a preparargli un cocktail a tripla gradazione, mentre Morrie trascinava Quoth in giro per la stanza, dicendo a tutti coloro che lo ascoltavano che era lui l'autore della copertina.

«Sono sollevata di sentirti dire così» disse Maisie. «Senti, ho un favore da chiederti. Ti prometto che non si tratta di un altro caso da risolvere.»

«Per fortuna, perché dopo James Pond credo di essere pronta ad appendere il cappello al chiodo, una volta per tutte.» Accarezzai la pila di libri accanto a me. «Voglio scrivere di omicidi, non viverli. Qual è il favore?»

«Stasera ho portato con me un paio di amici e hanno ricevuto una copia del tuo libro. Abbiamo parlato di come non abbiamo più il tempo, né voglia di leggere, però condividere un libro da leggere ci ha fatto tornare la voglia. Stiamo pensando di fondare un club in cui riunirci ogni mese per parlare dei nostri libri erotici preferiti e di quelli su misteri e delitti. Saresti disposta a partecipare come ospite il mese prossimo? E magari metteresti a disposizione la Libreria Nevermore per i nostri incontri?»

Le parole le uscirono un po' nervose.

«Mi piacerebbe, ma a una condizione. Che tu mi faccia diventare membro. Voglio leggere con voi ogni mese libri come quelli che mi hai descritto.» Le sorrisi. «E ho già qualche suggerimento per i titoli.»

«Ma che bello! Ci piacerebbe molto averti con noi! Non vedo

l'ora di farti conoscere i miei amici. Anche se devo avvertirti che sono un po'… strani.»

Feci un cenno con il capo verso la voce di Morrie. «Hai visto con chi mi sono sposata. Le cose *non* strane non ci piacciono.»

«Sì, ottimo. Loro sono un po' ossessionati dal soprannaturale. E dai podcast sulla cronaca nera. Uno di loro è convinto che ad Argleton ci sia più di qualche vampiro.»

«Gli unici vampiri qui intorno sono tra le copertine dei libri.» *Da quando mi sono liberata di Dracula e abbiamo riparato le tubature che perdevano alla Nevermore. E, comunque, la stanza dei viaggi nel tempo non è accessibile al pubblico.*

Spero.

«Il nostro titolo provvisorio è "Il Club dei Delitti Nevermore, il Circolo Magico, e la Società dei Libri Erotici". Non riuscivamo a metterci d'accordo tra libri erotici e delitti, così abbiamo deciso di mettere un po' di tutto nel nome.»

«Penso che ci divertiremo molto.»

«Davvero, bellezza?» mi sussurrò all'orecchio la voce profonda di Morrie, un braccio che mi si posava sulla spalla. «Cosa faremo di divertente? Qualcosa di subdolo, spero. E la tua amica può venire con noi?»

«Dove siete finiti tutti?» urlai, le dita che mi tremavano mentre afferravo la maniglia della porta. «Avete due minuti!»

«Bau!» aggiunse Oscar. Era seduto paziente accanto a me, schiacciato tra le mie due enormi valigie. Era difficile fare i bagagli per una luna di miele a sorpresa, dato che la destinazione avrebbe potuto essere qualsiasi punto in cui il negozio fosse esistito nel corso del tempo. Però almeno io avevo fatto le valigie, a differenza di Morrie, che stava ancora buttando vestiti dalla porta della nostra camera da letto, o di Heathcliff, che...

«Sono qui. Ho tutto quello che mi serve.» Heathcliff entrò a grandi passi nel salone. Sollevò la fiaschetta e la infilò nella tasca del cappotto di lana, accanto a un libro malconcio.

«È tutto il tuo bagaglio?»

«Ho anche questo.» Heathcliff aprì l'altro lembo del cappotto, mostrandomi la grande spada che portava legata alla cintura. «E ho te, moglie. È tutto ciò di cui ho bisogno.»

«Mina, hai lo spazzolino?» chiese Quoth entrando di corsa e

buttando a terra uno zaino davanti alla porta. Quindi consultò la lista che aveva preparato.

«Sì, grazie, mammina.»

«E il costume da bagno? Nel caso in cui Morrie abbia ragione e in qualche modo finissimo su un'isola deserta?»

«Il costume da bagno è in valigia.»

«E quel nuovo toy che ti ho regalato come regalo di nozze?» chiese Morrie avvicinandosi alle mie spalle e passandomi le braccia intorno alla vita. Il suo respiro mi solleticava l'orecchio.

«Sì, 'Big Red' è al sicuro qui dentro.» Diedi una botta sulla valigia.

«Vorrei che tuo padre ci avesse dato più istruzioni» si lamentò Morrie mentre prendeva a calci la sua enorme valigia. «È piuttosto difficile decidere quale abito si abbini all'arredamento, quando non si sa dove si sta andando. Ha detto qualcosa su ciò che avremmo trovato dall'altra parte?»

«Ha detto solo che se avessimo varcato la porta alle 10:17 esatte, avremmo vissuto un'esperienza indimenticabile.»

«Se verrò mangiato da un velociraptor, non lo dimenticherò» mormorò Heathcliff.

«Bau» concordò Oscar.

«Sono sicuro che Omero non ci metterebbe mai in pericolo» commentò Quoth, il tono non proprio convinto.

«Lo stesso Omero che ha scritto l'*Iliade,* che giustamente dovrebbe essere reintitolata *Achille manda tutto a puttane?*» chiese con dolcezza Morrie.

«O magari: *Salve, troiani birboncelli, è l'ora del massacro*» aggiunse Heathcliff.

«Oppure *Non esiste spiegazione eterosessuale per quello che succede dopo.*»

«Ripensandoci, credo che resterò qui. Ho dimenticato aperta la mia gabbietta» commentò Quoth, terrorizzato.

Io scoppiai a ridere. Tutta quella situazione era grottesca e i miei tre mariti erano gli esseri più ridicoli al mondo. Non avrei cambiato nulla. Essere sposati con tre malvagi del mondo della letteratura era questo: battibecchi infiniti, avventure folli e riferimenti letterari che ti facevano girare la testa.

Con loro, la mia vita non sarebbe mai stata noiosa.

Heathcliff afferrò il manico della valigia assieme a me. Girò all'insù le nostre mani e si appoggiò alla porta, spingendola verso l'interno per aprirne una fessura. «Siamo pronti? Non sappiamo a cosa stiamo andando incontro!»

«Lo so bene!» E feci un sorriso a trentadue denti prima di entrare insieme a loro. «È questa, la parte divertente.»

FINE

Tornate alla Libreria Nevermore per una nuova serie. Divorate in fretta il libro 1 di Il club dei delitti Nevermore, il Circolo Magico e la Società dei Libri Erotici.

Cosa fare se tre fantasmi sexy e possessivi vogliono scombinarti da capo a piedi? Scopritelo nella serie di Bree, i Misteri del Grimdale Graveyard, e godetevi i camei dei vostri personaggi preferiti della Libreria Nevermore.

INIZIA ORA:
http://books2read.com/grimdale1italiano

(Gira la pagina per un frizzante estratto)

Non ne avete mai abbastanza di Mina e dei suoi amici? Iscrivendovi alla newsletter di Steffanie Holmes leggerete gratuitamente una scena alternativa dal punto di vista di Quoth e altre scene bonus e storie extra.

https://www.steffanieholmes.com/newsletteritalian

DALL'AUTRICE

Mettere la parola fine alla storia di Mina mi suscita sentimenti contrastanti. Da un lato, sono piena di gioia per aver dato a Mina e ai suoi uomini di fantasia il loro lieto fine. Dall'altro, non sono ancora pronta a lasciarmi alle spalle una libreria magica e adorabile che ha riempito il mio cuore per così tanti anni.

Quindi, non lo farò. Avrete una serie nuova di zecca con tutti i nuovi personaggi e il loro magico club del libro, insieme alla società di misteri e omicidi soprannaturali che opera dalla Nevermore. Ritroverete molti dei vostri personaggi preferiti e incontrerete nuovi fidanzati letterari. Non vedo l'ora!

E se nell'attesa avete bisogno di qualcosa che vi aiuti a smaltire i postumi della sbornia dai libri della Nevermore, ci penso io. Date un'occhiata alla serie Grimdale Graveyard Mysteries, dove la nostra eroina Bree è immersa fino alle orecchie in scherzi spettrali con il suo harem di tre spiriti possessivi. Il libro n.1 è *Sei proprio morto, Tesoro* ed è ambientato nello stesso mondo della Nevermore, quindi incontrerete alcuni dei vostri personaggi preferiti: http://books2read.com/grimdale1italiano

Se invece volete trovarvi per parlare di tutto ciò che riguarda la Nevermore, ricevere aggiornamenti e un libro gratuito di scene tagliate e storie bonus, potete iscrivervi alla mia newsletter: http://steffanieholmes.com/newsletter.

Una parte dell'incasso di ogni libro della Nevermore va a sostegno dei cani guida per non vedenti della Nuova Zelanda, e nel mio gruppo Facebook condivido sempre foto e video di cani guida.

Sono felice che questa storia vi sia piaciuta! Mi piacerebbe molto se voleste lasciare una recensione su Amazon o Goodreads. Aiuterà altri lettori a trovare la loro prossima lettura.

Grazie, grazie! Vi voglio un sacco di bene! Alla prossima.

INFORMAZIONI SULL'AUTRICE

Steffanie Holmes è autrice bestseller di *USA Today* e scrive romanzi dark, gotici e peccaminosi. I suoi libri sono caratterizzati da eroine intelligenti e spiritose, società segrete, antiche dimore da brivido e maschi alfa che ottengono *sempre* ciò che vogliono.

Ipovedente dalla nascita, Steffanie ha ricevuto il premio Attitude Award for Artistic Achievement nel 2017. È stata anche finalista del premio Women of Influence 2018.

Steffanie vive in Nuova Zelanda con il marito, la loro collezione di spade medievali e un'orda di gatti irascibili e.

Newsletter di Steffanie Holmes

Iscrivendoti alla newsletter di Steffanie Holmes riceverai una copia gratuita di *Cabinet of Curiosities:* un compendio di racconti e scene bonus scritte da Steffanie Holmes, compresa una scena bonus della Libreria Nevermore.

http://www.steffanieholmes.com/newsletteritalian

Segui Steffanie

www.steffanieholmes.com

steff@steffanieholmes.com